ELEANOR H. PORTER

Poliana moça

Ciranda Cultural

Capa
Ciranda Cultural

Tradução
Fernanda Mello

Projeto gráfico de miolo e diagramação
BR75 | Luiza Aché

Revisão
BR75 | Clarisse Cintra, Fernanda Silveira e Silvia Rebello

Dados Internacionais de Catalogação na Publicação (CIP) de acordo com ISBD

P844p Porter, Eleonor H. , 1868-1920

Poliana moça / Eleanor H. Porter ; traduzido por BR75. - Barueri, SP : Ciranda Cultural, 2018.
256 p. ; 16cm x 23cm. - (Clássicos da Literatura Mundial)

ISBN: 978-85-380-8318-4

1.Literatura norte-americana. 2. Romance. I. BR75. II. Título.

2018-74 CDD 813.5
CDU 821.111(73)-31

Elaborado por Vagner Rodolfo da Silva - CRB-8/9410

Índice para catálogo sistemático:
1.Literatura norte-americana : Romance 813.5
2.Literatura norte-americana : Romance 821.111(73)-31

1ª Edição em 2018
www.cirandacultural.com.br

Para meu primo Walter.

Sumário

Capítulo 1

Della diz o que pensa

Della Wetherby irrompeu pelos imponentes degraus da casa da irmã na Avenida Commonwealth e pressionou o dedo com firmeza no botão da campainha. Da ponta do chapéu de plumas ao bico do sapato de salto baixo, ela irradiava saúde, disposição e atitude. Até sua voz, ao cumprimentar a criada que abriu a porta, vibrava com a alegria de viver.

– Bom dia, Mary. Minha irmã está em casa?

– Si-sim, a senhora Carew está – hesitou a garota –, mas deu ordens de que não veria ninguém.

– Deu? Bem, eu não sou ninguém – a senhorita Wetherby sorriu –, então ela vai me ver. Não se preocupe, assumirei as consequências. – Ela assentiu em resposta à expressão assustada nos olhos da garota. – Onde a encontro? Na sala de estar?

– Si-sim, senhora, mas… quer dizer, ela disse…

Mas a senhorita Wetherby já estava na metade da ampla escadaria e, após olhar para trás, aflita, a criada se afastou.

No hall superior, Della Wetherby caminhou decidida em direção a uma porta entreaberta e bateu.

– Bem, Mary – respondeu uma voz que soava como um "ai-meu-deus-o-que-houve-agora". – Eu não… ah, Della! – A voz de repente ficou terna de amor e surpresa. – Você, querida, de onde veio?

– Sim, é Della – a jovem sorriu despreocupadamente, já dentro do cômodo. – Venho de um domingo na praia com duas outras enfermeiras e agora estou voltando para o hospital. Quer dizer, estou aqui, mas não vou demorar. Entrei para… isto – finalizou ela, dando um beijo caloroso na dona da voz que soava como "ai--meu-deus-o-que-houve-agora".

A senhora Carew franziu a testa e recuou com certa frieza. O leve toque de alegria e animação que tinha surgido em seu rosto se foi, deixando apenas um desânimo e uma inquietude muito comuns ali.

– Ah, claro! Eu já devia saber – disse ela. – Você nunca fica... aqui.

– Aqui! – Della Wetherby sorriu de modo jovial e ergueu as mãos. Então, de maneira abrupta, a voz e a postura mudaram. Ela observou a irmã com um olhar sério e carinhoso. – Ruth, querida, eu não poderia... não poderia viver nesta casa. Você sabe que não – concluiu com delicadeza.

A senhora Carew se agitou, irritada.

– Simplesmente não sei o motivo – defendeu-se.

Della Wetherby balançou a cabeça.

– Você sabe, sim, querida. Sabe que não tenho qualquer simpatia por tudo isto: melancolia, falta de objetivo, a insistência na infelicidade e na amargura.

– Mas eu *sou* infeliz e amargurada.

– Não deveria ser.

– Por que não? Como posso ser de outro jeito?

Della Wetherby fez um gesto impaciente.

– Ruth, veja só – rebateu. – Você tem 33 anos. Tem saúde... ou teria, caso se cuidasse de maneira adequada, e sem dúvida tem tempo de sobra e dinheiro mais que de sobra. Com certeza qualquer pessoa diria que você deveria encontrar *alguma coisa* para fazer nesta gloriosa manhã, além de ficar trancada deprimida nesta casa que parece um túmulo, com instruções à criada para não ver ninguém.

– Mas não *quero* ver ninguém.

– Então eu me *obrigaria* a querer.

A senhora Carew suspirou profundamente e virou o rosto.

– Ah, Della, por que você nunca vai entender? Não sou como você. Não consigo... esquecer.

Uma ligeira expressão de dor atravessou o rosto da mais jovem.

– Você está falando de... Jamie, suponho. Eu não me esqueci... dele, querida. Não poderia, claro. Mas a depressão não nos ajudará... a encontrá-lo.

– Como se eu não tivesse *tentado* encontrá-lo por oito longos anos... e fazer algo além de ficar deprimida – disparou a senhora Carew, indignada e com a voz embargada.

– É claro que tentou, querida – a outra logo a acalmou –, e continuaremos procurando, as duas, até o encontrarmos... ou morrermos. Mas *esse* tipo de coisa não nos ajuda.

– Mas não quero fazer... qualquer outra coisa – murmurou Ruth Carew com tristeza.

Houve silêncio por um momento. A mais nova se sentou, observando a irmã com um olhar preocupado, de desaprovação.

– Ruth – disse ela, por fim, com um leve tom de irritação –, me desculpe, mas você vai ficar assim para sempre? Você ficou viúva, eu sei, mas sua vida de casada durou apenas um ano e seu marido era muito mais velho. Você era pouco mais do que uma criança na época, e aquele rápido ano não pode parecer muito mais do que um sonho agora. Claro que isso não pode amargurar toda a sua vida!

– Não, ah, não – murmurou a senhora Carew, ainda melancólica.

– Então você vai *ficar* assim para sempre?

– Bem, claro que, se eu conseguisse encontrar o Jamie...

– Sim, sim, eu sei. Mas, Ruth, querida, não há nada no mundo além de Jamie... que possa lhe deixar *um pouco* feliz?

– Não parece haver, pelo menos não algo em que eu possa pensar – suspirou a senhora Carew, com indiferença.

– Ruth! – bradou a irmã, atingida por algo muito parecido com raiva. Então, de repente, ela riu. – Ah, Ruth, Ruth, gostaria de lhe dar uma dose de Poliana. Não conheço ninguém que precise mais!

A senhora Carew ficou um pouco tensa.

– Bem, o que é Poliana eu não sei, mas, seja o que for, não quero – respondeu de maneira brusca, irritada. – Este não é o seu adorado hospital e eu não sou sua paciente para ser medicada e receber ordens, não se esqueça, por favor.

Os olhos de Della Wetherby se agitaram, mas os lábios permaneceram cerrados.

– Poliana não é um remédio, minha querida – disse com delicadeza –, embora eu tenha ouvido algumas pessoas a chamarem de "tônico". Poliana é uma garotinha.

– Uma criança? Bem, como eu poderia saber? – rebateu a irmã, ainda magoada. – Você tem sua "beladona", então não vejo por que não teria uma "poliana". Além disso, está sempre me recomendando alguma coisa para tomar, e disse com clareza "dose". E dose normalmente significa algum tipo de remédio.

– Bem, Poliana é um remédio... um tipo de remédio – Della sorriu. – Enfim, todos os médicos do hospital dizem que ela é melhor do que qualquer remédio que eles possam receitar. É uma garotinha, Ruth, de 12 ou 13 anos, que ficou no hospital durante todo o verão passado e a maior parte do inverno. Eu só estive com ela por um ou dois meses, ela saiu pouco depois que cheguei. Mas isso foi o bastante para que eu ficasse completamente sob seu encanto. Além disso, o hospital inteiro ainda fala de Poliana e faz o seu jogo.

– *Jogo*!

– Sim – Della assentiu e deu um sorriso curioso. – O jogo do contente. Nunca me esquecerei de quando fui apresentada a ele. Uma parte do tratamento de Poliana era particularmente desagradável, até dolorosa. Era toda terça-feira de manhã e, logo após minha chegada, ficou sob minha responsabilidade. Pela minha experiência com outras crianças, eu estava preocupada, pois sabia o que esperar: aflição e lágrimas, se não coisa pior. Para minha grande surpresa ela me cumprimentou com um sorriso e disse que estava contente por me ver. E, se é que vai acreditar, não houve um choramingo sequer durante todo o suplício, embora eu soubesse que a machucava cruelmente.

– Acho que devo ter dito algo que transpareceu essa surpresa, porque ela me explicou com franqueza: "Ah, sim, eu costumava me sentir assim também, e tinha muito medo, até que eu pensei que era apenas como os dias em que Nancy tinha de lavar roupas, e eu podia ficar muito mais contente nas *terças-feiras*, porque não teria outra terça por uma semana inteira."

– Ora, que extraordinário! – a senhora Carew franziu a testa, sem entender muito bem. – Mas com certeza não vejo nenhum *jogo* aí.

– Não, eu também não vi, até ela me contar. Parece que ela era filha de um pastor humilde no oeste e órfã de mãe, foi criada pelas senhoras da Sociedade Auxiliadora Feminina e recebia caixas de doações. Quando era ainda bem novinha, ela queria uma boneca, e a esperava com confiança na caixa seguinte, mas acabou não recebendo nada além de um par de pequenas muletas.

– A menina chorou, claro, e foi então que o pai ensinou o jogo de procurar por algo pelo que se alegrar em tudo que acontecesse. E disse que ela poderia começar ali mesmo, ficando contente por não *precisar* das muletas. Esse foi o início. Poliana disse que era um jogo maravilhoso e que o jogava desde então. E que quanto mais difícil encontrar a parte positiva, mais divertido era, até quando era *terrivelmente* difícil, como muitas vezes já tinha sido.

– Ora, que extraordinário! – murmurou a senhora Carew, ainda sem entender muito bem.

– Você acharia mesmo se pudesse ver os resultados desse jogo no hospital. – Della assentiu. – E o doutor Ames diz que soube que ela revolucionou do mesmo jeito a cidade inteira de onde veio. Ele conhece muito bem o doutor Chilton, o homem que se casou com a tia de Poliana. Aliás, acho que esse casamento foi um de seus feitos. Ela terminou com uma antiga briga de namorados entre eles.

– Sabe, uns dois anos atrás, o pai de Poliana morreu, e a garotinha foi enviada para essa tia que mora no leste. Em outubro, ela foi atropelada por um carro e disseram que nunca mais voltaria a andar. Em abril, o doutor Chilton a mandou para o hospital, onde ficou internada até março passado, quase um ano. Ela voltou para casa praticamente curada. Você deveria ter visto a menina! Só havia um detalhe que diminuía sua felicidade: ela não conseguia *andar* até sua casa. Pelo que entendi, a cidade inteira apareceu para recebê-la com música e cartazes.

– Mas não adianta *falar* sobre Poliana. É preciso *vê-la*. E é por isso que eu digo que gostaria que você pudesse receber uma dose de Poliana. Iria lhe fazer bem demais!

A senhora Carew ergueu um pouco o queixo.

– Na verdade, realmente devo dizer que sinto ter que discordar – respondeu de maneira fria. – Não me interesso em ser "revolucionada", e não tenho briga de namorados para ser solucionada. E se há *uma coisa* que seria insuportável para mim, seria uma senhorita Prim com expressão preocupada fazendo sermão sobre o quanto tenho de ser grata. Eu nunca poderia suportar...

Mas uma risada ressoante a interrompeu.

– Ah, Ruth, Ruth – disse a irmã, sorridente. – A senhorita Prim, de fato... é a *Poliana*! Ah, se você pudesse ao menos ver essa menina! Mas eu devia ter imaginado. *Eu disse* que não adianta *falar* sobre Poliana. E claro que você não deseja vê-la. Mas a senhorita Prim, realmente!

E se entregou a outra crise de riso. Porém, quase imediatamente, ficou séria e olhou para a irmã com o velho ar de preocupação.

– Querida, sério, não há nada a ser feito? – suplicou. – Você não pode desperdiçar a vida assim. Não quer tentar sair um pouco mais e... encontrar gente?

– Por que eu deveria, quando não quero? Estou cansada de gente. Você sabe que a sociedade sempre me entediou.

– Então por que não tenta algum tipo de trabalho... como caridade?

A senhora Carew fez um gesto impaciente.

– Della, querida, já falamos sobre isso. Eu doo dinheiro. Muito. E é o bastante. Na verdade, nem sei quanto, mas é muito. Não gosto de incentivar os pobres a mendigar.

– Mas se você desse um pouco de si mesma, querida – arriscou Della de maneira gentil. – Se conseguisse se interessar por algo além da própria vida, isso ajudaria muito e...

– Ora, Della, querida – interrompeu a irmã mais velha, de maneira reativa. – Eu amo você e amo quando vem aqui, mas simplesmente não posso suportar esses seus sermões. Tudo bem você se transformar em um anjo de misericórdia e dar copos de água fresca e enfaixar cabeças e tudo mais. Talvez assim *você* consiga esquecer Jamie, mas eu não. Isso só me faz pensar mais nele, me perguntando se ele tem alguém que lhe dê água e lhe enfaixe a cabeça. Além disso, isso tudo seria repugnante demais para mim, me misturar com gente desse tipo.

– Você já tentou?

– Ora, não, claro que não!

A voz da senhora Carew era de indignação e desprezo.

– Então como pode saber, até que tente? – perguntou a jovem enfermeira, levantando-se um pouco cansada. – Preciso ir, querida.

Vou encontrar as garotas na estação. Vamos pegar o trem de meio--dia e meia. Sinto muito se a irritei – concluiu, dando um beijo de adeus na irmã.

– Não estou irritada, Della – suspirou a senhora Carew –, mas se você pelo menos conseguisse entender!

Um minuto depois, Della Wetherby caminhava pelos salões silenciosos e sombrios da casa e chegava à rua. O rosto, o andar e a postura estavam muito diferentes de quando subiu os degraus, menos de meia hora antes. Toda a vivacidade, a agilidade e a alegria de viver tinham desaparecido. Por meio quarteirão, ela arrastou um pé após o outro. Então, de repente, jogou a cabeça para trás e respirou profundamente.

– Uma semana naquela casa me mataria. – Ela estremeceu. – Acredito que nem a própria Poliana conseguiria diminuir aquela tristeza! E a única coisa que poderia fazê-la contente seria o fato de não ter de ficar.

Mas logo ficou provado que essa descrença declarada não era a verdadeira opinião de Della Wetherby sobre a capacidade de Poliana de provocar uma mudança para melhor na casa da senhora Carew. Pois assim que a enfermeira chegou ao hospital, soube de algo que a fez lançar-se de novo, logo no dia seguinte, na viagem de 80 quilômetros até Boston.

A situação na casa da irmã estava tão exatamente igual à que encontrou antes que era quase como se a senhora Carew não tivesse se mexido desde seu encontro anterior.

– Ruth – falou de maneira ansiosa, depois de responder à saudação cheia de surpresa da irmã –, eu simplesmente *tive* de vir, e, desta vez, você vai me deixar falar e fazer as coisas do meu jeito. Ouça! Você pode receber a pequena Poliana aqui, eu acho, se quiser.

– Mas eu não quero – respondeu a senhora Carew com gélida rapidez.

Della Wetherby não pareceu ter ouvido. Ela continuou, animada:

– Ontem, quando voltei, descobri que o doutor Ames tinha recebido uma carta do doutor Chilton, aquele que se casou com a tia de Poliana, sabe. Bem, parece que ele disse na carta que está indo para a Alemanha para um curso especial no inverno e que levaria a esposa com ele, se conseguisse convencê-la de que, enquanto isso, Poliana ficaria bem em algum internato daqui. Mas a senhora Chilton não quer deixar Poliana sozinha em uma escola, então ele está com receio de que ela não vá viajar. Ruth, aí está nossa chance! Quero que *você* receba Poliana neste inverno e a deixe frequentar alguma escola aqui por perto.

– Que ideia absurda, Della! Como se eu quisesse uma criança aqui para incomodar!

– Ela não vai incomodar em nada. A essa altura deve ter quase 13 anos e é a coisinha mais talentosa que você já viu.

– Não gosto de crianças "talentosas" – revidou a senhora Carew, de maneira maldosa... mas riu, e porque ela riu, a irmã tomou uma repentina coragem e redobrou os esforços.

Talvez fosse a surpresa do pedido ou o inusitado. Talvez fosse porque a história de Poliana tivesse de algum modo tocado o coração de Ruth Carew. Ou talvez fosse apenas a relutância em recusar um apelo tão fervoroso da irmã. O que quer que tenha por fim resolvido a questão, quando meia hora depois Della Wetherby fez sua apressada partida, carregava a promessa de Ruth Carew de receber Poliana em sua casa.

– Mas lembre-se – alertou a senhora Carew na despedida –, apenas lembre-se de que no minuto em que essa criança começar a me dar sermões e a contabilizar minhas bênçãos, ela volta para você, e você pode fazer o que quiser com ela. *Eu* é que não vou mantê-la aqui!

– Vou me lembrar... mas não estou nem um pouco preocupada – assentiu a irmã mais nova, na despedida. Enquanto se afastava apressada da casa, sussurrou para si mesma:

– Metade do meu trabalho está feita. Agora, a outra metade: conseguir que Poliana venha. Mas ela simplesmente precisa vir. Escreverei uma carta de modo que não possam recusar!

Capítulo 2

Alguns velhos amigos

Naquele dia de agosto em Beldingsville, a senhora Chilton esperou até que Poliana tivesse ido dormir para falar com o marido sobre a carta que tinha chegado do correio pela manhã. Aliás, teria de esperar de qualquer maneira, porque a agenda lotada do consultório e as duas longas jornadas do médico pelas colinas não deixavam tempo para reuniões domésticas.

De fato, eram quase nove e meia da noite quando o médico entrou na sala de estar. Seu rosto cansado se iluminou ao vê-la, mas ao mesmo tempo uma confusa interrogação surgiu em seus olhos.

– Polly, querida, o que houve? – perguntou, preocupado.

A esposa deu um riso pesaroso.

– Bem, é uma carta... embora minha intenção não fosse você descobrir só de olhar para mim.

– Então não deveria ser tão transparente – ele sorriu. – Mas o que houve?

A senhora Chilton hesitou, apertou os lábios e em seguida pegou uma carta perto dela.

– Eu vou ler para você – disse. – É de uma tal senhorita Della Wetherby, do hospital do doutor Ames.

– Tudo bem. Vamos lá – instruiu o homem, deitando-se no sofá perto da poltrona da esposa.

Mas ela não "foi lá" imediatamente. Primeiro se levantou e cobriu o marido com uma manta de lã cinza. A senhora Chilton casara-se havia apenas um ano. Ela estava com 42 anos agora. Às vezes, era como se naquele curto ano de casada tivesse tentado encher o marido com todo o carinho e atenção acumulados durante 20 anos de falta de amor e solidão. Por sua vez, o médico, que tinha 45 anos no dia do casamento e não conseguia se lembrar de nada além de solidão e falta de amor, não se opunha a esse carinho concentrado. Agia, na verdade, como se gostasse bastante, embora tomasse cuidado para não demonstrar com muito entusiasmo: percebeu que a senhora Polly tinha sido por muito tempo a senhorita Polly, e que estava inclinada a recuar em pânico e a achar seus cuidados "bobos" se fossem recebidos com muita ênfase e entusiasmo. Assim, naquele momento, ele se contentou com uma simples carícia de mão quando ela deu a última alisada na manta e se acomodou para ler a carta em voz alta.

Minha querida senhora Chilton – escreveu Della Wetherby. *Simplesmente por seis vezes comecei a lhe escrever uma carta e a rasguei. Então agora decidi "não começar", mas apenas dizer de uma vez o que quero. Quero Poliana. Posso tê-la?*

Conheci a senhora e seu marido em março passado, quando levaram Poliana para casa, mas imagino que não se lembrem de mim. Estou pedindo ao doutor Ames (que me conhece muito bem) para escrever ao seu marido a fim de que não temam (espero) confiar sua querida sobrinha a nós.

Entendi que iria à Alemanha com seu marido se não fosse por deixar Poliana, então ouso lhe pedir que nos deixe ficar com ela. Na verdade, lhe imploro que nos deixe ficar com ela, querida senhora Chilton. E agora me deixe lhe explicar por quê.

Minha irmã, a senhora Carew, é uma mulher solitária, com o coração partido, descontente e infeliz. Ela vive em um mundo de escuridão, onde a luz do sol não penetra. Agora, eu acredito que, se alguma coisa na Terra pode trazer a luz do sol para a vida dela, é a sua sobrinha, Poliana. A senhora não pode deixá-la tentar? Gostaria de poder lhe contar o que ela fez pelo hospital daqui, mas ninguém consegue expressar em palavras. A senhora teria de ver. Há muito tempo descobri que palavras não são suficientes para descrever Poliana. No instante em que se tenta, ela soa pedante e moralista e… é impossível. Mas a senhora e eu sabemos que ela é tudo, menos isso. Basta colocar Poliana em cena e deixá-la falar por si mesma. Então, quero levá-la a minha irmã e deixá-la falar. Ela frequentaria a escola, claro, mas enquanto isso sinceramente acredito que estaria curando a ferida no coração da minha irmã.

Não sei como terminar esta carta. Acho que é mais difícil do que começar. Acho que não quero terminá-la. Quero continuar falando e falando por receio de que, se parar, lhe dê a chance de dizer não. Então, se estiver *tentada a dizer essa palavra terrível, por favor, imagine que ainda estou falando, contando o quanto queremos e precisamos de Poliana.*

Esperançosamente,
Della Wetherby

– Aí está! – exclamou a senhora Chilton, enquanto punha a carta de lado. – Você já leu uma carta tão incomum ou ouviu falar de um pedido mais absurdo e despropositado?

– Bem, não estou tão certo disso – sorriu o médico. – Não acho absurdo querer Poliana.

– Mas... mas do jeito que ela coloca, "curando a ferida no coração da minha irmã", e tudo o mais. Alguém poderia pensar que a criança é algum tipo de... de remédio!

O médico riu abertamente e ergueu as sobrancelhas.

– Bem, não posso afirmar com toda certeza, mas diria que ela é, Polly. *Sempre* disse que gostaria de poder prescrevê-la e comprá-la, como eu faria com uma caixa de comprimidos. E Charlie Ames disse que, durante o ano inteiro em que ela esteve no hospital, defenderam a ideia de dar uma dose de Poliana aos pacientes o mais rápido possível, assim que chegavam.

– "Dose", realmente! – desdenhou a senhora Chilton.

– Então, não vai deixá-la ir?

– Ir? Ora, claro que não! Você acha que eu deixaria a criança ficar assim com completos estranhos? E que estranhos! Ora, Thomas, é de se esperar que, quando voltarmos da Alemanha, essa enfermeira a tenha engarrafado e colocado um rótulo com instruções completas de como tomá-la.

O médico voltou a jogar a cabeça para trás e riu com entusiasmo, mas por um instante apenas. A expressão mudou de maneira perceptível ao pegar uma carta no bolso.

– Eu mesmo soube pelo doutor Ames esta manhã – disse ele, com algo estranho na voz que fez a esposa franzir a testa. – Acho que agora lerei minha carta para você.

Querido Tom – começou ele. – *A senhorita Della Wetherby me pediu que eu desse a ela e a sua irmã uma "recomendação", o que estou muito feliz em fazer. Conheço as garotas Wetherby desde a infância. Vêm de uma ótima e antiga família, e são damas muito bem-educadas. Quanto a isso, não precisa temer.*

Havia três irmãs: Doris, Ruth e Della. Doris se casou com um homem chamado John Kent, muito contra os desejos da família. Kent vinha de boa linhagem, mas ele mesmo não era lá grande coisa, eu acho, e era com certeza um homem muito excêntrico e desagradável de se lidar. Ficou bastante irritado com a atitude dos Wetherby em relação a ele e houve pouco contato entre as famílias até a vinda do bebê. Os Wetherby adoravam o menino, James... "Jamie", como o chamavam. Doris, a mãe, morreu quando o menino tinha 4 anos, e os Wetherby faziam todos os esforços para que o pai lhes confiasse a criança, quando de repente Kent desapareceu, levando consigo o menino. Desde então, nunca mais se soube dele, embora uma busca mundial tenha sido feita.

A perda praticamente matou o senhor e a senhora Wetherby. Os dois morreram logo depois. Ruth já tinha se casado e ficado viúva. O marido era um homem chamado Carew, muito rico e bem mais velho do que ela. Viveu apenas cerca de um ano após o casamento e a deixou com um filho pequeno, que também morreu em um ano.

Desde o momento em que o pequeno Jamie desapareceu, Ruth e Della pareciam ter apenas um objetivo na vida: encontrá-lo. Gastaram rios de dinheiro e moveram céus e terra, sem sucesso. Com o tempo, Della estabeleceu-se como enfermeira. Está realizando um trabalho esplêndido e se tornou a mulher alegre, eficiente e saudável que estava destinada a ser – ainda que nunca se esqueça do sobrinho desaparecido nem deixe de seguir qualquer pista que possa levá-la a seu encontro.

Mas com a senhora Carew é bem diferente. Depois de perder o próprio filho, pareceu concentrar todo o seu amor materno frustrado no filho da irmã. Como você pode imaginar, ficou desesperada quando ele desapareceu. Isso faz oito anos. Para ela, oito longos anos de aflição, tristeza e amargura. Claro que tudo que o dinheiro pode comprar está a sua disposição, mas nada lhe agrada, nada lhe interessa. Della sente que chegou a hora de a irmã ser tirada desse enclausuramento, a todo custo, e acredita que Poliana, a radiante sobrinha de sua esposa, possui a chave mágica que lhe abrirá a porta de uma nova existência.

Sendo esse o caso, espero que você ache conveniente atender o pedido. E posso acrescentar também que eu, pessoalmente, apreciaria o favor, porque Ruth

Carew e sua irmã são velhas e queridas amigas minhas e de minha esposa, e o que as atinge nos atinge também.

Com carinho,
Charlie

A carta terminou e então houve um longo silêncio, tão longo que o médico perguntou, em voz baixa:

- E então, Polly?

O silêncio se manteve. Observando de perto o rosto da esposa, o médico percebeu que seus lábios e seu queixo, em geral firmes, tremiam. Aguardou então em silêncio até que a esposa falasse.

- Quando você acha... que elas a esperam? - perguntou ela, enfim.

Mesmo tentando se controlar, o doutor Chilton demonstrou um ligeiro sobressalto.

- Você quer dizer... que *vai* deixá-la ir? - bradou ele.

A esposa se virou, indignada.

- Ora, Thomas Chilton, que pergunta! Você acha que, depois de uma carta como essa, eu poderia fazer qualquer coisa *além* de deixá-la ir? E não foi o *próprio* doutor Ames que nos pediu? Você acha que, depois do que esse homem fez por Poliana, eu negaria a ele *qualquer coisa*, seja lá o que fosse?

- Querida, querida! Só espero, então, que o doutor não tenha a ideia de pedir por *você*, meu amor - murmurou o "marido-de-um-ano", com um sorriso bem-humorado.

Mas a esposa apenas lhe lançou um merecido olhar irônico e disse:

- Pode escrever ao doutor Ames que enviaremos Poliana. E peça a ele que diga a senhorita Wetherby para nos dar todas as coordenadas. Deve ser algum dia antes do dia 10 do mês que vem, claro, porque é quando você embarca, e naturalmente quero eu mesma ver a criança instalada de maneira adequada antes de partir.

- Quando você vai contar a Poliana?

- Amanhã, provavelmente.

- O que vai dizer a ela?

– Não sei ao certo, mas nada além do necessário, lógico. O que quer que aconteça, Thomas, não queremos estragar Poliana. Qualquer criança ficaria mimada se fizesse ideia de que é um tipo de, de...

– De frasco de remédio com rótulo e instruções de uso? – interrompeu o médico, com um sorriso.

– Sim – suspirou a senhora Chilton. – É a falta de consciência dela que salva tudo. Você sabe disso, querido.

– Sim, eu sei – concordou o homem.

– Claro que ela sabe que você e eu, e metade da cidade, estamos jogando com ela e que estamos muito mais felizes por causa do jogo. – A voz da senhora Chilton estremeceu um pouco, então continuou com mais firmeza. – Mas se ela, de modo consciente, começasse a ser qualquer coisa que não seu euzinho natural, radiante e feliz, fazendo o jogo que seu pai a ensinou, seria – exatamente como essa enfermeira disse que ela soaria – "impossível". Então, não vou lhe dizer que está indo para a casa da senhora Carew para animá-la – concluiu a senhora Chilton, levantando-se decidida e deixando seus papéis de lado.

– É por esse motivo que eu a considero sábia – aprovou o médico.

Poliana foi informada no dia seguinte, e desta maneira:

– Minha querida – começou a tia naquela manhã, quando as duas estavam sozinhas –, você gostaria de passar o próximo inverno em Boston?

– Com a senhora?

– Não. Decidi ir com seu tio para a Alemanha. Mas a senhora Carew, uma querida amiga do doutor Ames, a convidou para ficar com ela durante o inverno, e acho que devo deixá-la ir.

A expressão de Poliana foi de desânimo.

– Mas em Boston não terei o Jimmy nem o senhor Pendleton nem a senhora Snow nem qualquer pessoa que eu conheça, tia Polly.

– Não, querida, mas você não as tinha quando veio para cá... até encontrá-las.

Poliana deu um sorriso repentino.

– Ora, tia Polly, não tinha mesmo! E isso significa que lá em Boston há Jimmys e senhores Pendleton e senhoras Snow que eu não conheço esperando por mim, não é?

– Sim, querida.

– Então posso ficar contente com isso! Tia Polly, acho que agora a senhora sabe como jogar melhor do que eu. Eu nunca tinha pensado nas pessoas que me esperam para conhecê-las. E há tantas! Vi algumas quando estive lá com a senhora Gray dois anos atrás. Ficamos lá duas horas inteiras, sabe, no caminho para cá, quando vim do oeste.

– Tinha um homem na estação, um homem maravilhoso que me disse onde conseguir um copo de água. A senhora acha que ele ainda está lá? Gostaria de saber dele. E tinha uma senhora gentil com uma garotinha. Elas moram em Boston. Disseram que moram. O nome da garotinha era Susie Smith. Talvez eu pudesse saber delas. A senhora acha que eu poderia? E tinha um menino e outra senhora com um bebê, só que eles moravam em Honolulu, então provavelmente não poderei encontrá-los desta vez. Mas, de qualquer modo, tem a senhora Carew. Quem é a senhora Carew, tia Polly? É uma parente?

– Nossa, Poliana! – exclamou a senhora Chilton, ao mesmo tempo sorridente e desesperada. – Como você espera que alguém acompanhe sua língua, e ainda mais seus pensamentos, quando vão para Honolulu e voltam em dois segundos! Não, a senhora Carew não tem qualquer parentesco conosco. Ela é irmã da senhorita Della Wetherby. Você se lembra da senhorita Wetherby, do hospital?

Poliana bateu palmas.

– Irmã *dela*? Irmã da senhorita Wetherby? Ah, então ela será maravilhosa, sei disso. A senhorita Wetherby era. Adorei a senhorita Wetherby. Ela tinha covinhas ao redor dos olhos e da boca e sabia as histórias *mais legais* de todas. Mas eu só estive com ela por dois meses, porque ela só chegou lá um pouco antes de eu sair. No início, fiquei triste por não ter ficado com ela *todo* o tempo, mas depois fiquei contente, porque, veja bem, se eu *tivesse* ficado com ela todo o tempo, teria sido mais difícil dizer adeus do que foi, quando estive com ela só um pouquinho. E agora vai parecer como se eu estivesse de novo com ela, porque vou estar com sua irmã.

A senhora Chilton respirou fundo e mordeu o lábio.

– Mas, Poliana, querida, você não deve esperar que sejam tão parecidas assim – arriscou.

– Ora, elas são *irmãs*, tia Polly – argumentou a menina, os olhos arregalados –, e acho que irmãs são sempre parecidas. Tínhamos dois pares de irmãs na Sociedade Auxiliadora Feminina. Um era de gêmeas, e *elas* eram tão parecidas que não dava para dizer quem era a senhora Peck e quem era a senhora Jones, até que uma verruga cresceu no nariz da senhora Jones, então claro que podíamos diferenciá-las, porque era só olhar a verruga. E foi o que eu lhe disse um dia quando ela estava reclamando que as pessoas a chamavam de senhora Peck. Eu disse que se apenas prestassem atenção na verruga, como eu fazia, logo saberiam. Mas ela ficou zangada de verdade, quer dizer, descontente, receio que não tenha gostado, embora eu não entenda o motivo. Achei que ficaria contente por haver algo que as diferenciasse, especialmente quando ela era a presidente e não gostava que as pessoas não *agissem* como se ela fosse uma. Dando a ela os melhores lugares e apresentações e atenções especiais nos jantares da igreja, sabe? Mas ela não gostou, e depois ouvi a senhora White dizer à senhora Rawson que a senhora Jones tinha feito todo o possível para se livrar dessa verruga, até tentar colocar sal na cauda de um pássaro. Mas não vejo como *isso* poderia fazer algum bem. Tia Polly, *colocar* sal na cauda de um pássaro ajuda a evitar verrugas no nariz das pessoas?

– Claro que não, menina! Como você fala, Poliana, principalmente quando é sobre essas senhoras da Sociedade Auxiliadora Feminina!

– Falo muito, tia Polly? – perguntou a menina com tristeza. – E isso a incomoda? Não quero incomodar a senhora, de verdade, tia Polly. E, de qualquer maneira, se incomodar a senhora eu falar sobre essas senhoras da Sociedade Auxiliadora Feminina, a senhora pode ficar meio contente, porque, se eu estiver pensando nelas, com certeza estarei pensando no quanto estou contente por não estar mais com elas e sim ter minha própria tia. A senhora fica contente com isso, não fica, tia Polly?

– Sim, sim, querida, claro que fico, claro que fico – riu a senhora Chilton, levantando-se para sair da sala e de repente sentindo-se culpada por, às vezes, ficar consciente de sua antiga irritação com a eterna alegria de Poliana.

Durante os dias seguintes, enquanto cartas a respeito da estada de Poliana em Boston iam e vinham, a própria Poliana se preparava, fazendo uma série de visitas de despedida aos amigos de Beldingsville.

Agora, todo mundo no pequeno povoado de Vermont conhecia Poliana e quase todos estavam jogando com ela. Os poucos que não estavam era por ignorarem o que o era o jogo do contente. Então, uma casa após outra, Poliana agora levava a notícia de que estava indo passar o inverno em Boston. Elevou-se ruidosamente o clamor de pesar e protesto, desde Nancy, na própria cozinha da tia Polly, até a casa grande na colina onde vivia John Pendleton.

Nancy não hesitava em dizer a todos, menos a sua patroa, que *ela* considerava essa viagem a Boston uma completa insensatez e que, por ela, teria ficado contente em levar Poliana para sua casa, nos Corners. Levaria, levaria mesmo. E então a senhora Polly poderia ir para a Alemanha, como queria.

Na colina, John Pendleton disse praticamente a mesma coisa, só que não hesitou em dizer isso à própria senhora Chilton. Quanto a Jimmy, o garoto de 12 anos que John Pendleton tinha levado para casa porque Poliana quis que o levasse, e a quem tinha agora adotado, porque ele quis adotar... quanto a Jimmy, ficou indignado, e não demorou a demonstrar.

– Mas você acabou de chegar – ele repreendeu Poliana, com um tom de voz que um garotinho é capaz de usar quando quer esconder que tem um coração.

– Ora, estou aqui desde o final de março. Além disso, não é como se eu fosse ficar lá para sempre. É só por este inverno.

– Não importa. Você acabou de ficar fora por quase um ano inteiro, *e se eu sabia que você ia ficar longe de novo na primeira oportunidade, não tinha indo* ajudar a receber você com faixas, música e tudo mais naquele dia que você veio do hospital.

– Ora, Jimmy Bean! – esbravejou Poliana, em perplexa reprovação. Então, com um toque de superioridade vindo do orgulho ferido, comentou: – Tenho certeza de que não *pedi* para você me receber com música e essas coisas. E você cometeu dois erros nessa frase. Não se diz "tinha indo ajudar", e acho que "se eu sabia" está errado. Não soa bem, pelo menos.

– Bem, quem se importa com isso?

Os olhos de Poliana se arregalaram ainda mais em reprovação.

– Você *disse* que se importava quando me pediu que avisasse quando cometesse erros, porque o senhor Pendleton estava tentando fazer você falar direito.

– Bem, se você tivesse sido criada em um abrigo, sem pessoas que se importam, em vez de por um monte de velhas que não tinham nada para fazer além de dizer a você como falar direito, talvez dissesse "tinha indo ajudar" e um monte de coisas muito mais piores, Poliana Whittier!

– Ora, Jimmy Bean! – explodiu Poliana. – Minhas senhoras da Sociedade Auxiliadora Feminina não eram velhas. Quer dizer, a maioria não era tão velha – corrigiu-se com rapidez, com sua habitual tendência à verdade e à literalidade superando a raiva – e além disso...

– Bem, também não sou Jimmy Bean – interrompeu o garoto, erguendo o queixo.

– Você não é... ora, Jimmy Be... como assim? – perguntou a garota.

– Fui adotado, *legalmente*. Ele disse que pretendia fazer isso desde o começo, só que não estava conseguindo. Agora conseguiu. Vou me chamar Jimmy Pendleton, e vou chamá-lo de tio John, só que eu não... não estou *custumado*... quer dizer, ainda não estou *acostumado*, então não comecei a chamá-lo assim, sempre.

O menino ainda falava de maneira irritada, ressentido, mas todos os traços de descontentamento tinham sumido do rosto da menina com as palavras dele. Ela bateu palmas com alegria.

– Ah, que maravilha! Agora você tem as *suas* pessoas, pessoas que se importam, sabe? E nunca terá de explicar que não *nasceu* dessas pessoas, porque seu nome é o mesmo agora. Estou tão contente, *contente, contente*!

O menino se levantou de repente do muro de pedra em que estavam sentados e se afastou. Suas bochechas estavam quentes e seus olhos cheios de lágrimas. Era a Poliana que devia isso tudo, esse grande bem que tinha acontecido a ele, e Jimmy sabia. E foi a Poliana que ele tinha acabado de dizer...

Ele chutou furiosamente uma pedrinha, depois outra e outra. Achou que aquelas lágrimas quentes nos olhos se espalhariam e rolariam pelas bochechas mesmo contra sua vontade. Chutou outra pedra, e outra, então pegou uma terceira pedra e a arremessou com toda a força. Um minuto depois, voltou devagar para Poliana, ainda sentada no muro de pedra.

– Aposto que consigo chegar àquele pinheiro antes de você – desafiou ele, tranquilo.

– Aposto que não consegue – gritou Poliana, descendo do muro.

No fim das contas, a corrida não aconteceu, pois Poliana se lembrou a tempo de que correr era um dos luxos ainda proibidos para ela. Mas no que dizia respeito a Jimmy, isso não importava. Suas bochechas não estavam mais quentes e seus olhos já não ameaçavam transbordar de lágrimas. Jimmy voltara a ser ele mesmo.

Capítulo 3
Uma dose de Poliana

À medida que o dia 8 de setembro se aproximava – o dia em que Poliana chegaria – a senhora Ruth Carew ficava mais nervosa e exasperada consigo mesma. Apenas *uma vez* disse que tinha se arrependido da promessa de ficar com a menina. E foi logo depois de tê-la feito. Antes de se passarem 24 horas, de fato, escreveu à irmã pedindo que fosse liberada do acordo, mas Della respondeu que era tarde demais, pois ela e o doutor Ames já haviam escrito para os Chilton.

Depois disso, a carta de Della chegou, dizendo que a senhora Chilton tinha dado seu consentimento e que dentro de alguns dias estaria em Boston para os preparativos quanto à escola e outras coisas. Então não havia nada a ser feito, naturalmente, além de deixar as coisas seguirem seu curso. A senhora Carew se conformou e se submeteu ao inevitável, embora com desânimo. É verdade que tentou ser dignamente gentil quando Della e a senhora Chilton fizeram a esperada visita, mas ficou muito contente que o tempo limitado tenha feito com que a estada da senhora Chilton fosse de curta duração e muito atribulada.

Talvez fosse bom, realmente, que a chegada de Poliana acontecesse no máximo dia 8, porque a espera, em vez de acalmar a senhora Carew em relação à futura integrante da casa, a enchia de irritação e impaciência, no que ela gostava de chamar de sua "concordância absurda com o plano louco de Della".

A própria Della estava bem ciente do estado de espírito da irmã. Se por fora mantinha uma fachada de coragem, no fundo estava um tanto receosa quanto aos resultados, mas estava colocando sua fé em Poliana, e por isso, decidiu, em uma ousada atitude, deixar a garota começar a batalha desassistida e sozinha. Planejou então que a senhora Carew as encontrasse na estação em sua chegada. Em seguida, logo que os cumprimentos, as saudações e as apresentações terminaram, ela alegou um compromisso e se retirou. Assim, a senhora Carew mal teve tempo de olhar para sua nova incumbência antes de se ver sozinha com a menina.

– Ah, mas Della, Della, você não pode... não posso... – chamou, agitada, em direção à enfermeira que se retirava.

No entanto, Della, se ouviu, não deu atenção e, visivelmente nervosa e irritada, a senhora Carew se virou para a menina a seu lado.

– Que pena! Ela não ouviu, não é? – dizia Poliana, os olhos também seguindo ansiosamente a enfermeira. – E eu *não queria* nem um pouco que ela fosse. Mas ainda estou com a senhora, não estou? Posso ficar contente por isso.

– Ah, sim, você está comigo e eu estou com você – respondeu a senhora, sem muita empolgação. – Venha, vamos por aqui – disse ela, com um movimento para a direita.

Poliana se virou obedientemente e caminhou ao lado da senhora Carew, pela enorme estação, mas olhou ansiosa, uma ou duas vezes, para seu rosto sério. Então falou com hesitação:

– Suponho que talvez a senhora tenha pensado que eu fosse bonita – arriscou-se a dizer, a voz preocupada.

– Bo-bonita? – repetiu a senhora Carew.

– Sim, com cachos, sabe, essas coisas. E claro que imaginou como *eu era*, assim como eu imaginei a senhora. Só que eu *sabia* que a senhora era bonita e gentil, por causa da sua irmã. Eu a tinha para me guiar, mas a senhora não tinha ninguém. E claro que não sou bonita, por causa das sardas, e *não* é agradável quando se espera uma menina *bonita* e aparece uma como eu e...

– Que besteira, menina! – interrompeu a senhora Carew, de modo um pouco brusco. – Venha, vamos pegar sua mala, depois vamos para casa. Esperava que minha irmã viesse conosco, mas parece que não achou adequado, mesmo para essa primeira noite.

Poliana sorriu e assentiu.

– Eu sei, mas provavelmente ela não podia. Alguém precisava dela, eu acho. Alguém sempre precisa dela no hospital. É um incômodo, claro, quando as pessoas querem você todo o tempo, não é? Porque muitas vezes não é possível estar presente sempre que querem você. Mesmo assim, você pode ficar meio contente com isso, porque *é* bom ser querida, não é?

Não houve resposta. Talvez porque pela primeira vez na vida a senhora Carew estava se perguntando se em qualquer lugar do mundo havia alguém que realmente a queria. Não que ela *quisesse* ser querida, claro, disse a si mesma com raiva, recompondo-se com um movimento brusco e franzindo a testa para a menina a seu lado.

Poliana não a viu fazer isso. Seus olhos miravam a multidão apressada que as rodeava.

– Nossa! Quanta gente – disse com alegria. – Há ainda mais pessoas do que havia da outra vez em que estive aqui, mas ainda não vi ninguém que já tenha visto, mesmo procurando por elas em toda parte. Claro, a senhora e a bebezinha moram em Honolulu, então provavelmente *não* estão aqui, mas havia uma garotinha, Susie Smith, que morava aqui mesmo em Boston. Talvez a senhora a conheça. A senhora conhece Susie Smith?

– Não, não conheço Susie Smith – respondeu a senhora Carew, secamente.

– Não? Ela é incrivelmente legal, e é bonita. Tem cachos negros, sabe, como os que eu vou ter quando for para o céu. Mas não tem problema, talvez eu possa encontrá-la para a senhora, então a senhora *a conhecerá*. Ah, nossa! Que carro maravilhoso! E é nele que vamos para casa? – interrompeu-se Poliana quando pararam diante de uma bela limusine e um motorista uniformizado segurando a porta aberta.

– Sim, vamos nele. – Em seguida: – Para casa, Perkins – acrescentou ao deferente motorista.

– Ah, nossa, é seu? – perguntou Poliana, detectando o inconfundível ar de proprietária na postura de sua anfitriã. – Que maravilha! Então a senhora deve ser rica. Incrivelmente, quer dizer, *excessivamente* rica, mais do que o tipo que tem tapetes em cada cômodo e sorvetes aos domingos, como os White, uma de minhas senhoras da Sociedade Auxiliadora Feminina, sabe? (Quer dizer, *ela* era uma Auxiliadora.) Costumava achar que *eles* eram ricos, mas agora sei que ser realmente rico significa ter anéis de diamantes, criadas, casacos de pele, vestidos de seda e veludo para todos os dias e um carro. A senhora tem todas essas coisas?

– Ah, si-sim, acho que tenho – admitiu a senhora Carew, com um leve sorriso.

– Então a senhora é rica, claro – disse Poliana, com sabedoria. – Minha tia Polly também tem, só que seu carro é um cavalo. Nossa! Como é bom passear nessas coisas – alegrou-se Poliana, com um pulinho de alegria. – Sabe, nunca tinha andado, a não ser naquele que passou por cima de mim. Eles me colocaram *nele* depois que me tiraram debaixo dele. Mas claro que não estava consciente, então não pude aproveitar. Desde então não tinha estado em um. Tia Polly não gosta deles. Mas tio Tom gosta e quer ter um. Diz que tem que ter para seu trabalho. Ele é médico, sabe, e todos os outros médicos na cidade agora têm. Não sei como vai ser. Tia Polly fica toda inquieta com isso. Ela quer que tio Tom tenha o que quer, só que ela quer que ele queira o que ela quer que ele queira. Entendeu?

De repente a senhora Carew riu.

– Sim, minha querida, acho que entendi – respondeu, séria, mas os olhos carregavam um brilho bastante incomum.

– Certo – suspirou Poliana, com satisfação. – Achei que entenderia, apesar de parecer meio confuso quando eu disse. Ah, tia Polly diz que não se importaria tanto em ter um carro, desde que pudesse ter o único carro do mundo, então não haveria outro para bater no dela, mas... Nossa! Quantas casas! – interrompeu-se Poliana, olhando ao redor com olhos cheios de admiração. – Elas não acabam nunca? Mas tem de haver muitas delas para todas aquelas pessoas morarem, claro, aquelas que eu vi na estação, além dessas aqui nas ruas. E claro que onde *tem* mais pessoas, tem mais para conhecer. Eu adoro pessoas. E a senhora?

– *Adora pessoas!*

– Sim, só pessoas, quero dizer. Qualquer uma, todas.

– Bem, não, Poliana, não posso dizer que adoro – respondeu a senhora Carew, friamente, as sobrancelhas franzidas.

Os olhos da senhora Carew perderam o brilho. Na verdade pareciam bastante desconfiados de Poliana. A senhora Carew dizia para si mesma: "Agora o sermão número um, suponho, sobre meu dever de me misturar com outras pessoas, à moda da irmã Della.

– Não? Ah, eu adoro – suspirou Poliana. – São todas tão boas e tão diferentes, sabe. E aqui deve ter muitas para serem boas e diferentes. Ah, a senhora não sabe como fico contente de ter vindo! Sabia que ficaria, de qualquer maneira, assim que descobri que a senhora era *a senhora*. Quer dizer, a irmã da senhorita Wetherby. Eu adoro a senhorita Wetherby, então sabia que ia adorar a senhora também, porque, claro, vocês seriam parecidas, irmãs, mesmo que não sejam gêmeas como a senhora Jones e a senhora Peck. E elas nem eram tão idênticas assim, de todo modo, por causa da verruga. Mas a senhora não sabe do que estou falando, então vou lhe contar.

E o que aconteceu foi que a senhora Carew, que se preparava para um sermão sobre ética social, estava, para sua surpresa e um pouco para seu desapontamento, ouvindo a história de uma verruga no nariz de uma tal de senhora Jones, da Sociedade Auxiliadora Feminina.

Quando a história acabou, a limusine tinha virado na Avenida Commonwealth, e Poliana logo começou a exclamar sobre a beleza de uma rua que tinha um "parque maravilhoso, amplo e longo, por todo o caminho", e que era ainda mais lindo, disse ela, "depois de todas aquelas ruazinhas estreitas".

– Só acho que todo mundo ia querer morar aqui – comentou com entusiasmo.

– Muito provável, mas dificilmente seria possível – rebateu a senhora Carew, com as sobrancelhas erguidas.

Poliana, tomando por engano a expressão no rosto da senhora Carew como de insatisfação pela própria casa não estar na bela avenida, se apressou a consertar.

– Ora, não, claro que não seria – concordou. – E não quis dizer que as ruas mais estreitas não sejam boas – disse apressada –, e talvez melhores, porque você pode ficar contente por não ter de ir muito longe quando quer atravessar para pegar ovos emprestados ou bicarbonato de sódio, e... Ah, mas a senhora *mora* aqui? – interrompeu-se quando o carro parou diante da imponente entrada da casa da senhora Carew. – A senhora mora aqui, senhora Carew?

– Ora, sim, claro que moro aqui – respondeu com um toque de irritação.

– Ah, como a senhora deve ser contente, tão *contente* por morar em um lugar tão maravilhoso! – exclamou a menina, lançando-se para a calçada e olhando ansiosamente ao redor. – A senhora não está contente?

A senhora Carew não respondeu. Com os lábios cerrados e as sobrancelhas franzidas, estava saindo da limusine.

Pela segunda vez em cinco minutos, Poliana se apressou a consertar.

– Claro que não quis dizer o tipo de contente que tem a ver com orgulho – explicou, buscando o rosto da senhora Carew com olhos ávidos. – Talvez a senhora pense que sim, como a tia Polly, às vezes, costumava pensar. Não quis dizer que é contente porque tem uma coisa que outra pessoa não pode ter, mas do tipo que só... que só faz você querer gritar e berrar e bater portas, sabe, mesmo que não seja apropriado – concluiu ela, agitando o corpo para cima e para baixo.

O motorista se virou de repente e se ocupou do carro. A senhora Carew, ainda com os lábios cerrados e as sobrancelhas franzidas, subiu os amplos degraus de pedra.

– Venha, Poliana – foi tudo que disse, rispidamente.

Cinco dias depois, Della Wetherby recebeu a carta da irmã, e, com muita ansiedade, a abriu. Era a primeira desde a chegada de Poliana a Boston.

Minha querida irmã – escreveu a senhora Carew. – *Pelo amor de Deus, Della, por que você não me deu algum tipo de ideia do que esperar dessa menina que insistiu para que ficasse comigo? Estou quase louca e não posso simplesmente mandá-la embora. Tentei três vezes, mas, todas as vezes, antes que eu consiga fazer com que as palavras saiam da minha boca, ela me interrompe,* dizendo-me o quanto está sendo maravilhoso o período que está passando aqui e como está contente, e como foi bom eu tê-la deixado morar comigo enquanto sua tia Polly está na Alemanha. Agora como, me diga, diante disso, posso virar e dizer, "Bem, não gostaria de voltar para casa?". E a parte absurda disso é que não acho que não tenha entrado na sua cabeça que não a quero aqui, e não consigo fazer com que entre.

Claro que se ela começar a me dar sermão e me dizer que devo levar em conta as bênçãos que recebi, eu terei de mandá-la embora. Você sabe que logo de início eu disse que não permitiria isso. E não vou permitir. Duas ou três vezes eu achei que iria fazer (sermão, quero dizer), mas até agora sempre termina com alguma história ridícula sobre aquelas senhoras da Sociedade Auxiliadora Feminina dela, então o sermão é deixado de lado. Felizmente para ela, se quiser ficar.

Mas, na verdade, Della, a menina é impossível. Veja. Em primeiro lugar, ela está louca de alegria pela casa. No dia em que chegou, implorou para que eu abrisse cada cômodo, e não ficou satisfeita até que cada sombra da casa se fosse, para que pudesse "ver todas as coisas totalmente adoráveis", o que, ela afirmou, era ainda melhor do que as do senhor Pendleton, seja lá quem ele é – acho que alguém de Beldingsville. De qualquer modo, ele não é uma das senhoras da Sociedade Auxiliadora Feminina. Estou bem informada em relação a isso.

Então, como se não fosse o bastante me manter correndo de um cômodo para o outro (como se eu fosse o guia em uma "visita guiada"), ela ainda descobriu um vestido de noite de cetim branco que eu não usava havia anos e suplicou que eu o vestisse. E eu o vesti... por que motivo, não consigo imaginar, mas me vi completamente impotente em suas mãos.

E foi só o começo. Ela implorou para ver tudo o que eu tinha, e era tão engraçada em suas histórias das caixas de doações, com as roupas com as quais costumava se vestir, que eu tive de rir. Embora quase chorasse também, ao pensar nas coisas miseráveis que a pobre menina tinha para vestir. Claro que os vestidos levaram a joias, e ela fez tanto alvoroço sobre meus dois ou três anéis que eu estupidamente abri o cofre, e vi seus olhos saltarem. E, Della, achei que a menina fosse enlouquecer. Ela colocou em mim cada anel, broche, bracelete e colar que tenho, e insistiu em prender as tiaras de diamantes no meu cabelo (quando descobriu o que eram). Até que eu me sentei, pendurada de pérolas, diamantes e esmeraldas, me sentindo uma deusa pagã em um templo hindu, especialmente quando a menina absurdamente começou a dançar ao meu redor, *batendo palmas e cantando, "Ah, que maravilhoso, que maravilhoso! Como eu adoraria pendurar a senhora na janela. Faria um prisma tão bonito!"*

Eu estava prestes a perguntar que diabos queria dizer com isso quando ela caiu no chão e começou a chorar. E por que você acha que estava chorando? Porque estava tão contente de ter olhos para ver! Agora, o que você acha disso?

Claro que isso não é tudo. É apenas o começo. Poliana está aqui há quatro dias e preencheu por completo cada um deles. Já enumera entre os amigos o lixeiro, o policial que estiver no turno e o entregador de jornais, sem falar de cada criado a meu serviço. Parecem realmente encantados com ela, todos eles. Mas, por favor, não ache que eu estou, porque não estou. Enviaria a criança de volta para você imediatamente se não me sentisse obrigada a cumprir a promessa de ficar com ela durante o inverno. Quanto a ela me fazer esquecer Jamie e minha enorme tristeza, isso é impossível. Ela só faz com que eu sinta ainda mais dor, porque estou com ela em vez de com ele. Mas, como disse, vou ficar com ela até que comece a me dar sermões. Então, a mando de volta para você. Mas ainda não começou.

Com carinho, mas aflição,
sua Ruth

– "Ainda não começou", sério! – riu Della Wetherby consigo mesma, dobrando as páginas cuidadosamente escritas da carta da irmã. – Ah, Ruth, Ruth! E ainda admite que abriu todos os cômodos, tirou todas as sombras, cobriu-se de cetim e joias. E Poliana não está lá nem há uma semana. Mas ela não fez sermão… ah, não, ela não fez sermão!

Capítulo 4

O jogo e a senhora Carew

Para Poliana, Boston era uma nova experiência e, claro, para Boston, Poliana – como parte disso foi o privilégio de conhecê-la – foi muito mais do que uma nova experiência.

Poliana disse que gostou de Boston, mas que desejava que não fosse tão grande.

– Sabe – explicou com sinceridade à senhora Carew, no dia seguinte a sua chegada –, quero ver e conhecer *tudo*, e não consigo. É exatamente como nos jantares da tia Polly. Há tanto para comer, quer dizer, para ver, que você não come. Quer dizer, vê... qualquer coisa, porque está sempre tentando decidir o que comer, quer dizer, ver.

– Claro que se fica contente porque *tem* tanta coisa – continuou Poliana, depois de respirar –, quer dizer, coisas *boas*, não coisas como remédios e funerais, claro! Mas ao mesmo tempo eu não podia evitar desejar que os jantares da tia Polly pudessem ser estendidos um pouco pelos dias em que não tinha nem bolo nem torta, e sinto o mesmo sobre Boston. Gostaria de poder levar parte dela comigo para casa, em Beldingsville, para que eu pudesse ter *alguma coisa* nova no próximo verão. Mas claro que não posso. As cidades não são como bolo com cobertura e, de qualquer maneira, nem o bolo continua muito bom. Tentei isso e ele ficou seco, especialmente a cobertura. Acho que a hora de ter cobertura e bons momentos é quando eles estão acontecendo, então quero ver tudo que posso agora, enquanto estou aqui.

Ao contrário das pessoas que pensam que para ver o mundo devem começar no ponto mais distante, Poliana começou a "ver

Boston" explorando seus arredores imediatos. A bela residência da Avenida Commonwealth, que era agora a sua casa. Isso e os deveres de casa ocuparam por inteiro seu tempo e sua atenção por alguns dias.

Havia tanto para ver e para aprender e tudo era tão maravilhoso e tão bonito, das pequenas fendas na parede que inundavam os cômodos de luz ao grande e silencioso salão de baile com seus espelhos e suas pinturas penduradas. Havia tantas pessoas encantadoras para conhecer, porque, além da própria senhora Carew, tinha Mary, que tirava a poeira da sala de estar, atendia a campainha e acompanhava Poliana na ida e na volta da escola todos os dias; Bridget, que vivia na cozinha e cozinhava; Jennie, que servia à mesa; e Perkins, que dirigia o carro. E eram todos tão encantadores, mas tão diferentes!

Poliana tinha chegado em uma segunda-feira, então teve quase uma semana antes do primeiro domingo. Naquela manhã, ela desceu as escadas com um semblante radiante.

– Eu adoro domingos – suspirou com alegria.

– Você adora? – a voz da senhora Carew continha um cansaço de quem não adora dia nenhum.

– Sim, por causa da igreja, sabe, e da escola dominical. Do que a senhora gosta mais, da igreja ou escola dominical?

– Bem, na verdade eu... – começou a senhora Carew, que raramente ia à igreja e nunca tinha ido à escola dominical.

– É difícil dizer, não é? – interrompeu Poliana, os olhos luminosos, mas sérios. – Mas, sabe, acho a igreja melhor, por causa do meu pai. Ele era pastor, e claro que está mesmo no céu com a mamãe e os outros, mas muitas vezes tento imaginá-lo aqui, e é mais fácil na igreja, quando o pastor está falando. Fecho os olhos e imagino que é papai que está ali e isso me ajuda muito. Fico tão contente por podermos imaginar coisas. E a senhora?

– Não tenho tanta certeza disso, Poliana.

– Ah, pense apenas em como nossas coisas *imaginadas* são melhores do que as coisas reais. Quer dizer, claro, as suas não são, porque suas coisas *reais* são tão boas. – A senhora Carew, irritada, começou a falar, mas Poliana estava apressada. – E claro que *minhas* coisas reais são muito melhores do que costumavam ser. Mas durante todo esse tempo que fiquei machucada, quando minhas pernas não andavam, eu só tinha de continuar imaginando, o máximo que podia. E, claro, agora faço isso muitas vezes, como faço com papai na igreja e essas coisas. Então hoje vou apenas imaginar que é papai lá no púlpito. Que horas nós vamos?

– *Vamos?*

– À igreja, quis dizer.

– Mas, Poliana, eu não... Quer dizer, prefiro não...

A senhora Carew limpou a garganta e tentou dizer novamente que de modo algum iria à igreja, que ela quase nunca ia. Mas com o rostinho confiante e os olhos contentes de Poliana diante dela, não conseguiu.

– Ora, acho que às dez e quinze, se formos a pé – disse então, quase irritada. – É só uma curta caminhada.

E assim aconteceu que, naquela resplandecente manhã de setembro, a senhora Carew ocupou pela primeira vez em meses o assento dos Carew na moderna e elegante igreja que ela frequentava quando era menina e que ainda ajudava com generosidade – no que dizia respeito a dinheiro.

Para Poliana, o culto daquela manhã de domingo foi de grande alegria e beleza. A música maravilhosa do coro uniformizado, os raios iridescentes dos vitrais, a voz apaixonada do pastor e o reverente silêncio da multidão em adoração a preencheram com um arrebatamento que a deixou por um tempo sem palavras. Ela ficou em silêncio até que estivessem quase em casa, quando então respirou profundamente:

– Ah, senhora Carew, acabei de pensar em como estou contente por podermos viver um dia de cada vez!

A senhora Carew franziu a testa e virou-se para ela bruscamente. Ela não estava com disposição para sermões. Tinha sido obrigada a enfrentar isso vindo do púlpito, disse a si mesma irritada, e *não* ouviria outro vindo dessa pirralha. Além disso, essa teoria de "viver um dia de cada vez" era a doutrina de estimação de Della, que sempre dizia:

"Mas você só tem de viver um minuto de cada vez, Ruth, e qualquer um pode enfrentar qualquer coisa por um minuto de cada vez!"

– É? – disse a senhora Carew então, sucinta.

– Sim. Pense no que eu faria se tivesse que viver ontem, hoje e amanhã de uma vez só – suspirou Poliana. – São tantas coisas adoráveis, sabe? Mas eu tive o ontem e agora estou vivendo o hoje, e amanhã ainda vou viver, e o próximo domingo também. Sinceramente, senhora Carew, se agora não fosse domingo e não estivéssemos nesta rua agradável e calma, eu começaria a dançar e gritar e berrar. Não conseguiria evitar. Mas é domingo, então devo esperar até chegar em casa e cantar um hino. O mais alegre que eu lembrar. Qual é o hino mais alegre? A senhora sabe?

– Não, não posso dizer que sei – respondeu vagamente a senhora Carew, olhando como se estivesse procurando por algo que tinha perdido.

Para uma mulher que espera, porque as coisas estão muito ruins, ser informada de que precisa viver um dia de cada vez, é desconcertante, para dizer o mínimo, ouvir que, porque as coisas estão muito boas, é uma sorte não *ter* de viver além de um dia de cada vez!

Na manhã seguinte, segunda-feira, Poliana foi à escola sozinha pela primeira vez. Agora conhecia perfeitamente o caminho e era só uma curta caminhada. Poliana divertia-se muito na escola. Era uma pequena escola particular para meninas e uma experiência bastante nova, mas ela gostava de novas experiências.

A senhora Carew, porém, não gostava de novas experiências e estava tendo uma boa quantidade delas nesses dias. Para quem está cansada de tudo, estar com a companhia tão íntima de alguém para quem tudo é uma nova e fascinante alegria só pode acabar em aborrecimento, para dizer o mínimo. E a senhora Carew estava mais do que aborrecida, estava exasperada. Mas foi forçada a admitir para si mesma que, se alguém lhe perguntasse por que estava exasperada, a única razão que poderia dar seria "porque Poliana está tão contente". E mesmo a senhora Carew dificilmente gostaria de dar uma resposta assim.

No entanto, para Della, a senhora Carew escreveu que a palavra "contente" tinha atingido seus nervos e que, às vezes, desejava poder nunca mais ouvi-la. Ainda admitiu que Poliana não havia feito nenhum sermão, que não tentou fazê-la participar do jogo. O que a menina fez, porém, foi invariavelmente encarar a "alegria" da senhora Carew como algo natural, que, para quem *não* tinha alegria, era mais que irritante.

Foi durante a segunda semana da estada de Poliana que a irritação da senhora Carew se transformou em um protesto furioso. A causa imediata disso foi a brilhante conclusão de uma história sobre uma das senhoras da Sociedade Auxiliadora Feminina.

– Ela estava jogando, senhora Carew. Mas talvez a senhora não saiba qual é o jogo. Vou explicar. É um jogo maravilhoso.

Mas a senhora Carew ergueu a mão.

– Não precisa, Poliana – retrucou ela. – Sei tudo sobre o jogo. Minha irmã me disse, e... e devo dizer que não gosto dele.

– Ora, claro que não, senhora Carew! – exclamou Poliana com rápidas desculpas. – Não quis dizer o jogo para a senhora. A senhora não conseguiria jogá-lo, claro.

– *Eu não conseguiria jogá-lo!* – esbravejou a senhora Carew, que, embora não fizesse o jogo bobo, não queria ser informada de que não *conseguiria*.

– Ora, não conseguiria, não – riu Poliana, com alegria. – O jogo é encontrar algo com o que se alegrar em tudo, mas a senhora não conseguiria nem começar a procurar, porque não há mais nada com o que a senhora *possa* ficar contente. Não *haveria* nenhum jogo para a senhora! Não percebe?

A senhora Carew corou furiosamente. Em meio à irritação, talvez tenha dito mais coisa do que pretendia.

– Bem, não, Poliana, não posso dizer que concordo – rebateu com frieza. – Na verdade, sabe, não encontro nada com que eu fique... contente.

Por um momento, Poliana a encarou sem expressão.

– Ora, *senhora Carew*! – disse Poliana, suspirando.

– Bem, o que encontro? – desafiou a mulher, por enquanto esquecendo-se de que nunca permitiria que Poliana lhe fizesse um "sermão".

– Ora, tudo – murmurou Poliana, ainda atordoada, sem acreditar. – Tem... essa bela casa.

– É apenas um lugar para comer e dormir. E não quero comer nem dormir.

– Mas tem todas essas coisas maravilhosas – balbuciou Poliana.

– Estou cansada delas.

– E seu carro que pode levá-la a qualquer lugar.

– Não quero ir a lugar algum.

Poliana praticamente arfou.

– Mas pense nas pessoas e coisas que pode ver, senhora Carew.

– Elas não me interessam, Poliana.

Mais uma vez Poliana a encarou, espantada. A expressão preocupada no rosto se intensificou.

– Mas, senhora Carew, não percebe – encorajou-a Poliana. – que sempre existem coisas *ruins* para fazer com que as pessoas joguem, e, quanto pior a situação, mais divertido é encontrar coisas com as quais ficar contente. Mas onde *não* há nada ruim, nem eu sei como jogar.

Por um tempo, não houve resposta. A senhora Carew sentou-se e olhou pela janela. Aos poucos, a expressão de fúria e revolta se tornou um olhar de tristeza e desesperança. Muito devagar ela se virou e disse:

– Poliana, eu achei que não fosse lhe dizer isso, mas decidi dizer. Contarei por que nada do que tenho me deixa... contente.

E ela começou a história de Jamie, o garotinho de quatro anos que, oito longos anos antes, tinha ido para outro mundo, deixando a porta bem fechada entre os dois.

– E a senhora nunca mais o viu? Em nenhum lugar? – titubeou Poliana, os olhos úmidos, quando a história terminou.

– Nunca.

– Mas vamos encontrá-lo, senhora Carew. Tenho certeza disso.

A senhora Carew balançou a cabeça com tristeza.

– Mas não consigo. Já procurei em toda parte, mesmo em terras estrangeiras.

– Mas ele tem de estar em algum lugar.

– Pode estar... morto, Poliana.

Poliana deu um gritinho.

– Ah, não, senhora Carew. Por favor, não diga isso! Vamos imaginar que ele está vivo. *Podemos* fazer isso, e isso ajudará, e quando o *imaginamos* vivo, podemos imaginar que vamos encontrá-lo. E isso ajudará muito mais.

– Mas temo que esteja... morto, Poliana – disse a senhora Carew com a voz embargada.

– A senhora não tem certeza disso, tem? – suplicou a garotinha, ansiosa.

– Nã-não.

– Bem, então, está apenas imaginando – insistiu Poliana, em triunfo. – E se pode imaginá-lo morto, também pode imaginá-lo vivo, e será muito melhor quando fizer isso. Não percebe? E, algum dia, tenho certeza de que a senhora o encontrará. Ora, senhora Carew, a senhora *pode* jogar o jogo agora! Pode jogá-lo em relação a Jamie. Pode ficar contente todos os dias, porque todos os dias vai estar um dia mais perto do momento em que vai encontrá-lo. Entendeu?

Mas a senhora Carew não "entendia".

– Não, não, menina! Você não entende, você não entende. Agora saia, por favor, e vá ler ou fazer algo de que goste. Estou com dor de cabeça. Vou me deitar.

E Poliana, com uma expressão séria e preocupada, saiu lentamente do quarto.

Capítulo 5

Poliana dá uma volta

No segundo sábado à tarde, Poliana deu uma volta inesquecível. Até então, não tinha saído sozinha, a não ser para ir e voltar da escola. Nunca ocorreu à senhora Carew que ela tentaria por conta própria explorar as ruas de Boston, então, é claro, nunca a proibiu. Em Beldingsville, porém, Poliana descobriu que sua diversão preferida, pelo menos no início, era passear sem rumo pelas antigas ruas do povoado, em busca de novos amigos e novas aventuras.

Nessa tarde de sábado em particular, a senhora Carew tinha dito, como sempre:

– Vai, vai, menina, saia, por favor. Vá aonde quiser e faça o quiser, só não me faça mais perguntas hoje, por favor!

Até então, quando era deixada sozinha, Poliana sempre encontrava várias coisas que a interessavam dentro das quatro paredes da casa, porque, se as coisas inanimadas não lhe bastavam, havia ainda Mary, Jennie, Bridget e Perkins. Mas hoje, Mary estava com dor de cabeça, Jennie estava adornando um novo chapéu, Bridget, fazendo tortas de maçã e não tinha encontrado Perkins em lugar nenhum. Além disso, era um dia especialmente belo de setembro e nada na casa era tão atraente quanto a radiante luz do sol e o ar fresco da rua. Então Poliana saiu e se sentou nos degraus da casa.

Por algum tempo, observou em silêncio homens, mulheres e crianças bem-vestidos, que passavam com pressa pela casa ou que passeavam mais tranquilamente pela alameda que se estendia no meio da avenida. Em seguida, se levantou, saltou os degraus e ficou olhando, primeiro para a direita, depois para a esquerda.

Poliana decidiu que também daria uma volta. Era um lindo dia para caminhar, e ela ainda não havia feito nenhuma caminhada – não uma *de verdade*. Só ir e vir da escola não contava. Então a faria hoje. A senhora Carew não se importaria. Ela não tinha dito que era para fazer exatamente o que quisesse desde que não fizesse mais perguntas? E havia uma longa e inteira tarde a sua frente. Imagine só o monte de coisas que se tem para ver em uma longa e inteira tarde! E o dia estava realmente lindo. Ela iria... por esse caminho! Com um pequeno giro e um saltinho de pura alegria, virou-se e caminhou pela avenida.

Contente, Poliana sorria para aqueles que encontrava. Ficou desapontada, mas não surpresa, por não receber sorrisos de volta. Agora estava acostumada com Boston. Mas continuava sorrindo, esperançosa: em algum momento alguém acabaria sorrindo de volta.

A casa da senhora Carew ficava muito perto do início da Commonwealth Avenue, então não demorou muito para que Poliana chegasse a uma rua transversal em ângulo reto. Do outro lado da rua, em toda a sua glória de outono, localizava-se o que, para Poliana, era o mais belo "parque" que já tinha visto, o parque de Boston.

Poliana hesitou um pouco, os olhos ansiosamente fixos na profusão de beleza a sua frente. Não duvidou nem por um instante que devia ser o parque privado de algum homem ou mulher muito rico. Uma vez, o doutor Ames a levou do hospital para visitar uma senhora que morava em uma bela casa tão rodeada de caminhos, árvores e canteiros quanto essa.

Poliana queria muito atravessar a rua e caminhar por aqueles jardins, mas achou que não tinha o direito. Sim, havia pessoas andando por eles, podia ver, mas deviam ser convidados, claro. No entanto, depois de ver duas mulheres, um homem e uma garotinha passarem pelo portão sem hesitar e caminharem de maneira apressada, concluiu que também poderia entrar. Agarrando sua chance, atravessou a rua com rapidez e entrou no parque.

Era ainda mais bonito de perto do que a distância. Pássaros gorjeavam sobre sua cabeça e um esquilo saltou diante dela. Aqui e ali, havia homens, mulheres e crianças sentados em bancos. Por entre as árvores cintilava o brilho do sol sobre a água e de algum lugar vinham gritos de crianças e música.

Mais uma vez, Poliana hesitou. Em seguida, meio tímida, abordou uma jovem lindamente vestida que vinha em sua direção.

- Por favor, isso é... uma festa? - perguntou.

A jovem a encarou.

- Uma festa! - repetiu, perplexa.

- Sim, senhora. Quero dizer, tudo bem se eu... ficar aqui?

- Você ficar aqui? Ora, claro. É para para todos! - exclamou a jovem.

- Ah, tudo bem então. Estou contente por estar aqui - disse Poliana, sorrindo.

A jovem não disse nada, mas, afastando-se com rapidez, se virou e olhou ainda perplexa para Poliana.

Poliana, nem um pouco surpresa com o fato de o proprietário desse lindo lugar ser tão generoso e dar uma festa aberta a todos, seguiu em frente. Ao fazer uma curva, deparou-se com uma garotinha e um carrinho de boneca. Parou e deu um gritinho de alegria, mas ainda não tinha dito uma dúzia de palavras quando surgiu de algum lugar uma moça com passos apertados e voz de desaprovação. A moça estendeu a mão para a garotinha e disse, séria:

- Vem, Gladys. Gladys, vem comigo. A sua mãe não disse para não falar com crianças estranhas?

- Mas não sou uma criança estranha - explicou Poliana em ávida defesa. - Moro aqui em Boston agora e...

Mas a moça e a garotinha que arrastava o carrinho de boneca já estavam longe, e, com um suspiro meio sufocado, Poliana recuou. Ficou em silêncio por um momento, claramente desapontada, depois ergueu o queixo, decidida, e seguiu em frente.

- Bem, de qualquer maneira, posso ficar contente por isso - balançou a cabeça para si mesma -, porque agora posso encontrar alguém ainda mais legal. Susie Smith, talvez, ou mesmo Jamie, da senhora Carew. Seja o que for, posso *imaginar* que estou indo encontrá-los. E se não *os* encontrar, posso encontrar *alguém*! – concluiu, os olhos pensativos na direção das pessoas que só estavam interessadas em si mesmas.

Inegavelmente, Poliana era solitária. Criada pelo pai e pela Sociedade Auxiliadora Feminina em uma cidadezinha do oeste, considerava todas as casas do lugar seu lar e cada homem, mulher e criança seus amigos. Ao chegar à casa da tia em Vermont, aos 11 anos, logo percebeu que as condições só seriam outras porque aquelas casas e aqueles amigos seriam novos. E talvez ainda mais encantadores, porque seriam "diferentes", e Poliana adora pessoas e coisas "diferentes"! Sua maior diversão em Beldingsville, portanto, eram os longos passeios pela cidade e as adoráveis visitas aos novos amigos que tinha feito. Como consequência, quando viu Boston pela primeira vez, claro que pareceu a Poliana que a cidade era ainda mais encantadoramente promissora em suas possibilidades.

Mas, até então, Poliana tinha de admitir que pelo menos em um aspecto era decepcionante: estava aqui havia quase duas semanas e ainda não tinha conhecido as pessoas que moravam do outro lado da rua ou mesmo na casa ao lado. Ainda mais inexplicável, a própria senhora Carew não conhecia muitas pessoas, e não era íntima de ninguém. Sem dúvida, parecia profundamente indiferente aos vizinhos, o que, do ponto de vista de Poliana, era espantoso, mas nada do que dissesse mudaria a atitude da senhora Carew em relação a isso.

– Eles não me interessam, Poliana – era tudo que diria. Com isso, Poliana, a quem eles interessavam muito, era forçada a se contentar.

Ela tinha começado o passeio com grandes esperanças, porém, até aquele momento parecia destinada a se decepcionar. Ao seu redor havia pessoas que com certeza eram muito agradáveis, se pudesse ao menos conhecê-las. Mas ela não as conhecia. Pior ainda, parecia não haver perspectivas de que fosse conhecê-las, porque aparentemente não desejavam conhecê-la – e ainda estava magoada com o aviso ríspido da babá sobre "crianças estranhas".

- Bem, acho que vou ter que mostrar para eles que não sou uma criança estranha - disse por fim a si mesma, voltando a caminhar com confiança.

Com essa ideia na cabeça, Poliana sorriu com doçura para a pessoa que viu logo em seguida e comentou alegremente:

- Que dia lindo, não?

- É... o quê? Ah, sim, lindo - murmurou a senhora enquanto apertava um pouco o passo.

Poliana tentou outras duas vezes a mesma coisa, mas obteve os mesmos resultados decepcionantes. Logo chegou ao laguinho em que tinha visto brilhar os raios de sol através das árvores. Era um belo lago e havia vários barquinhos lindos cheios de crianças sorridentes. Enquanto as observava, sentia-se cada vez mais descontente por continuar sozinha.

Foi então que, espiando um homem sentado sozinho não muito longe dali, seguiu devagar em sua direção e se sentou na outra ponta do banco. Em outros tempos, Poliana teria se aproximado sem hesitar e puxado conversa com animação e confiança, sem nenhuma dúvida de que seria bem-recebida. Mas as últimas rejeições a encheram de uma rara desconfiança. Então, agora, olhava discretamente para o homem.

Ele não tinha muito boa aparência. Suas roupas, embora novas, estavam sujas e visivelmente malcuidadas. Tinham o corte e o estilo (apesar de Poliana não saber disso, claro) daquelas que o governo dá aos prisioneiros quando são libertados. O rosto era pálido e coberto por uma barba de uma semana. Com chapéu sobre os olhos e as mãos nos bolsos, ele olhava fixamente para o chão.

Poliana ficou quieta por um longo minuto, depois, com esperança, começou:

- Que dia lindo, não?

O homem virou o rosto, sobressaltado.

- Hã? Ah, sim, o que disse? - perguntou ele, a expressão estranhamente assustada, olhando ao redor para ter certeza de que o comentário era dirigido a ele.

– Eu disse "que dia lindo" – explicou Poliana com apressada sinceridade –, mas não me importo com isso na verdade. Isto é, claro que estou contente por ser um lindo dia, mas disse apenas para puxar conversa e logo falaria sobre outra coisa, qualquer outra coisa. Eu só queria que o senhor falasse sobre alguma coisa, sabe?

O homem riu baixinho. Mesmo para Poliana, a risada soou meio estranha, embora ela não soubesse (como ele sabia) que uma risada em seus lábios era algo estranho havia muitos meses.

– Então você quer que eu fale, não é? – disse ele, soando um pouco triste. – Bem, não vejo por que fazer isso. Ainda mais por achar que uma bela senhorita como você pode encontrar pessoas muito mais legais com quem falar do que um velho medíocre como eu.

– Ah, mas gosto de velhos medíocres – disse Poliana com rapidez –, quer dizer, gosto da parte do *velho*. Não sei o que significa medíocre, então não posso desgostar. Além disso, se o senhor é medíocre, acho que gosto de medíocres. De qualquer modo, gosto do senhor – concluiu ela, ajeitando-se com alegria no banco e demonstrando convicção.

– Humpf! Com certeza fico lisonjeado – sorriu o homem, de modo irônico. Embora seu rosto e suas palavras expressassem certa dúvida, pois notava-se que ele se ajeitou levemente no banco. – Então, me diga, sobre o que devemos conversar?

– Para mim, isso é irrelevante. O que significa que tanto faz, não é? – perguntou Poliana, com um sorriso radiante. – Tia Polly diz que, não importa o que eu fale, de alguma maneira, sempre menciono a Sociedade Auxiliadora Feminina. Mas acho que é porque me criaram primeiro, não acha? Podemos falar sobre a festa. Acho uma festa totalmente bela, agora que conheci alguém.

– Fe-festa?

– É, esta, sabe, todas essas pessoas aqui hoje. Isso é uma festa, não é? Uma senhora me disse que era aberta a todos, então fiquei, embora ainda não saiba onde fica a casa que está oferecendo a festa.

Os lábios do homem se contraíram.

– Bem, senhorita, talvez seja uma festa, de certo modo. – Ele sorriu – Mas a "casa" que a está oferecendo é a cidade de Boston. Este é um parque público, entende, feito para todos.

– É mesmo? Sempre? E posso vir aqui na hora que eu quiser? Ah, que maravilhoso! É ainda melhor do que eu achava. Estava preocupada, com medo de não poder mais voltar depois de hoje, sabe? Mas agora estou contente por não saber disso antes, porque agora tudo ficou melhor. Coisas boas ficam ainda melhores quando nos preocupamos por não serem boas, não é?

– Talvez, se elas se mostrarem realmente boas – concordou o homem, um pouco melancólico.

– É, eu acho – concordou Poliana, sem perceber a tristeza do homem. – Mas aqui é bonito, não é? – disse, com orgulho. – Eu me pergunto se a senhora Carew sabe disso, que é para aberto a todos. Ora, acho que todos iriam querer vir aqui o tempo inteiro, apenas para ficar olhando ao redor.

A expressão do homem ficou séria.

– Bem, há algumas pessoas no mundo que têm um emprego, que têm o que fazer, além de apenas vir aqui e ficar olhando ao redor, mas eu não sou uma delas.

– Não é? Então o senhor pode ficar contente com isso, não pode? – disse, suspirando, os olhos seguindo com satisfação um barquinho que passava.

Os lábios do homem se abriram de indignação, mas as palavras não saíram. Poliana ainda estava falando.

– Eu queria não ter qualquer outra coisa para fazer além disso. Tenho de ir para a escola. Ah, eu gosto da escola, mas tem um monte de coisas que acho mais legais. Mas fico contente por *poder* ir à escola. Fico especialmente contente quando me lembro de como no último inverno eu não achava que poderia voltar à escola. Sabe, eu perdi as pernas por um tempo, quer dizer, elas não se moviam. E o senhor sabe que a gente nunca sabe o quanto usa as coisas até que não as tenha mais. E os olhos também. O senhor já pensou no tanto que usa os olhos? Eu não tinha pensado até ir para o hospital. Uma senhora internada tinha ficado cega no ano anterior. Tentei que ela jogasse o jogo, que é encontrar alguma coisa com o que ficar contente, sabe, mas ela disse que não conseguia e que, se eu quisesse saber por que, podia vendar meus olhos com meu lenço por apenas uma hora. E eu vendei. Foi horrível. Você já tentou?

- Ora, na-não, não tentei.

Uma expressão meio envergonhada e meio desconcertada surgiu no rosto do homem.

- Bem, não tente. É horrível. Você não consegue fazer nada, nada do que deseja fazer. E fiquei assim por uma hora inteira. Desde então tenho estado tão contente. Às vezes, quando vejo algo maravilhoso como este lugar, sabe, fico tão contente que me dá vontade de chorar, porque *posso* enxergar. Mas agora ela está jogando, a senhora cega. A senhorita Wetherby me contou.

- *Jogando?*

- É, o jogo do contente. Não contei ao senhor? Encontrar em tudo um motivo pelo qual ficar contente. Bem, agora ela encontrou, sobre seus olhos, sabe? Seu marido é um daqueles homens que ajuda a criar as leis, e ela pediu que ele fizesse uma que ajudasse as pessoas cegas, especialmente bebezinhos. E ela mesma foi lá e falou, contou ao homens como era ser cega. E eles criaram essa lei. E disseram que ela fez mais do que qualquer outra pessoa, até mesmo seu marido, para ajudar a criar a lei, e que não acreditavam que haveria alguma lei se não fosse por ela. Então agora ela diz que está contente por perder os olhos, porque evitou que muitos bebezinhos crescessem e ficassem cegos como ela. Então dá para ver que ela está jogando o jogo. Mas acho que o senhor ainda não conhece o jogo, então vou explicar. Começou assim...

E, com os olhos na beleza cintilante ao seu redor, Poliana contou do pequeno par de muletas que, muito tempo atrás, era para ter sido uma boneca.

Quando concluiu a história, houve um longo silêncio. Em seguida, o homem se levantou meio abruptamente.

- Ah, o senhor vai embora *agora?* - perguntou ela, visivelmente decepcionada.

- Sim, vou.

Ele sorriu de um jeito um pouco estranho.

- Mas o senhor vai voltar outro dia?

Ele balançou a cabeça, mas sorriu mais uma vez para ela.

- Espero que não, e acredito que não, garotinha. Sabe, fiz uma grande descoberta hoje. Pensei que estivesse fracassado. Achei que não tinha lugar para mim em lugar nenhum. Mas descobri que tenho dois olhos, dois braços e duas pernas. Agora vou usá-los e vou *fazer* alguém entender que sei como usá-los!

No instante seguinte, ele foi embora.

– Olha, que homem engraçado! – refletiu Poliana. – Mas era legal e diferente – concluiu, levantando-se e voltando a caminhar.

Agora Poliana sentia outra vez sua alegria habitual, e caminhava com confiança e segurança porque não tinha mais dúvida. O homem não lhe disse que este parque era público e que Poliana tinha tanto direito quanto qualquer um de estar ali? Ela caminhou para mais perto do lago e atravessou a ponte até o local de onde saíam os barquinhos. Com alegria, observou as crianças, mantendo uma vigilância especialmente atenta aos cachos negros de Susie Smith. Teria gostado de dar uma volta nos lindos barcos, mas a placa dizia "Cinco centavos" por passeio, e ela não tinha dinheiro algum. Sorriu esperançosamente para várias mulheres, e duas vezes tentou falar, com hesitação. Mas ninguém falava com ela, e aquelas às quais se dirigiu a olharam com frieza e deram respostas secas.

Depois de um tempo, seguiu para outra direção, e nela encontrou um garoto pálido em uma cadeira de rodas. Ela teria falado com ele, mas estava tão concentrado em seu livro que se afastou após um rápido olhar melancólico. Logo em seguida se deparou com uma moça bonita, mas de aparência triste, sentada sozinha, olhando para o nada, como o homem que tinha encontrado sentado. Com um gritinho de satisfação, ela se aproximou depressa.

– Oi, tudo bem? – disse, sorrindo. – Estou tão contente por encontrar você! Tenho procurado você por tanto tempo! – afirmou, sentando-se na extremidade vaga do banco.

A bela moça se virou com um susto, uma expressão de ansiedade e expectativa nos olhos.

– Ah! – exclamou ela, retomando o ar de decepção. – Pensei que... ora, o que disse? – perguntou irritada. – Nunca vi você antes em toda a minha vida.

– Eu também nunca vi você – sorriu Poliana –, mas procurava por você mesmo assim. Quer dizer, claro que eu não sabia que você seria *você* exatamente. É que eu só queria encontrar uma pessoa que parecesse solitária e que não tivesse com ninguém. Como eu, sabe? Tanta gente aqui hoje tem companhia, entende?

– Sim, entendo. – A garota fez que sim com a cabeça, voltando à desesperança anterior. – Mas, pobre menina, que pena *você* descobrir isso tão cedo.

– Descobrir o quê?

– Que o lugar mais solitário do mundo é o meio da multidão de uma cidade grande.

Poliana franziu a testa e refletiu.

– É? Não entendo como isso pode acontecer. Não entendo como se pode ser solitário quando há tantas pessoas ao seu redor. Mas... – ela hesitou e franziu ainda mais a testa. – Eu *estava* solitária esta tarde, *tinha* pessoas ao meu redor. Só que elas não pareciam achar isso ou notar.

A bela garota sorriu com amargura.

– É exatamente isso. Não acham isso ou notam... as multidões.

– Mas algumas pessoas notam. Podemos ficar contentes por algumas pessoas notarem – insistiu Poliana. – Agora quando eu...

– Ah, sim, algumas notam – interrompeu a garota. Enquanto falava, ela tremia e olhava temerosa para além de Poliana. – Algumas notam até demais.

Poliana se encolheu, desanimada. Rejeições repetidas naquela tarde lhe deram uma nova sensibilidade.

– Está se referindo a mim? – gaguejou. – Você gostaria que eu não tivesse notado você?

– Não, não, menina! Eu me referia a alguém muito diferente de você. Alguém que não devia notar. Fiquei contente de falar com você, só achei no início que era alguém de onde moro.

– Ah, então você também não vive aqui, como eu... quer dizer, permanentemente.

– Ah, sim, agora vivo – respondeu a garota, suspirando. – Quer dizer, se é que se pode chamar isso de viver, isso que eu faço.

– O que você faz? – perguntou Poliana com interesse.

– O que eu faço? Vou contar a você o que faço – lamentou-se a garota, com súbita amargura. – Da manhã até a noite vendo laços sedosos e fitas coloridas a garotas que riem e conversam e se *conhecem*.

Depois vou para casa, para um quartinho de fundos sobre três lances de escada, grande o bastante apenas para uma desconfortável cama portátil, um lavatório com um jarro rachado, uma cadeira bamba e eu. É como um forno no verão e um congelador no inverno, mas é tudo que tenho, e tenho de ficar nele quando não estou trabalhando. Mas hoje saí. Não vou ficar naquele quarto e também não vou para qualquer biblioteca velha ler. É nosso último feriado este ano. Além disso, um feriado extra. Vou me divertir, pelo menos desta vez. Sou tão jovem, e gosto de rir e brincar tanto quanto as garotas para as quais vendo fitas o dia inteiro. Bem, hoje vou rir e brincar.

Poliana sorriu e demonstrou sua aprovação fazendo que sim com a cabeça.

– Fico contente que se sinta assim. Eu também me sinto. É muito mais divertido ser feliz, não é? Além disso, a Bíblia diz para... nos alegramos e sermos felizes. Diz isso oitocentas vezes. Mas provavelmente você sabe disso, dos textos sobre alegria.

A bela garota balançou a cabeça. Um olhar estranho surgiu em seu rosto.

– Bem, não – disse secamente. – Não posso dizer que *estava* pensando na Bíblia.

– Não estava? Bem, talvez não, mas *meu* pai era pastor, sabe, e ele...

– *Pastor?*

– Sim. O seu também? – perguntou Poliana, como se respondesse ao que via no rosto da garota.

– Si-sim.

A garota empalideceu.

– Ah, e ele foi ficar com Deus e os anjos como o meu?

A garota virou o rosto.

– Não, ainda está vivo, em casa – respondeu, em voz baixa.

– Ah, como você deve ser contente por isso – afirmou Poliana, suspirando. – Às vezes, fico pensando em como queria poder *ver* meu pai mais uma vez. Mas você vê seu pai, não é?

– Não muito. Sabe... estou aqui.

– Mas você *pode* vê-lo. Eu não posso ver o meu. Ele foi encontrar com minha mãe e os outros no céu. Você tem uma mãe também, uma mãe na Terra?

– Si-sim.

A garota se agitou, inquieta, e se moveu como se fosse embora.

– Ah, então você pode ver os dois – suspirou Poliana, com uma expressão de indescritível nostalgia. – Ah, como você deve ser contente! Porque simplesmente não há ninguém que *cuide* e se importe tanto quanto nossos pais e nossas mães. Eu sei disso porque tive pai até os 11 anos, mas, como mãe, tive por muito tempo as senhoras da Sociedade Auxiliadora Feminina, até tia Polly me pegar. As senhoras eram adoráveis, mas claro que não eram como mães, ou mesmo como tias Pollys e...

Poliana falava sem parar. Era parte de sua essência, adorava conversar. Se havia algo estranho ou imprudente ou até mesmo incomum nesse íntimo relato de seus pensamentos e de sua história para uma completa estranha em um banco de parque em Boston, não ocorreu nem uma vez a Poliana. Para ela, todos os homens, mulheres e crianças eram amigos, fossem conhecidos ou desconhecidos, e até aqui achava os desconhecidos tão agradáveis quanto os conhecidos, porque com eles havia sempre o entusiasmo do mistério e da aventura, enquanto passavam de desconhecidos para conhecidos.

Então, para a jovem ao seu lado, Poliana falava sem reservas do pai, da tia Polly, de sua casa no oeste e da viagem do leste a Vermont. Contou dos novos e dos velhos amigos e, claro, do jogo. Mais cedo ou mais tarde, acabava contando a todos sobre o jogo. Na verdade, era uma parte de si mesma sobre a qual dificilmente conseguiria evitar.

Quanto à garota... Ela falou pouco. Mas já não estava sentada com a postura apática de antes, e havia uma notável mudança em toda a sua figura. As bochechas coradas, as sobrancelhas franzidas, os olhos preocupados e os dedos mexendo-se de maneira nervosa eram claros sinais de alguma batalha interior. Às vezes, ela olhava apreensiva para além de Poliana. E foi depois de um desses olhares que ela agarrou o braço da garotinha.

– Olha aqui, menina, só por um minuto, não se afaste. Ouviu? Fique aqui onde está? Há um homem que conheço vindo, mas não importa o que ele disser, não dê atenção e *não vá embora*. Vou ficar com *você*, entendeu?

Antes que Poliana pudesse fazer mais do que arfar de admiração e surpresa, ela se viu olhando para o rosto de um cavalheiro jovem e muito bonito, parado diante delas.

– Ah, aqui está você – ele sorriu amigavelmente, levantando o chapéu para a companheira de Poliana. – Receio que terei de começar com as desculpas. Estou um pouco atrasado.

– Não tem importância, senhor – disse a jovem, apressadamente. – Eu-eu decidi não ir.

O jovem deu uma risadinha.

– Ah, deixa disso, minha querida, não seja dura com um amigo por ele estar um pouco atrasado.

– Não é isso, de verdade – rebateu a garota, as bochechas ficando rapidamente vermelhas. – É que... que eu não vou.

– Besteira!

O homem parou de sorrir e falou de modo brusco:

– Ontem você disse que iria.

– Eu sei, mas mudei de ideia. Disse a minha amiguinha aqui que vou ficar com ela.

– Ah, mas se preferir ir com esse gentil e jovem cavalheiro – começou Poliana, ansiosa, mas se interrompeu, silenciada pelo olhar que a garota lhe lançou.

– Disse que prefiro *não* ir. Não vou.

– E, me diga, qual é o motivo dessa mudança repentina? – perguntou o jovem, com uma expressão que de repente não o fez mais parecer tão bonito para Poliana. – Ontem você disse...

– Sei o que disse – interrompeu a garota, nervosa. – Mas depois soube que não devia ir. Digamos que estou mais cuidadosa. Isso é tudo.

E virou o rosto, decidida.

Não era tudo. O homem falou de novo, duas vezes. Insistiu, em seguida escarneceu dela com um olhar furioso. Por fim, disse algo em voz bem baixa, e com raiva, e Poliana não entendeu. Depois virou-se e foi embora.

A garota o observava, tensa, até que ele ficou fora de vista. Relaxando, ela pôs a mão trêmula no braço de Poliana.

– Obrigada, menina. Acho que devo a você muito mais do que imagina. Adeus.

– Mas não vá embora *agora*! – lamentou Poliana.

A garota suspirou pesarosamente.

– Tenho que ir. Ele pode voltar, e da próxima vez posso não conseguir... – ela interrompeu as poucas palavras e se levantou. Hesitou por um instante, depois desabafou com amargura: – Sabe, ele é o tipo que nota muito e que não devia *me* notar, de modo algum!

E partiu.

– Ora, que senhorita engraçada – murmurou Poliana, olhando de maneira melancólica para a figura que desaparecia. – Ela era legal, mas também um pouco diferente – comentou, levantando-se e caminhando tranquilamente pelo parque.

Capítulo 6
Jerry e o resgate

Não demorou muito para que Poliana chegasse aos limites do parque, uma esquina onde duas ruas se cruzavam. Era muito interessante, com charretes, carros, carruagens e pedestres apressados. Uma enorme garrafa vermelha na janela de uma farmácia atraiu seu olhar, e da rua vinha um som de realejo. Hesitando apenas por um segundo, Poliana cruzou com rapidez a esquina e saltitou pela rua em direção à encantadora música.

Então, encontrou muitas coisas interessantes. Nas janelas da loja havia objetos maravilhosos e em torno do realejo, quando ela se aproximou, uma dúzia de crianças dançavam, ainda mais fascinante de assistir. Esse passatempo revelou-se tão encantador que Poliana seguiu o realejo por certa distância, só para ver aquelas crianças dançando. Depois, viu-se em uma esquina tão movimentada que um homem enorme, de casaco azul com cinto, ajudava as pessoas a atravessarem a rua. Ela observou concentrada por um minuto, em silêncio, depois, meio tímida, ela mesma começou a atravessar.

Foi uma experiência maravilhosa. O grande homem de casaco azul logo a viu e acenou para ela. Ele até caminhou para encontrá-la. Então, por uma ampla pista com motores soltando fumaça e cavalos impacientes nas duas mãos, ela caminhou ilesa até a calçada adiante. Isso lhe deu uma sensação deliciosa, tão deliciosa que, após um minuto, deu meia-volta. Depois de pequenos intervalos, voltou a fazer mais duas vezes o caminho fascinante, tão magicamente aberto com o levantar de mão do grande homem. Porém, na última vez que seu condutor a deixou na calçada, lançou-lhe um olhar confuso.

– Ei, menina, não foi você que atravessou um minuto atrás – perguntou ele. – E de novo antes disso?

– Sim, senhor – respondeu Poliana, sorrindo. – Atravessei quatro vezes!

– Ora! – o guarda começou a reclamar, mas Poliana ainda estava falando.

– E foi cada vez mais legal!

– A-ah foi... mais legal? – balbuciou o homem grande, de modo pouco convincente. Depois, com um pouco mais de vigor, esbravejou: – Você acha que estou aqui apenas para... apenas para carregá-la de lá para cá?

– Ah, não, senhor – disse Poliana. – Claro que o senhor não está aqui só para mim! Tem todas essas outras pessoas. Sei o que você é. Um policial. Temos um onde moro, na casa da senhora Carew, só que ele é do tipo que apenas anda na calçada, entende. Achei que você fosse soldado, por causa dos botões de ouro e do chapéu azul, mas entendi melhor agora. Só acho que você é um tipo de soldado, porque você é tão corajoso, aqui assim, bem no meio desses carros e charretes ajudando as pessoas a atravessar.

– Ha-ha! Brrrr! – balbuciou o grande homem, corando como um estudante e jogando a cabeça para trás com uma risada sincera. – Ha-ho! Assim como se... – ele se interrompeu com um ligeiro levantar de mão. Em seguida, escoltou de calçada a calçada uma senhorinha claramente muito amedrontada. Se seu passo estivesse um pouco mais pomposo e seu peito um pouco mais inflado, se devia apenas a uma homenagem inconsciente aos olhos atentos da menina que estava no ponto de partida. Depois de um instante, com um esnobe aceno de mão de permissão em direção aos motoristas e choferes impacientes, voltou a Poliana.

– Ah, que maravilhoso! – ela o saudou com olhos brilhantes. – Adoro ver você fazer isso, é como os filhos de Israel atravessando o Mar Vermelho, não é? Com você segurando as ondas para as pessoas atravessarem. E como você deve estar sempre contente por poder fazer isso! Costumava achar que ser médico era o trabalho mais alegre que existia, mas agora acho que ser um policial é ainda mais alegre... por ajudar pessoas assustadas assim, sabe?

E... – mas com outro "Brrrr!" e uma risada envergonhada, o grande homem de casaco azul voltou ao meio da rua, e Poliana ficou sozinha na calçada.

Por mais um minuto, ela observou seu fascinante "Mar Vermelho", depois, com um olhar pesaroso para trás, ela se virou.

– Acho que talvez seja melhor eu ir para casa agora – refletiu. – Deve ser quase "hora do jantar".

E com rapidez se pôs a caminhar por onde tinha vindo.

Ela percebeu que "voltar para casa" não foi tão fácil como pensava quando hesitou em várias esquinas e, inadvertidamente, errou duas vezes. E só se deu conta de que estava completamente perdida quando chegou a um prédio que sabia que nunca tinha visto antes.

Estava em uma rua estreita, suja e mal pavimentada. Havia prédios malconservados e lojas pouco atraentes de ambos os lados. Ao seu redor, homens e mulheres tagarelavam. Mas Poliana não conseguia entender uma palavra do que diziam. Além disso, não podia deixar de perceber que as pessoas olhavam para ela com muita curiosidade, como se soubessem que ela não era dali.

Já havia perguntado o caminho várias vezes, em vão. Ninguém parecia saber onde a senhora Carew morava e, nas duas últimas vezes em que perguntou, as pessoas responderam com um gesto e um monte de palavras que Poliana, depois de pensar um pouco, decidiu que devia ser "holandês", a língua que os Haggerman, a única família estrangeira em Beldingsville, falava.

Poliana andava com dificuldade por uma rua e outra. Sentia-se completamente apavorada. Estava faminta e exausta. Os pés doíam e os olhos a afligiam com as lágrimas que tentava com muito esforço segurar. Pior, sem dúvida já ia começar a anoitecer.

– Bem, de qualquer maneira – murmurou para si mesma –, estou contente por estar perdida, porque será tão bom quando eu for encontrada. *Posso* ficar contente por isso.

Foi em uma esquina barulhenta, no cruzamento de duas ruas mais largas, que Poliana por fim parou, consternada. Desta vez, as lágrimas transbordaram, de modo que, como não tinha um lenço, teve de usar as costas das mãos para secá-las.

– Oi, menina, por que está chorando? – perguntou uma voz amigável. – O que houve?

Com um gritinho aliviado, Poliana virou-se e deparou-se com um garotinho carregando um amarrado de jornais sob o braço.

– Ah, estou tão contente por ver você! – exclamou. – Queria tanto ver alguém que não falasse holandês!

O menino deu risada.

– Holandês nada! – zombou ele. – Você quer dizer *dago*, aposto.

Poliana franziu levemente a testa.

– Bem, de qualquer modo, não era a nossa língua – disse ela, em dúvida –, e não conseguiam responder às minhas perguntas. Mas talvez você possa. Você sabe onde mora a senhora Carew?

– Não! Pode me revistar.

– O-o quê? – perguntou Poliana, ainda mais desconfiada.

O menino voltou a rir.

– Disse que não está em mim. Acho que não conheço essa senhora.

– Mas não há ninguém, em nenhum lugar, que conheça? – implorou Poliana. – Sabe, só saí para dar uma volta e me perdi. Estou andando sem parar e até agora não consegui achar a casa, e está na hora da ceia, quer dizer, do jantar, e está anoitecendo. Quero voltar. *Tenho* de voltar.

– Nossa! Bem, estou preocupado! – compadeceu-se o menino.

– É, e tenho medo que a senhora Carew também fique – suspirou Poliana.

– Deus! Se você não conhece limites – ele riu entredentes, inesperadamente. – Mas, digo, me escuta! Você não sabe o nome da rua que procura?

– Não... só que é um tipo de avenida – disse Poliana, desanimada.

– Uma *ei*venida, é? Certo, então, vamos lá! Estamos bem. Qual é o número da casa? Consegue me dizer isso? Vamos lá, use seus miolos!

– Usar... meus miolos? – Poliana franziu a testa sem entender, e, com hesitação, passou a mão no cabelo.

O menino olhou para ela com desdém.

– Ei, saia do seu poleiro! Você não é tão doida assim. Digo, não sabe o número da casa que procura?

– Nã-não, só que tem um sete nele – respondeu Poliana, com um ligeiro ar de esperança.

– Você ouviu isso? – zombou o menino. – Há um sete nele... e ela espera que eu saiba como encontrar!

– Ah, eu reconheceria a casa, se pudesse vê-la – afirmou Poliana, avidamente –, e acho que reconheceria a rua também, por causa do longo e maravilhoso parque que se estende de cima a baixo no meio dela.

Desta vez foi o garoto quem franziu a testa, surpreso.

– *Parque?* – perguntou. – No meio da rua?

– Sim... Árvores e grama, sabe, com um caminho no meio dele, e bancos, e...

Mas o menino a interrompeu com um grito de alegria.

– Jeeee-suuuuis! É a Avenida Commonwealth. Tenho tanta certeza quanto a de que você está viva! E de que dois e dois são quatro!

– Ah, você conhece, conhece mesmo? – suplicou Poliana. – Pareceu que sim. Só não sei o que você quis dizer com a parte do quatro. O que tem a ver o quatro? O número que disse foi sete...

– Que quatro o quê! – zombou o garoto. – Pode apostar sua doce vida que eu sei onde fica! Não levo o *sir* James ao parque quase todos os dias? E vou levar *você* também. Fique aqui que vou voltar ao trabalho e vender meu estoque. Depois pegaremos atalhos e chegaremos a essa avenida antes de um piscar de olhos.

– Você está dizendo que vai me levar para casa? – perguntou Poliana, ainda sem entender direito.

– Com certeza! É molezinha... se você souber qual é a casa.

– Ah, sim, conheço a casa – respondeu a literal Poliana, ansiosa –, mas não sei se é uma... molezinha ou não. Se não for, você não vai...

Mas o menino apenas lhe deu outro olhar de desdém e lançou-se no meio da multidão. Logo depois, Poliana ouviu seu grito estridente:

– Jornal, jornal! *Herald, Globe*... jornal, senhor?

Com um suspiro de alívio, Poliana recuou mais para dentro da calçada e aguardou. Estava exausta, mas feliz. Apesar dos vários aspectos confusos do caso, ela ainda acreditava no menino e tinha toda a confiança de que ele a levaria para casa.

– Ele é legal, gosto dele – disse para si mesma, seguindo com os olhos a figura alerta e ágil do menino. – Mas ele fala engraçado. As palavras *são* na nossa língua, mas algumas não parecem fazer sentido. Mas, de qualquer maneira, estou contente por ele ter me encontrado – concluiu ela com um leve suspiro de satisfação.

Pouco tempo depois, o menino voltou de mãos vazias.

– Vamos, garota, todos a bordo – chamou alegremente. – Agora vamos pegar a trilha para a avenida. Se eu fosse chique, levaria você para casa com estilo em um carrão, mas como não tenho grana, vamos ter que gastar sola de sapato.

Na maior parte do tempo, a caminhada foi silenciosa. Poliana, pela primeira vez na vida, estava cansada demais para conversar, mesmo sobre as senhoras da Sociedade Auxiliadora Feminina, e o menino estava decidido a pegar o caminho mais curto para chegar a seu destino. Quando chegaram ao parque, Poliana exclamou com alegria:

– Ah, agora estou quase lá! Eu me lembro desse lugar. Tive momentos totalmente adoráveis aqui esta tarde. Agora só falta mais um pouquinho.

– Isso mesmo! Estamos quase lá – bradou o menino. – O que eu disse? Vamos só atravessar aqui para a avenida e aí ficará mais fácil para você encontrar a casa.

– Ah, vou conseguir encontrar a casa – alegrou-se Poliana, com toda a segurança de quem chegou a um local familiar.

Estava bastante escuro quando Poliana os conduziu aos largos degraus da senhora Carew. O toque do menino na campainha foi rapidamente atendido, e Poliana viu-se diante não apenas de Mary, mas também da senhora Carew, de Bridget e de Jennie. As quatro mulheres estavam pálidas e com a expressão ansiosa.

– Menina, menina, onde você *esteve*? – perguntou a senhora Carew, apressando-se na direção deles.

– Bem, eu... eu fui andar – começou Poliana – e me perdi, e esse menino...

– Onde você a encontrou? – interrompeu a senhora Carew, virando-se de maneira altiva para o acompanhante de Poliana, que no momento observava com sincero encantamento as maravilhas acima dele no salão iluminado com elegância.

– Onde você a encontrou, menino? – repetiu secamente.

Por um breve momento, o menino encarou o olhar da senhora Carew de maneira inabalável, depois seus olhos deram uma espécie de piscadela, embora a voz, quando ele falou, estivesse séria.

– Bem, eu a encontrei nos arredores da praça Bowdoin, mas acho que estava vindo de North End, e não conseguiu entender o dialeto dos *dagos*, então não acho que tenha lhes dirigido a palavra, senhora.

– Em North End, essa criança, sozinha! Poliana! – estremeceu a senhora Carew.

– Ah, eu não estava sozinha, senhora Carew – discordou Poliana. – Tinha tantas pessoas ali, não tinha, menino?

Mas o menino, com um sorriso travesso, havia desaparecido pela porta.

Poliana aprendeu muitas coisas durante a meia hora seguinte. Aprendeu que garotinhas legais não dão longas caminhadas em cidades desconhecidas, não se sentam em bancos de parque e conversam com estranhos. Aprendeu também que foi só por um "incrível milagre" que havia chegado em casa aquela noite e que escapou de muitas e muitas consequências realmente desagradáveis de sua tolice. Aprendeu que Boston não era Beldingsville e que ela não devia achar que era.

– Mas, senhora Carew – por fim argumentou, em desespero –, *estou* aqui, e não me perdi para sempre. Parece que eu devia estar contente por isso em vez de pensando o tempo todo nas coisas ruins que poderiam ter acontecido.

– Sim, sim, menina, acho que sim, acho que sim – suspirou a senhora Carew –, mas você me deu um susto enorme e quero que você tenha certeza, *certeza, certeza*, de que nunca mais fará de novo. Agora venha, querida, você deve estar com fome.

Foi só quando estava caindo no sono que Poliana murmurou suavemente para si mesma:

– O que mais lamento de todas as coisas é que não perguntei ao menino qual era o seu nome nem onde morava. Agora nunca poderei agradecer.

Capítulo 7

Um novo conhecido

Os passos de Poliana foram vigiados com mais cuidado depois do arriscado passeio, e, exceto para ir à escola, ela não tinha permissão para sair de casa, a menos que Mary ou a própria senhora Carew a acompanhassem. Mas Poliana não se aborrecia, porque adorava a senhora Carew e Mary, encantava-se por estar com elas, que, por um período, foram muito generosas com seu tempo. Até a senhora Carew, em seu pavor pelo que poderia ter acontecido e alívio por nada ter acontecido, se esforçou para entreter a menina.

Então, com a senhora Carew, ela foi a concertos e ao cinema e visitou a biblioteca pública e o museu de arte, e com Mary fez os maravilhosos *tours* para "conhecer Boston" e visitou o palácio do governo e a igreja de Old South.

Por mais que tenha gostado dos automóveis, foi dos bondes de que Poliana mais gostou... como a senhora Carew, muito perplexa, descobriu um dia.

– Vamos de bonde? – perguntou Poliana, ansiosa.

– Não. Perkins nos levará – respondeu a senhora Carew. Depois, diante da inconfundível decepção no rosto de Poliana, acrescentou, surpresa: – Ora, achei que você gostasse do carro, menina!

– Ah, eu gosto – concordou Poliana, apressadamente –, e eu não diria nada, de qualquer modo, porque claro que sei que é mais barato que o bonde e...

– Mais barato que o bonde! – interrompeu a senhora Carew, impressionada.

– Ora, sim – explicou Poliana, com olhos arregalados –, o bonde custa cinco centavos por pessoa, sabe, e o carro não custa nada, porque é seu. E claro que, de qualquer maneira, *adoro* o carro – ela se apressou a dizer, antes que a senhora Carew pudesse falar. – É só que tem muito mais gente no bonde, e é tão divertido observá-los! Você não acha?

– Bem, não, Poliana, não posso dizer que acho – respondeu a senhora Carew, de modo seco, enquanto se afastava.

No entanto, menos de dois dias depois a senhora Carew ouviu algo mais sobre Poliana e bondes, desta vez de Mary.

– Quer dizer, é estranho, senhora – explicou Mary, com franqueza, em resposta a uma pergunta que a patroa havia feito –, é estranho como a senhorita Poliana simplesmente consegue a atenção de *todos*, e sem o mínimo esforço. Não que *faça* alguma coisa. Ela não faz. Só... parece contente, eu acho, e isso é tudo. Eu a vi entrar em um bonde cheio de homens, mulheres e crianças chorando e em cinco minutos a senhora não reconheceria o lugar. Os homens e as mulheres perderam a expressão franzida e as crianças esqueceram por que estavam chorando.

– Às vezes, era só algo que a senhorita Poliana me dizia e eles ouviam. Em outras, só o "Obrigada" que ela dá quando alguém insiste em lhe oferecer seu assento, e sempre fazem isso, nos oferecem os assentos, quero dizer. E, às vezes, é o jeito com que sorri para uma criança ou para um cachorro. Todos os cachorros de todos os lugares balançam os rabos para ela, e todas as crianças, grandes e pequenas, sorriem e se aproximam dela. Se nos atrasamos, é uma diversão, e se pegamos o bonde errado, é a coisa mais engraçada que já aconteceu. E esse é o jeito dela para tudo. Ninguém consegue ficar mal-humorado com a senhorita Poliana, mesmo que seja apenas uma pessoa em um bonde cheio de gente que não a conhece.

– Humm, é bem provável – murmurou a senhora Carew, afastando-se.

Naquele ano, outubro revelou-se um mês agradável e de temperaturas particularmente amenas. À medida que os dias dourados iam e vinham, logo ficou evidente que acompanhar os ávidos pezinhos de Poliana era tarefa que consumia tempo e paciência demais, e, embora a senhora Carew tivesse de um, não tinha de outro, nem estava disposta a permitir que Mary passasse tanto tempo *dela* (não importa quanta paciência tivesse) fazendo tudo para atender aos caprichos e fantasias de Poliana.

Manter a menina em casa em todas as gloriosas tardes de outubro estava, claro, fora de questão. Então, o que aconteceu foi que pouco tempo depois Poliana foi mais uma vez ao "maravilhoso e enorme parque", o parque de Boston, e sozinha. Aparentemente, estava tão livre como antes, mas, na verdade, foi cercada por uma grande muralha de regulamentos.

Ela não devia falar com estranhos, homens ou mulheres, nem brincar com crianças estranhas nem, sob nenhuma hipótese, pisar fora do parque, exceto para voltar para casa. Além disso, Mary, que a levou e a deixou no parque, teve certeza de que sabia o caminho de casa, que sabia exatamente onde a Avenida Commonwealth seguia para a Rua Arlington, em frente ao parque. E sempre tinha de ir para casa quando o relógio na torre da igreja mostrasse que eram quatro e meia.

Depois disso Poliana foi muitas vezes ao parque. Às vezes, com algumas meninas da escola, mas de maneira geral ia sozinha. Apesar das restrições meio irritantes, se divertia muito. Podia observar as pessoas, mesmo que não pudesse falar com elas, e conversar com os esquilos, pombos e pardais que tão ansiosamente vinham em busca das nozes e dos grãos que ela logo aprendeu a levar toda vez que ia.

Poliana quase sempre procurava os velhos amigos daquele primeiro dia – o homem que ficou tão contente por ter olhos, pernas e braços; e a moça bonita que não iria com o homem bonito –, mas ela nunca os via. Quase sempre via o menino na cadeira de rodas e desejava poder falar com ele. O menino também alimentava os pássaros e os esquilos, e eles eram tão dóceis que as pombas se empoleiravam em sua cabeça e em seus ombros e os esquilos vasculhavam seus bolsos atrás de nozes. Mas Poliana, observando a distância, sempre percebia uma situação estranha: apesar da muito evidente diversão do menino em servir o banquete, seu suprimento de alimentos sempre acabava quase que de imediato. E embora sempre parecesse desapontado, como o esquilo depois de não encontrar as nozes, nunca se prevenia trazendo mais comida no dia seguinte, que parecia cada vez mais limitado.

Quando o menino não estava brincando com os pássaros e os esquilos, estava lendo, sempre lendo. Na cadeira havia sempre dois ou três livros surrados e, às vezes, uma ou duas revistas. Quase sempre o encontrava em um lugar especial, e Poliana costumava se perguntar como ele chegava até ali. Então, em um dia inesquecível, ela descobriu. Era feriado escolar, e ela chegou ao parque de manhã. Logo que chegou, viu que ele estava sendo empurrado ao longo de um dos caminhos por um garoto loiro de nariz arrebitado. Ela deu uma boa olhada no rosto do garoto, depois correu em sua direção com um gritinho de alegria.

– Ah, você... você! Eu o conheço... mesmo sem saber seu nome. Você me encontrou! Não lembra? Ah, estou tão contente por ver você! Queria tanto dizer obrigada!

– Jesus, se não é a elegante menininha perdida da *ei*venida! – o menino sorriu. – Bem, quem diria! Perdida de novo?

– Ah, não! – exclamou Poliana, saltitando de tanta alegria. – Não vou mais me perder... tenho de ficar aqui. E não devo falar com estranhos, sabe? Mas com você eu posso, porque *conheço* você, e posso com ele também, depois que você me apresentá-lo – concluiu, com um olhar radiante para o menino na cadeira de rodas e uma esperançosa pausa.

O garoto loiro deu uma leve risada e um tapinha no ombro do menino na cadeira.

– Ouviu isso? Que coisa chique, hein? Espere que eu vou apresei*n*tar vocês! – e assumiu uma postura pomposa. – Madame, esse é meu amigo, *sir* James, lorde do beco dos Murphy, e... – mas o garoto na cadeira o interrompeu.

– Jerry, pare com essa besteira – gritou com veemência. Então se virou para Poliana com o rosto iluminado. – Já vi você aqui muitas vezes. Vi você alimentar os pássaros e os esquilos, você sempre tem tanto para eles! E acho que *você* também adora *sir* Lancelot. E claro, tem a lady Rowena. Mas ela não foi rude com a Guinevere ontem, roubando daquele jeito seu jantar?

Poliana piscou e franziu a testa, olhando de um menino para o outro sem entender. Jerry riu de novo. Então, com um último empurrão conduziu a cadeira à posição habitual e se virou para ir embora. Olhando para trás, chamou Poliana.

– Ei, garota, só vou dizer uma coisa. Esse camarada não está bêbado nem é louco. Entendeu? São apenas nomes que ele dá a seus amiguinhos aqui – fez um floreio de braços em direção às criaturas peludas e emplumadas reunidas por todos os lados. E nem sequer são nomes de pessoas. São apenas personagens de livros. Entende? Mas ele prefere alimentá-las a alimentar a si mesmo. Não é o máximo? Tchau-tchau, *sir* James – acrescentou, com uma careta, para o garoto na cadeira. – Agora divirta-se na festa sem comida para você! Até logo. – E foi embora.

Poliana ainda estava piscando e franzindo a testa quando o menino com deficiência se virou com um sorriso.

– Não ligue para Jerry. É o jeito dele. Ele cortaria fora a mão direita por mim. Jerry faria isso. Mas ele adora implicar. Onde você o conheceu? Ele conhece você? Ele não me disse seu nome.

– Sou Poliana Whittier. Estava perdida e ele me encontrou e me levou para casa – respondeu Poliana, ainda meio atordoada.

– Entendi. É bem do seu feitio – o garoto assentiu. – Ele não me traz até aqui todos os dias?

Uma rápida simpatia surgiu nos olhos de Poliana.

– Você não pode andar, de jeito nenhum, é, *sir* Ja-James?

O garoto riu alegremente.

– *Sir* James! Essa é só mais uma bobagem de Jerry. Não sou um "*sir*".

Poliana ficou claramente desapontada.

– Não é? Nem um... um lorde, como ele disse?

– Com certeza não.

– Ah, esperava que fosse, como o pequeno lorde Fauntleroy, sabe – retrucou Poliana. – E...

Mas o garoto a interrompeu com ansiedade.

– *Você* conhece o pequeno lorde Fauntleroy? E sabe sobre *sir* Lancelot, e o Santo Graal, e o rei Arthur e sua Távola Redonda, e lady Rowena e Ivanhoé, e todos esses? *Sabe*?

Poliana balançou a cabeça com hesitação.

– Bem, receio que talvez não conheça *todos* eles – admitiu. – Estão todos... em livros?

O menino fez que sim com a cabeça.

– Tenho aqui... alguns deles – disse. – Gosto de ler várias vezes. Tem sempre *alguma coisa* nova neles. Além disso, não tenho outros mesmo. Esses eram do meu pai. Ei, pequeno tratante, pare com isso – ele soltou o riso quando um esquilo de cauda grossa saltou em seu colo e começou a fuçar em seus bolsos. – Nossa, acho que é melhor darmos o jantar deles ou tentarão nos comer – riu o menino. – Esse é *sir* Lancelot. É sempre o primeiro, sabe?

De algum lugar o menino surgiu com uma caixinha de papelão, que abriu com cuidado, atento aos inúmeros olhinhos brilhantes que observavam cada movimento. Sobre ele soavam o zumbido e o bater de asas, o arrulhar dos pombos e o atrevido gorjeio dos pardais. *Sir* Lancelot, ansioso e alerta, ocupou um braço da cadeira de rodas. Outro coleguinha de cauda grossa e menos aventureiro sentou-se a um metro e meio de distância. Um terceiro esquilo balbuciava ruidosamente em um galho próximo.

Da caixa, o menino puxou algumas nozes, um pãozinho e uma rosquinha. Ao pegar o último alimento, ele olhou ansioso e com hesitação.

– Você... trouxe alguma coisa? – perguntou ele então.

– Muita, aqui – Poliana assentiu, tocando a bolsa de papel que carregava.

– Ah, então talvez *eu coma* isto aqui hoje – suspirou o menino, colocando a rosquinha de volta na caixa com um ar de alívio.

Poliana, a quem o significado dessa ação não teve muito sentido, enfiou os dedos na própria bolsa e o banquete foi servido.

Foi um momento maravilhoso. De certa maneira, para Poliana foi o momento mais maravilhoso que já tinha vivido, porque encontrou alguém que podia falar mais e mais rápido do que ela. Esse estranho jovem parecia ter uma quantidade inesgotável de histórias maravilhosas sobre corajosos cavaleiros e belas damas, de torneios e batalhas. Além disso, narrou tão vividamente suas imagens que Poliana viu com os próprios olhos as façanhas, os cavaleiros em armaduras e as belas damas com suas tranças e vestidos adornados por joias, ainda que, na verdade, estivesse olhando para um bando de pombos e pardais voejando e um grupo de esquilos saltitando na ampla extensão de grama iluminada pelo sol.

As senhoras da Sociedade Auxiliadora Feminina foram esquecidas. Nem o jogo do contente foi lembrado. Poliana, com as bochechas coradas e os olhos cintilantes, estava sendo levada à Época de Ouro por um menino romântico que, embora ela não soubesse, tentava preencher com aquele breve momento de agradável companhia inúmeros dias de solidão e nostalgia.

Só quando as badaladas do meio-dia tocaram, enviando Poliana apressadamente para casa, ela se lembrou de que ainda não sabia o nome do garoto.

– Sei apenas que não é "*sir* James" – suspirou para si mesma, franzindo a testa com aflição. – Mas não importa. Posso perguntar amanhã.

Capítulo 8
Jamie

Poliana não viu o menino "amanhã". Estava chovendo, e ela não pôde ir ao parque. Choveu no dia seguinte também. Mesmo no terceiro dia ela não o viu, porque, embora o sol estivesse quente e brilhante e ela tivesse ido para o parque bem cedo naquela tarde e esperado bastante tempo, ele não apareceu. Mas no quarto dia, lá estava ele, em seu lugar habitual, e Poliana se apressou com uma alegre saudação.

– Ah, estou tão contente, *contente* por ver você! Mas onde você esteve? Você não estava aqui ontem em nenhum momento.

– Eu não pude. A dor não me deixou vir – explicou o garoto, que parecia muito pálido.

– A *dor*! Ah, isso... dói? – balbuciou Poliana, imediatamente compassiva.

– Ah, sim, sempre – o garoto fez que sim com a cabeça, com um ar animado de quem já tinha se conformado. – Na maioria das vezes consigo suportar e vir assim mesmo, a não ser quando é muito forte, como foi ontem. Aí não consigo.

– Mas como você consegue aguentar ter dor, sempre? – perguntou Poliana, engolindo em seco.

– Ora, tenho de aguentar – respondeu o garoto, arregalando um pouco mais os olhos. – As coisas *são como são*, e não podem ser de outro jeito. Então de que adianta pensar em como poderiam ser? Além disso, quanto mais dói em um dia, melhor é no dia seguinte, quando a dor diminuiu.

– Entendo! Isso é como o jo... – começou Poliana, mas o menino a interrompeu.

– Você trouxe bastante desta vez? – perguntou ansioso. – Ah, espero que tenha trazido! Não pude trazer nada hoje. Jerry não conseguiu juntar nem um centavo para amendoins esta manhã e na verdade não havia o bastante na caixa nem para mim.

Poliana pareceu surpresa.

– Quer dizer... não teve o suficiente para comer, você mesmo, para o *seu* almoço?

– Isso! – sorriu o menino. – Mas não se preocupe. Não é a primeira vez, e não vai ser a última. Estou acostumado. Ei, olha lá! Aí vem *sir* Lancelot.

Mas Poliana não estava pensando em esquilos.

– E não havia qualquer coisa em casa?

– Ah, não, *nunca* tem nada em casa – riu o menino. – Sabe, mamis trabalha fora, faz faxinas e lava roupa, então recebe parte de sua alimentação nesses lugares, e Jerry consegue a sua onde pode, a não ser à noite e pelas manhãs, que ele come conosco, se conseguirmos alguma coisa.

Poliana parecia ainda mais chocada.

– Mas o que você faz quando não tem nada para comer?

– Fico com fome, claro.

– Mas *nunca* ouvi falar de ninguém que não tivesse *nada* para comer – engasgou Poliana. – Claro que meu pai e eu éramos pobres, e precisávamos comer feijão e almôndegas de peixe quando na verdade queríamos estar comendo peru. Mas tínhamos *alguma coisa*. Por que você não conta isso às pessoas, todas essas pessoas em todos os lugares, que vivem nessas casas?

– De que adianta?

– Ora, elas lhe dariam alguma coisa, claro!

O garoto riu novamente, desta vez de maneira meio estranha.

– Imagine só, garota. Pense bem. Ninguém que eu conheço está distribuindo rosbife ou tortas a quem pede. Além disso, se você não passa fome de vez em quando não sabe como é gostoso um bom purê de batatas, e não teria muito para colocar em seu Livro das Alegrias.

– Seu *o quê*?

O garoto deu um riso sem graça e de repente ficou vermelho.

– Deixa pra lá! Por um instante foi como se eu estivesse falando com mamis e Jerry.

– Mas o que é o Livro das Alegrias? – perguntou Poliana. – Por favor, me diga. Tem cavaleiros, lordes e damas nele?

O garoto balançou a cabeça. Seu olhar endureceu e ficou triste e insondável.

– Não, e gostaria que tivesse – ele suspirou, saudoso. – Mas quando você... quando você não pode nem mesmo andar, não pode travar batalhas e ganhar troféus, e ter belas damas entregando a você sua espada e lhe concedendo o prêmio de ouro...

Uma repentina faísca surgiu nos olhos do menino. Seu queixo se ergueu como se respondesse ao chamado de uma corneta. Então, subitamente, a faísca se apagou, e o menino voltou à velha apatia.

– Você não pode fazer nada – continuou o menino, com ar cansado, após um instante de silêncio. – Você só tem de se sentar e pensar, e em momentos como esse seu *pensamento* passa a ser uma coisa horrível. O meu passa a ser, pelo menos. Queria ir à escola e aprender coisas, mais coisas do que as que mamis pode me ensinar, e fico pensando nisso. Queria correr e jogar bola com os outros meninos, e fico pensando nisso. Queria sair e vender jornais com Jerry, e fico pensando nisso. Não queria que tivessem de cuidar de mim a vida toda, e fico pensando nisso.

– Eu entendo, ah, eu entendo – suspirou Poliana, os olhos cintilantes. – Eu perdi *minhas* pernas por um tempo.

– Perdeu? Então você entende um pouco. Mas você as conseguiu de volta. Eu não, sabe? – suspirou o menino, a tristeza crescendo em seus olhos.

– Mas você ainda não me contou sobre... o Livro das Alegrias – lembrou Poliana, após um momento.

O garoto se remexeu e riu, envergonhado.

– Bem, sabe, não é grande coisa, afinal, a não ser para mim. Você não acharia grande coisa. Comecei com ele um ano atrás. Estava me sentindo especialmente mal naquele dia. Nada estava bom. Por um tempo só ficava resmungando, só ficava pensando, e então peguei um dos livros do meu pai e tentei ler. E a primeira coisa que vi e que depois decorei e posso dizer agora foi:

> Os prazeres são maiores onde parecem não existir
> Não há uma folha que caia
> Que não guarde certa alegria, de silêncio ou de som.*

- Bem, eu fiquei doido. Queria poder colocar o sujeito que escreveu aquilo no meu lugar, e ver que tipo de alegria ele ia encontrar nas minhas "folhas". Eu fiquei tão doido que me convenci de que tinha de provar que ele não sabia do que estava falando, então comecei a caçar as alegrias nas minhas "folhas", sabe? Peguei um caderninho velho em branco que Jerry tinha me dado e disse a mim mesmo que tinha de escrevê-las. Tudo que tinha alguma coisa de que eu gostasse eu colocava no caderninho. Então eu mostraria quantas alegrias eu tinha.

- Sim, sim - gritou Poliana, muito concentrada, enquanto o menino fez uma pausa para respirar.

- Bem, eu não esperava escrever tantas coisas, mas, sabe, escrevi muitas. Na maioria das coisas sempre havia algo que eu gostava um pouco, então escrevia. A primeira coisa foi o próprio caderninho, que eu tinha conseguido, sabe, para escrever nele. Então alguém me deu uma flor em um vaso, e Jerry encontrou um livro excelente no metrô. Depois disso era muito engraçado procurar as alegrias, e, às vezes, encontrava em lugares tão estranhos. Então um dia Jerry pegou o caderninho e descobriu o que era. Aí ele deu esse nome, Livro das Alegrias. E... é isso.

- Isso... *isso!* - exclamou Poliana, a alegria e o espanto lutando para dominar seu rosto radiante. - Ora, esse é o jogo! Você está jogando o jogo do contente, e não sabe, só que está sempre jogando, e muito melhor do que eu mesma poderia! Ora, eu... eu não conseguiria jogar com tudo, acho, se eu... se eu não tivesse

* BLANCHARD, Samuel Laman. *Lyric Offerings*. "Hidden Joys" [*Ofertas líricas*. "Alegrias escondidas"]. [S.l.]: [s.n.], 1828.

o suficiente para comer, ou jamais pudesse andar, ou algo assim - disse com a voz sufocada.

- O jogo? Que jogo? Não sei nada sobre nenhum jogo. - O menino franziu a testa.

Poliana bateu palmas.

- Sei que você não sabe, sei que não, e esse é o motivo de isso ser tão totalmente adorável e tão... tão maravilhoso! Mas, ouça. Vou lhe contar como o jogo é.

E ela contou.

- Nossa! - o menino perdeu o fôlego de admiração quando ela terminou. - Olha só!

- E aqui está você, jogando *meu* jogo melhor do que qualquer pessoa que já vi, e ainda nem sei seu nome nem nada! - exclamou Poliana, em um tom quase boquiaberto. - Mas quero, quero saber tudo.

- Ora! Não tem nada para saber - respondeu o menino, dando de ombros. - Além disso, aqui está o pobre *sir* Lancelot e todos os outros, esperando o jantar - concluiu.

- Ai, meu Deus, estão mesmo - suspirou Poliana, olhando com impaciência para as criaturas agitadas e ruidosas ao redor deles. De maneira descuidada, ela virou a bolsa de cabeça para baixo e espalhou os suprimentos aos quatro ventos. - Pronto, está feito, agora podemos conversar de novo - respondeu. - E tem muita coisa que quero saber. Primeiro, por favor, qual é seu nome? Só sei que não é *sir* James.

O menino sorriu.

- Não, não é, mas é assim que Jerry quase sempre me chama. Mamis e os outros me chamam de "Jamie".

- *"Jamie"*! - Poliana respirou fundo e prendeu a respiração. Uma louca esperança surgiu em seus olhos, mas quase de imediato foi seguida de uma dúvida terrível.

- Mamis significa... mãe?

- Sim!

Como demonstrou em sua expressão, Poliana nitidamente relaxou. Se esse Jamie tinha uma mãe, não era, claro, o Jamie da senhora Carew, cuja mãe havia morrido muito tempo atrás. Mesmo assim ele era maravilhosamente interessante.

– Mas onde você mora? – perguntou de maneira ávida. – Tem alguém em sua família além de sua mãe e... e Jerry? Você vem aqui todos os dias? Onde está seu Livro das Alegrias? Posso ver? Os médicos não dizem se você vai voltar a andar? E onde você disse que conseguiu isso, essa cadeira de rodas, quero dizer?

O menino deu risadas.

– Diga quantas perguntas você espera que eu responda de uma vez? Vou começar pela última, de qualquer modo, e seguirei de trás para a frente, talvez, se eu não esquecer. Consegui esta cadeira um ano atrás. Jerry conhecia um dos rapazes que escrevia para jornais, sabe, e contou sobre mim, como eu nunca poderia andar e tudo o mais, e... e sobre o Livro das Alegrias. A única coisa que eu sei é que vários homens e mulheres vieram um dia empurrando essa cadeira e disseram que era para mim. Que eles tinham lido tudo sobre mim e queriam que eu tivesse essa cadeira para se lembrar deles.

– Nossa! Como você deve ter ficado contente!

– Fiquei. Usei uma página inteira do meu Livro das Alegrias para falar sobre a cadeira.

– Mas você nunca mais vai voltar a andar?

Os olhos de Poliana estavam marejados de lágrimas.

– Parece que não. Eles disseram que eu não voltaria.

– Ah, mas isso foi o que disseram sobre mim, e então eles me enviaram para o doutor Ames, e fiquei quase um ano com ele, e *ele* me fez andar. Talvez possa fazer *você* andar!

O menino balançou a cabeça.

– Não pode, sabe, não posso ir me tratar com ele de qualquer modo. Deve ser muito caro. Só temos de aceitar que eu nunca poderei... andar de novo. Mas não importa. – O menino jogou a cabeça para trás com impaciência. – Estou tentando não *pensar* nisso. Sabe como é quando... quando o *pensamento* começa a surgir.

– Sim, sim, claro, e aqui estou eu falando sobre isso! – disse Poliana, com remorso. – Eu *disse* que você sabia jogar melhor do que eu. Mas continue. Você ainda não me disse nem metade. Onde você mora? E Jerry é o único irmão que você tem?

Houve uma ligeira mudança de expressão no rosto do menino. Seus olhos brilharam.

- Sim, mas ele não é meu irmão, de verdade. Ele não é meu parente, mamis também não. E pense só no quanto eles foram bons para mim.

- O quê? - perguntou imediatamente Poliana, alerta. - Essa mamis não é... sua mãe, afinal de contas?

- Não. E é isso que faz...

- E você não tem outra mãe? - interrompeu Poliana, com entusiasmo crescente.

- Não, não me lembro de outra mãe, e meu pai morreu há seis anos.

- Quantos anos você tinha?

- Não sei. Eu era pequeno. Mamis acha que eu talvez tivesse uns seis anos. Foi quando me levaram, sabe.

- E seu nome é Jamie? - Poliana estava prendendo a respiração.

- Ora, sim, já disse a você.

- E qual é seu outro nome? - Poliana fez essa pergunta ansiosa, mas com medo.

- Não sei.

- *Você não sabe!*

- Não me lembro. Eu era muito pequeno, eu acho. Nem os Murphy sabem. Eles nunca me conheceram por outro nome além de Jamie.

Uma grande decepção surgiu no rosto de Poliana, mas quase de imediato o lampejo de uma ideia afastou o desânimo.

- Bem, então, se você não sabe qual é seu nome, não pode saber que não é "Kent"! - exclamou.

- "Kent"? - perguntou o menino, confuso.

- É - começou Poliana, muito entusiasmada. - Sabe, tinha um menino chamado Jamie Kent que...

Ela parou de modo abrupto e mordeu o lábio. Percebeu que seria mais gentil não deixar ainda que o menino soubesse de sua esperança de que pudesse ser o Jamie perdido. Seria melhor se tivesse certeza antes de criar expectativas, caso contrário poderia causar-lhe tristeza em vez de alegria. Ela não esqueceu o quanto Jimmy Bean tinha ficado desapontado quando ela foi obrigada a lhe dizer que as senhoras da Sociedade Auxiliadora Feminina não o queriam, e de novo quando, no início, o senhor Pendleton também não o queria. Estava decidida a não cometer o mesmo erro pela terceira vez. Então, rapidamente assumiu um ar de cuidadosa indiferença sobre esse assunto tão perigoso e disse:

– Deixa Jamie Kent pra lá, fale sobre você. Estou *muito* interessada!

– Não tem nada para contar. Não sei nada bom – hesitou o menino. – Disseram que meu pai era... era estranho e que nunca falava. Não sabiam nem mesmo seu nome. Todos o chamavam de "O Professor". Mamis diz que ele e eu morávamos em um quartinho de fundos no último andar de uma casa, em Lowell, onde eles moravam. Eles eram pobres na época, mas nem perto de como são agora. O pai de Jerry era vivo naquele tempo e tinha um emprego.

– Sim, sim, continue – incentivou Poliana.

– Bem, mamis disse que meu pai estava muito doente e que foi ficando cada vez mais estranho, então eles ficavam cuidando de mim lá embaixo boa parte do tempo. Eu ainda podia andar um pouco nessa época, mas minhas pernas já não estavam tão bem. Eu brincava com Jerry e com a garotinha que morreu. Bem, quando meu pai morreu, não tinha ninguém para me levar, e uns homens iam me colocar em um orfanato, mas mamis diz que eu fiquei enlouquecido, e Jerry também, e que então disseram que ficariam comigo. E fizeram isso. A garotinha tinha acabado de morrer, e disseram que eu podia ficar no seu lugar. E estão comigo desde então. E eu caí e piorei, e eles também estavam terrivelmente pobres, além de o pai de Jerry estar morrendo. Mas ficaram comigo. Olha, não é ser bom demais com uma pessoa?

– Sim, ah, sim – disse Poliana. – Mas eles vão ser recompensados, tenho certeza disso!

Agora Poliana tremia de alegria. A última dúvida havia sumido. Ela tinha encontrado o Jamie perdido. Estava certa. Mas ainda não devia falar. Primeiro a senhora Carew deveria vê-lo. Aí sim, *aí sim!* Nem a imaginação de Poliana conseguia descrever a alegria reservada à senhora Carew e a Jamie naquele feliz reencontro.

Ela saltitou levemente sobre os pés em profunda desconsideração a *sir* Lancelot, que tinha voltado e estava fuçando seu colo em busca de mais nozes.

- Tenho de ir agora, mas voltarei amanhã. Talvez eu venha com uma senhora que você vai gostar de conhecer. Você vai estar aqui amanhã, não vai? - perguntou com ansiedade.

- Claro, é agradável. Jerry me empurra até aqui quase todas as manhãs. Eles se organizaram para que pudesse, sabe, e trago meu jantar e fico até às quatro horas. Jerry é bom para mim, muito bom!

- Eu sei, eu sei - Poliana acenou com a cabeça. - E talvez você encontre outra pessoa para ser boa para você - disse ela.

Com essa declaração enigmática e um sorriso radiante, ela foi embora.

Capítulo 9
Planos e maquinações

A caminho de casa, Poliana fez alegres planos. No dia seguinte a senhora Carew teria, de qualquer modo, de ser convencida a lhe acompanhar em uma caminhada no parque. Ela ainda não sabia como, só sabia que teria de acontecer.

Dizer de maneira clara à senhora Carew que tinha encontrado Jamie e que queria que fosse vê-lo estava fora de questão. Havia, claro, uma remota chance de que aquele não fosse seu Jamie, e nesse caso, se ela tivesse dado falsas esperanças para a senhora Carew, o resultado poderia ser desastroso. Poliana sabia, porque Mary tinha lhe contado, que a senhora Carew tinha ficado muito doente duas vezes com a grande decepção de seguir pistas quentes que levaram a um menino que não era o filho de sua falecida irmã. Então Poliana sabia que não podia dizer à senhora Carew o motivo de querer que ela fosse ao parque no dia seguinte. Mas daria um jeito, disse Poliana a si mesma enquanto se apressava alegremente para casa.

Porém, o destino mais uma vez interveio na forma de uma forte tempestade, e Poliana não precisou de nada além de olhar para as janelas na manhã seguinte para perceber que não haveria passeio no parque naquele dia. Pior ainda, nem no dia seguinte nem no outro as nuvens se dissiparam, e Poliana passou as três tardes vagando de janela em janela, espiando o céu e perguntando a todos com ansiedade:

– Você não *acha* que parece estar clareando *um pouco*?

Esse comportamento era tão incomum por parte da alegre garotinha e tão irritante o constante questionamento que, por fim, a senhora Carew perdeu a paciência.

– Pelo amor de Deus, menina, qual o problema? – exigiu ela. – Nunca vi você ficar tão aflita com o clima. Onde está seu maravilhoso jogo do contente hoje?

Poliana corou e pareceu envergonhada.

– Ai, meu Deus, acho que eu talvez tenha esquecido o jogo desta vez – admitiu. – E claro que há algo com o que eu possa ficar contente, é só eu procurar por isso. Posso ficar contente porque... porque vai parar de chover algum dia, porque Deus disse que *não* enviaria outra inundação. Mas, sabe, queria tanto que hoje o tempo estivesse bom.

– Por que, especialmente?

– Ah, eu... só queria caminhar no parque. – Poliana se esforçava para falar de modo despreocupado. – Eu... eu acho que a senhora talvez também gostaria de ir comigo.

Por fora Poliana era a própria indiferença, por dentro, no entanto, estava entusiasmada e tensa.

– *Eu* ir ao parque? – perguntou a senhora Carew, as sobrancelhas levemente erguidas. – Obrigada, mas não, temo que não – respondeu ela, sorrindo.

– Ah, mas a senhora... a senhora não pode *dizer não*! – gaguejou Poliana, em ligeiro pânico.

– Eu já disse não.

Poliana engolia em seco, nervosa. Estava realmente pálida.

– Mas, senhora Carew, por favor, *por favor*, não diga que *não* vai, quando é tão agradável – implorou. – Sabe, por uma... uma razão especial, queria que fosse comigo... só esta vez.

A senhora Carew franziu a testa. Abriu os lábios para dizer um "não" mais determinado, mas alguma coisa nos olhos suplicantes de Poliana deve ter mudado as palavras, porque quando saíram tinham uma relutante concordância.

– Muito bem, menina, vou fazer o que quer. Mas se eu prometer que vou, *você* tem de prometer que vai ficar uma hora sem se aproximar da janela nem perguntar de novo se eu acho que o tempo vai clarear.

– Sim, vou, quer dizer, não vou – disse Poliana, emocionada. Então, quando um feixinho de luz que era quase um raio de sol surgiu pela janela, ela gritou com alegria: – Mas você não *acha* que *está*... oh! – ela se interrompeu sem graça e saiu correndo da sala.

De modo inequívoco, "clareou" na manhã seguinte. Mas, embora o sol brilhasse de maneira viva, havia um ar frio cortante e, à tarde, quando Poliana voltou da escola para casa, havia um forte vento. Apesar dos protestos, ela insistiu que o dia estava lindo, e que ficaria muito infeliz se a senhora Carew não fosse passear no parque. E a senhora Carew foi, embora ainda protestasse.

Como era de esperar, foi uma jornada infrutífera. Juntas, a impaciente mulher e a garotinha apressada e trêmula de olhos ávidos caminharam para cima e para baixo. (Poliana, ao não encontrar o menino em seu lugar habitual, fez uma busca frenética em todos os cantos do parque. Não podia acreditar. Ali estava ela, no parque, e com a senhora Carew, mas não encontrou Jamie em lugar algum, e ainda não podia dizer uma palavra à senhora Carew.) Por fim, completamente gelada e exasperada, a senhora Carew insistiu para irem embora e, arrasada, Poliana foi.

Foram dias tristes para Poliana. O que para ela estava perigosamente perto de um segundo dilúvio, mas, de acordo com a senhora Carew, eram apenas "as típicas chuvas de outono", causou uma série de dias nebulosos, nevoentos, frios e sem brilho, cheios de uma tediosa garoa, ou, pior, de um constante aguaceiro. Quando às vezes surgia um dia de sol, Poliana, em vão, ia correndo ao parque. Jamie nunca estava lá. Era então meados de novembro, e o próprio parque estava tomado de melancolia. As árvores estavam desfolhadas, os galhos quase vazios e não havia qualquer barco no laguinho. É verdade que os esquilos e pombos estavam lá, e os pardais estavam atrevidos como sempre, mas alimentá-los era quase mais triste do que alegre, porque cada suave batida da cauda peluda de *sir* Lancelot trazia lembranças mais tristes do menino que o tinha nomeado e que não estava ali.

– E pensar que não descobri onde ele morava! – lamentou Poliana para si mesma repetidas vezes, enquanto os dias passavam. – E ele era o Jamie, só sei que era. E agora vou ter de esperar até a primavera chegar e estar quente o bastante para ele vir aqui de novo. E então, talvez, eu não deva vir aqui. Ai, Deus, ai, meu Deus, e ele *era* o Jamie, sei que era!

Então, em uma tarde tediosa, o inesperado aconteceu. Poliana, passando pelo corredor superior, ouviu vozes raivosas no hall abaixo, uma das quais ela reconheceu como sendo de Mary, enquanto a outra... a outra...

A outra voz estava dizendo:

– De jeito nenhum! Não é da sua conta! Entendeu? Quero ver a menina, Poliana. Tenho uma mensagem para ela de... de *sir* James. Agora vai lá, por favor, e chame a menina, se não se importar.

Com um gritinho de alegria, Poliana se virou e literalmente correu escada abaixo.

– Ah, estou aqui, estou aqui, estou bem aqui! – disse, arfando e tropeçando para a frente. – O que é isso? Jamie enviou você?

Em seu entusiasmo, Poliana quase se lançou de braços estendidos sobre o menino quando Mary, em choque, a interceptou com a mão.

– Senhorita Poliana, senhorita Poliana, você quer dizer que conhece esse... esse mendigo?

O garoto corou de raiva, mas, antes que pudesse falar, Poliana se interpôs de modo valente.

– Ele não é um mendigo. É um dos meus melhores amigos. Além disso, foi ele quem me encontrou e me trouxe para casa naquele dia em que estava perdida.

Então, para o menino, ela se virou com um interrogatório impaciente.

– O que houve? Foi Jamie quem mandou você aqui?

– Claro que foi. Ele caiu de cama um mês atrás e ainda não melhorou.

– Ele caiu... o quê? – disse Poliana, confusa.

– Caiu de cama, foi para a cama. Está doente, quero dizer, e quer ver você. Você vem?

– Doente? Ah, sinto muito! – lamentou Poliana. – Claro que vou. Vou pegar meu chapéu e meu casaco agora mesmo.

– Senhorita Poliana! – disse Mary ofegante, em severa desaprovação. – Como se a senhora Carew fosse deixá-la ir a *qualquer lugar* com um menino estranho como esse!

– Mas ele não é um menino estranho – protestou Poliana. – Eu o conheci há tanto tempo, e eu *tenho* de ir. Eu...

– Que diabos significa isso? – perguntou friamente a senhora Carew da porta da sala. – Poliana, quem é esse menino e o que ele faz aqui?

Poliana se virou com um breve gritinho.

– Ah, senhora Carew, você vai me deixar ir, não vai?

– Ir aonde?

– Ver meu irmão, senhora – interrompeu o menino, com um nítido esforço para ser educado. – Ele está sem apetite, sabe, e não me deixou em paz até que eu viesse aqui chamá-la – acrescentou ele, com um gesto desajeitado em direção a Poliana. – Ele quer muito vê-la.

– Posso ir, não posso? – implorou Poliana.

A senhora Carew franziu a testa.

– Ir com esse garoto, *você*? Claro que não, Poliana! Eu me pergunto se você é louca o bastante para achar, por um só momento, que poderei fazer isso.

– Ah, mas quero que você vá também – começou Poliana.

– Eu? Que absurdo, menina! Isso é impossível. Você pode dar a esse garoto aqui um pouco de dinheiro, se quiser, mas...

– Obrigada, senhora, mas não vim por dinheiro – disse o menino, ressentido, os olhos faiscando. – Vim por... ela.

– Sim, e senhora Carew, esse é Jerry, Jerry Murphy. O menino que me encontrou quando eu me perdi e me trouxe para casa – apelou Poliana. – *Agora* você me deixa ir?

A senhora Carew balançou a cabeça.

– Isso está fora de cogitação, Poliana.

– Mas ele diz que Jam... o outro menino está doente e quer me ver.

– Não posso ajudar nisso.

– E eu o conheço muito bem, senhora Carew. Conheço, de verdade. Ele lê livros, livros adoráveis, cheios de cavaleiros e lordes e damas, e alimenta os pássaros e esquilos e lhes dá nomes e tudo. E ele não anda, e muitos dias não tem o suficiente para comer – disse Poliana –, e já faz um ano que joga o meu jogo do contente e não sabia disso. E ele joga sempre, e sempre muito melhor do que eu. E eu procurei e procurei por ele, muito, por tantos dias. Honesta e verdadeiramente, senhora Carew, *tenho* de vê-lo - Poliana quase chorou. - Não posso perdê-lo de novo!

As bochechas da senhora Carew ficaram coradas de irritação.

- Poliana, isso é um absurdo. Estou surpresa. Estou impressionada por você insistir em fazer uma coisa que sabe que desaprovo. Não posso permitir que você vá com esse menino. Agora, por favor, não me faça ouvir mais nada sobre isso.

Uma nova expressão surgiu no rosto de Poliana. Com um olhar meio apavorado e meio exaltado, ela ergueu o queixo e enfrentou diretamente a senhora Carew. Tremendo, mas determinada, ela falou:

- Então eu vou ter que lhe contar. Não queria dizer que eu tinha certeza. Queria que você o visse primeiro. Mas agora tenho de contar. Não posso perdê-lo mais uma vez. Acho, senhora Carew, que ele é o Jamie.

- Jamie! Não o meu Jamie!

O rosto da senhora Carew ficou muito pálido.

- Sim.

- Impossível!

- Eu sei, mas, por favor, seu nome é Jamie, e ele não sabe o outro. Seu pai morreu quando ele tinha seis anos e ele não consegue se lembrar da mãe. Tem doze anos, ele acha. Essas pessoas o pegaram para criar quando o pai morreu, e seu pai era estranho, e não falava seu nome para as pessoas, e...

Mas a senhora Carew a interrompeu com um gesto. Estava ainda mais pálida do que antes, mas seus olhos queimavam com um fogo repentino.

- Iremos agora - disse ela. - Mary, diga a Perkins para trazer o carro o mais rápido possível. Poliana, pegue seu chapéu e seu casaco. Garoto, espere aqui, por favor. Estaremos prontas para ir com você imediatamente.

No instante seguinte, ela correu escada acima.

No hall, o garoto respirou fundo.

- Minha nossa! - murmurou com suavidade. - E não é que vamos em um carrão! Alguma classe aqui! Jesus! O que *sir* James vai dizer?

Capítulo 10

No beco dos Murphy

Com o opulento rugido que parece peculiar às limusines de luxo, o carro da senhora Carew atravessou a Avenida Commonwealth e a Rua Arlington em direção à Rua Charles. Na parte de trás do carro estavam a menina de olhos brilhantes e a mulher tensa de rosto pálido. Na frente, para dar instruções ao motorista de ar claramente desaprovador, estava Jerry Murphy, incrivelmente orgulhoso e insuportavelmente altivo.

Quando a limusine parou diante de uma porta decadente em um beco sujo e estreito, o garoto saltou do carro e, com uma imitação ridícula das pomposidades dos cocheiros a que tantas vezes assistiu, abriu a porta do carro e ficou esperando as senhoras descerem.

Poliana saltou imediatamente, os olhos se arregalando de espanto e angústia enquanto olhava ao redor. Atrás dela veio a senhora Carew, visivelmente trêmula enquanto seu olhar percorria a sujeira, a sordidez e as crianças esfarrapadas que lotaram o entorno do carro em um segundo, gritando e tagarelando, vindo de deploráveis cortiços.

Jerry acenou raivosamente com os braços.

– Ei, você, sai fora! – gritou para a multidão. – Isso não é cinema grátis! Parem de gritar e saiam daqui.. Rápido! Já! Queremos passar. Elas vieram ver Jamie.

A senhora Carew estremeceu mais uma vez e colocou a mão trêmula no ombro de Jerry.

– Não pode ser… aqui! – recuou ela.

Mas o menino não ouviu. Com cotoveladas e empurrões de punhos firmes, abria caminho para suas visitas, e, antes que a senhora Carew percebesse como, encontrou-se com o menino e Poliana ao pé de uma vacilante escadaria em um corredor escuro e malcheiroso.

Ela ergueu a mão trêmula mais uma vez.

– Espere – ordenou com a voz rouca. – Lembre-se! Nenhum de vocês deve dizer uma palavra sobre... sobre talvez ser o menino que estou procurando. Devo vê-lo por mim mesma primeiro e... fazer perguntas para ele.

– Claro! – concordou Poliana.

– Claro! Sei disso. – O menino fez que sim com a cabeça. – Tenho de sair de qualquer jeito, então não vou incomodar a senhora. Agora caminhem devagar nessas escadas. Sempre têm buracos e na maioria das vezes uma ou duas crianças dormindo em algum lugar. E o elevador não está funcionando hoje – zombou alegremente. – E vamos ao topo!

A senhora Carew encontrou os "buracos"... tábuas quebradas que rangiam e se inclinavam temerosamente sob seus pés encolhidos, e encontrou uma "criança" – um bebê de dois anos brincando com uma lata vazia em uma corda que lançava para cima e para baixo no segundo lance de escadas. Em todos os lados portas foram abertas, ora com coragem, ora de maneira furtiva, mas sempre revelando mulheres com cabelos desgrenhados ou crianças de rostos sujos. Em algum lugar, um bebê chorava tristemente. Em outro, um homem praguejava. Em todos os cantos havia cheiro de uísque barato, repolho estragado e pessoas sem banho.

No topo do terceiro e último lance de escadas o menino fez uma pausa diante de uma porta fechada.

– Estou apenas... pensando no que *sir* James vai dizer quando souber do prêmio que estou levando para ele – sussurrou em uma voz rouca. – Sei o que mamis vai fazer... vai logo começar a chorar ao ver Jamie tão animado. – No instante seguinte, ele abriu a porta com um alegre: – Aqui estamos nós, e viemos em um carrão! Isso não é o máximo, *sir* James?

Era um cômodo minúsculo, frio, triste e miseravelmente mobiliado, mas escrupulosamente limpo. Ali não havia cabelos desgrenhados, crianças espreitando nem odores de uísque, repolho ou pessoas sem banho. Havia duas camas, três cadeiras quebradas, uma mesa feita de caixote e um fogão com um leve brilho de luz que vinha de um fogo que não era nem de longe enérgico o bastante para aquecer mesmo aquele pequeno cômodo. Em uma das camas havia um garoto com bochechas coradas e olhos febris. Sentada perto dele estava uma mulher magra de rosto pálido, inclinada e retorcida de reumatismo.

A senhora Carew entrou no cômodo e, como se para firmar-se, parou um instante encostada na parede. Poliana apressou-se em direção a Jamie com um gemido baixo, enquanto Jerry, com um tímido, "Tenho de ir agora, tchau!", disparava porta afora.

– Ah, Jamie, estou tão contente de encontrar você! – exclamou Poliana. – Você não sabe como procurei e procurei por você todos os dias. Mas sinto muito que esteja doente!

Jamie sorriu radiante e estendeu a mão branca e fina.

– Não sinta, estou *contente* – disse ele de maneira bastante enfática. – Porque isso trouxe você até aqui. Além disso, estou melhor agora. Mamis, esta é a menina, sabe, que me falou do jogo do contente, e mamis está jogando também – disse triunfante, virando-se de novo para Poliana. – Primeiro ela chorou porque suas costas doíam demais para trabalhar, então, quando piorei, ela ficou *contente* por não poder trabalhar, porque podia ficar aqui para cuidar de mim, sabe.

Naquele momento, a senhora Carew entrou apressada, os olhos entre temerosos e ansiosos sobre o rosto do menino com deficiência na cama.

– Esta é a senhora Carew. Eu a trouxe para vê-lo, Jamie – apresentou Poliana, com a voz hesitante.

A pequena mulher retorcida ao lado da cama a essa altura já tinha lutado para se levantar, e estava nervosamente oferecendo sua cadeira. A senhora Carew aceitou-a sem muito mais que um olhar. Seus olhos ainda estavam no garoto na cama.

– Seu nome é… Jamie? – perguntou, com nítida dificuldade.

– Sim, senhora.

Os olhos brilhantes do menino olhavam diretamente nos dela.

– Qual é seu outro nome?

– Não sei.

– Ele não é seu filho?

Pela primeira vez a senhora Carew se virou para a pequena mulher retorcida que ainda estava de pé junto à cama.

– Não, senhora.

– E você não sabe seu nome?

– Não, senhora. Nunca soube.

Com um gesto desesperado, a senhora Carew virou-se de volta para o garoto.

– Mas pense, pense... você não se lembra *qualquer coisa* do seu nome além de... Jamie?

O garoto balançou a cabeça. Em seus olhos surgia uma perplexa curiosidade.

– Não, nada.

– Você não tem qualquer coisa que pertenceu a seu pai, possivelmente com seu nome?

– Não havia nada que valesse a pena salvar além dos livros – interrompeu a senhora Murphy. – São dele. Gostaria de vê-los? – sugeriu, apontando uma fila de volumes surrados na prateleira do outro lado do cômodo. Então, com uma curiosidade claramente incontrolável, ela perguntou: – A senhora está achando que o conhece, madame?

– Não sei – murmurou a senhora Carew, em uma voz meio sufocada, enquanto se levantava e atravessava o cômodo até a prateleira de livros.

Não eram muitos, talvez dez ou doze. Havia um volume de peças de Shakespeare, um *Ivanhoé*, um *Dama do lago* bem surrado, um livro de poemas diversos, um Tennyson sem capa, um dilapidado *O pequeno lorde* e dois ou três livros de história antiga e medieval. Mas, embora a senhora Carew olhasse com cuidado cada um, não encontrou qualquer coisa escrita em nenhum deles. Com um suspiro desesperado, ela se virou para o garoto e a mulher, os quais agora a observavam assustados, os olhos questionadores.

– Eu queria que me dissessem, os dois, tudo o que sabem sobre vocês – disse ela, em tom angustiado, sentando-se mais uma vez na cadeira junto à cama.

E eles lhe contaram. Era a mesma história que Jamie contou a Poliana no parque. Havia pouca coisa nova, nada significativo, apesar das perguntas que a senhora Carew fez. Ao fim, Jamie voltou os olhos ansiosos para o rosto da senhora Carew.

– A senhora acha que conheceu... meu pai? – perguntou.

A senhora Carew fechou os olhos e pressionou a cabeça com a mão.

– Eu... eu não sei – respondeu. – Mas acho que... não.

Poliana deu um gritinho de grande desapontamento, mas rapidamente o suprimiu, em obediência ao olhar de advertência da senhora Carew. Com novo horror, no entanto, ela examinou o pequeno cômodo.

Jamie, desviando os olhos perplexos do rosto da senhora Carew, de repente despertou para seus deveres de anfitrião.

– Que bom que você veio! – disse a Poliana, com gratidão. – Como está *sir* Lancelot? Você tem ido alimentá-lo? – então, quando Poliana não respondeu logo, ele se apressou, os olhos passando de seu rosto para a janela, para uma velha garrafa rosa com o gargalo quebrado. – Você viu minhas flores? Jerry encontrou. Alguém deixou cair e ele pegou. Não são lindas? E têm um pouco de *perfume*.

Mas Poliana parecia nem ter ouvido. Ainda observava com olhos arregalados ao redor do cômodo, apertando e soltando nervosamente as mãos.

– Mas eu não posso entender como você consegue jogar o jogo aqui, Jamie – balbuciou. – Não acho que possa haver em qualquer lugar um local tão terrível para se viver – disse ela, estremecendo.

– Rá! – zombou Jamie, corajosamente. – Você devia ver os Pikes no andar de baixo. O quarto é muito pior que este. Você não sabe quantas coisas legais há neste quarto. Ora, recebemos sol daquela janela ali quase duas horas por dia, quando brilha. E se você se aproximar, pode ver muito do céu dali. Se pudéssemos ao menos *ficar* no quarto! Mas, sabe, teremos de sair, estamos com medo. E isso é o que nos preocupa.

– Sair?

– É. Não conseguimos pagar o aluguel, mamis está muito doente e não está ganhando nada.

Apesar de um sorriso corajosamente alegre, a voz de Jamie vacilou.

– A senhora Dolan, do andar de baixo, a mulher que guarda a cadeira de rodas para mim, sabe, está nos ajudando esta semana. Mas claro que ela não pode ajudar sempre, e então teremos de ir embora, se Jerry não ficar rico, ou algo assim.

– Ah, mas não podemos... – começou Poliana, mas logo se interrompeu.

A senhora Carew se levantou de maneira abrupta:

– Vamos, Poliana, temos de ir.

Então se virou com ar cansado para a mulher.

– Você não terá de sair. Enviarei dinheiro e comida imediatamente, e vou mencionar seu caso para uma das organizações de caridade de que participo, e eles vão...

Surpresa, ela parou de falar. A pequena figura da mulher curvada se aproximou quase ereta. As bochechas da senhora Murphy estavam coradas e seus olhos exibiam um fogo ardente.

– Obrigada, mas não, senhora Carew – disse ela, tremendo, mas com orgulho. – Somos pobres, Deus sabe disso, mas não queremos caridade.

– Que besteira! – exclamou a senhora Carew, secamente. – Vocês deixam a mulher do andar de baixo ajudar. Esse menino disse.

– Eu sei, mas isso não é caridade – insistiu a mulher, ainda tremendo. – A senhora Dolan é minha *amiga*. Ela sabe que eu faria a mesma coisa por *ela*, e eu já fiz para eles em outros tempos. Ajuda de *amigos* não é caridade. Eles se *importam*, e isso, isso faz toda diferença. Não fomos sempre assim como somos agora, sabe, e isso faz tudo doer ainda mais, tudo isso. Obrigada, mas não podemos aceitar... seu dinheiro.

A senhora Carew franziu a testa com raiva. Foi uma hora decepcionante, dolorosa e cansativa para ela. Já não era uma mulher paciente, e agora estava exasperada. Além disso estava profundamente extenuada.

- Muito bem, como queira - disse ela secamente. Então, com uma leve irritação, acrescentou: - Mas por que não vai até seu senhorio e insiste para que faça deste lugar algo pelo menos decentemente confortável enquanto está aqui? Com certeza você tem direito a algo além de janelas quebradas cobertas com trapos e jornais! E essas escadas pelas quais subi são realmente perigosas.

A senhora Murphy suspirou desanimada. Sua pequena figura retorcida havia voltado à antiga desesperança.

- Tentamos fazer com que fizesse algo, mas nunca conseguimos. Nunca vemos ninguém além do agente, e ele diz que os aluguéis são muito baixos para o proprietário investir qualquer dinheiro em reparos.

- Que bobagem! - esbravejou a senhora Carew, com toda a impetuosidade de uma mulher nervosa e atormentada que, por fim, encontrou uma saída para sua exasperação. - É vergonhoso! Além disso, acho que é um óbvio caso de violação da lei. Essas escadas o são, com certeza. Por minha conta vou fazer com que ele cumpra seus deveres. Qual é o nome desse agente e quem é o proprietário deste agradável estabelecimento?

- Não sei o nome do proprietário, senhora, mas o agente é o senhor Dodge.

- Dodge! - A senhora Carew virou-se bruscamente, com um estranho olhar. - Você não quer dizer... Henry Dodge?

- Sim, senhora. Seu nome é Henry, eu acho.

O rosto da senhora Carew ficou rapidamente corado, depois mudou de cor, ficando ainda mais pálido do que antes.

- Muito bem, eu... vou checar isso - murmurou ela com a voz um pouco sufocada, afastando-se. - Venha, Poliana, temos de ir.

De pé ao lado da cama, Poliana dava a Jamie um adeus choroso.

- Mas eu voltarei. Em breve - prometeu ela com animação enquanto se apressava pela porta atrás da senhora Carew.

Só depois de terem passado pelo precário caminho pelos três longos lances de escada, e pela multidão tagarela e agitada de homens, mulheres e crianças que rodeavam Perkins e a limusine,

Poliana falou novamente. E mal esperou que o irado motorista fechasse a porta antes de implorar:

– Querida senhora Carew, por favor, por favor, diga que era o Jamie! Ah, seria tão bom para ele ser o Jamie.

– Mas ele não é o Jamie!

– Aaah! A senhora tem certeza?

Houve uma pausa, então a senhora Carew cobriu o rosto com as mãos.

– Não, não tenho certeza, e aí está a tragédia disso tudo – lamentou. – Não acho que seja ele, estou quase certa de que não é. Mas, claro, há *uma* chance, e é o que está me matando.

– Então a senhora não pode apenas *pensar* que é Jamie – implorou Poliana – e fingir que era ele? Então a senhora o leva para casa e... – Mas a senhora Carew virou-se furiosa.

– Levar aquele garoto para a minha casa quando ele *não* é o Jamie? Nunca, Poliana! Eu não conseguiria!

– Mas se você *não* pode ajudar o Jamie, acho que ficaria tão contente se houvesse alguém como ele que pudesse ajudar – incentivou Poliana, trêmula. – E se seu Jamie fosse como esse Jamie, pobre e doente, você não ia querer que alguém o assumisse e cuidasse dele...

– Não, não, Poliana – lamentou a senhora Carew, balançando a cabeça de um lado para o outro, em um acesso de tristeza. – Quando penso que, talvez, em algum lugar, nosso Jamie é assim... – Apenas um soluço sufocado concluiu a frase.

– Foi isso o que eu disse, isso o que eu disse! – falou Poliana em triunfo, animada. – A senhora não vê? Se esse é o seu Jamie, claro que você vai querê-lo, mas se não for, a senhora não poderá causar nenhum mal ao outro Jamie ficando com este, e a senhora faria muito bem, porque faria esse tão feliz, tão feliz! E então, daqui a pouco, se a senhora encontrar o Jamie verdadeiro, não teria perdido nada, mas teria feito dois meninos felizes em vez de um, e... – Mas a senhora Carew a interrompeu novamente.

– Não, Poliana, não! Quero pensar, quero pensar.

Com os olhos marejados, Poliana se recostou no banco. Com um esforço bastante nítido, manteve-se quieta por um longo minuto. Então, como se as palavras claramente borbulhassem por si mesmas, soltou:

- Ah, mas que lugar horrível, horrível, era aquele! Só desejei que o homem que fosse o proprietário tivesse de viver ali, ele mesmo, e depois ver o que teria para ficar contente!

A senhora Carew sentou-se subitamente ereta. A expressão exibiu uma mudança curiosa. Quase como se fizesse uma súplica, ela estendeu a mão em direção a Poliana.

- Não! - exclamou. - Talvez... ela não saiba, Poliana. Talvez ela não saiba. Tenho certeza de que ela não sabe... que é dona de um lugar como aquele. Mas isso será resolvido agora, será resolvido.

- *Ela*! A proprietária é uma mulher, e como a senhora a conhece? E a senhora também conhece o agente?

- Sim. - A senhora Carew mordeu os lábios. - Eu a conheço e conheço o agente.

- Ah, estou tão contente - suspirou Poliana. - Então ficará tudo bem agora.

- Bem, com certeza ficará... melhor - afirmou a senhora Carew de maneira enfática, enquanto o carro parava diante de sua casa.

A senhora Carew falou como se soubesse do que estava falando. E talvez, sem dúvida, soubesse - mais do que se preocupou em dizer a Poliana. Com certeza, antes de dormir naquela noite, uma carta dirigida a Henry Dodge deixou suas mãos, convocando-o para uma reunião urgente sobre certas mudanças e reparos a serem feitos imediatamente em seus cortiços. Além disso, havia diversas frases furiosas sobre "janelas cobertas com trapos" e "escadas bambas", que fizeram com que o mesmo Henry Dodge fechasse a cara com raiva e dissesse uma palavra mordaz entre os dentes - embora, ao mesmo tempo, empalidecesse com algo muito parecido com medo.

Capítulo 11

Uma surpresa para a senhora Carew

A questão dos reparos e das melhorias tinha sido adequada e eficientemente atendida, a senhora Carew disse a si mesma que tinha cumprido seu dever e o assunto foi encerrado. Ela o esqueceria. O garoto não era seu Jamie, não podia ser. Aquele menino ignorante, doente e com deficiência, filho de sua irmã? Impossível! Ela tiraria aquilo tudo de seus pensamentos.

No entanto, foi só aí que a senhora Carew se deparou com uma barreira inerte e instransponível: aquilo tudo não se recusava a sair de seus pensamentos. Diante de seus olhos via sempre a imagem daquele quartinho vazio e o menino de expressão melancólica. Em seus ouvidos havia sempre aquela dolorosa pergunta: "E se *fosse* o Jamie?" E também tinha Poliana. Embora a senhora Carew pudesse (como fez) silenciar os argumentos e interrogatórios da língua da menina, não havia como se afastar das orações e censuras de seu olhar.

A senhora Carew, em desespero, foi outras duas vezes ver o menino, dizendo-se a cada vez que era necessária apenas outra visita para se convencer de que aquele não era o Jamie que ela procurava. Mesmo na presença do menino, ela dizia a si mesma que *estava* convencida, mas, uma vez longe dele, o velho questionamento retornava. Por fim, com um desespero ainda maior, ela escreveu para a irmã e contou-lhe toda a história.

Eu não queria lhe contar – escreveu ela, depois de escrever objetivamente sobre o caso. *Achei que seria uma lástima atormentar você ou criar falsas esperanças. Tenho tanta certeza de que não é ele, e, no entanto, enquanto escrevo estas palavras, sei que não a tenho. É por isso que eu quero que você venha – porque você tem de vir. Você tem de vê-lo. Eu me pergunto... ah, eu me pergunto o que você dirá! Claro que não vemos o nosso Jamie desde que tinha quatro anos. Ele teria doze agora. Esse garoto tem doze, acredito. (Ele não sabe sua idade.) Ele tem os olhos e os cabelos diferentes dos do nosso Jamie. É um menino com deficiência, mas essa situação surgiu em razão de uma queda, seis anos atrás, e piorou com outra, quatro anos depois. Algo como uma descrição completa da fisionomia de seu pai parece impossível obter, mas o que eu soube não contém nada conclusivo a favor ou contra ser o marido da pobre Doris. Ele era chamado de "O Professor", era muito estranho e parecia não possuir nada, exceto alguns livros. Isso pode ou não ter algum significado. John Kent com certeza sempre foi estranho, e havia bastante de boemia em seus gostos. Se ele gostava de livros ou não, não me lembro. E você? E, claro, o título "O Professor" poderia ser com facilidade assumido, se ele assim desejasse, ou poderia ter sido meramente dado a ele pelos outros. Quanto a esse menino, eu não sei, não sei, mas espero que você consiga saber!*

De sua aflita irmã,
Ruth

Della chegou imediatamente e foi logo ver o menino, mas ela não "soube". Como a irmã, disse que não achava que fosse o Jamie delas, mas, ao mesmo tempo, havia essa chance, podia ser ele afinal. Mas, como Poliana, ela tinha o que achava ser uma solução muito satisfatória para o dilema.

– Mas por que você não fica com ele, querida? – propôs à irmã. – Por que não o pega e o adota? Seria maravilhoso para ele, pobrezinho, e... – Mas a senhora Carew estremeceu e nem mesmo a deixou terminar.

– Não, não, não posso, não posso! – lamentou. – Quero meu Jamie, meu próprio Jamie, ou ninguém. – E, com um suspiro, Della desistiu e voltou para o trabalho.

Mas, se a senhora Carew pensou que isso tinha encerrado o assunto, estava mais uma vez enganada, porque ainda passava os dias perturbada e suas noites ainda eram insones ou cheias de sonhos de um "pode ser" ou "talvez seja" mascarados com um "é ele". Além disso, passava um momento difícil com Poliana.

Poliana estava intrigada. Andava cheia de questionamentos e agitada. Pela primeira vez na vida, ficou cara a cara com a verdadeira pobreza. Conheceu pessoas que não tinham o bastante para comer, que usavam roupas esfarrapadas e viviam em cômodos escuros, sujos e minúsculos. Seu primeiro impulso foi, claro, "ajudar". Ela fez duas visitas a Jamie com a senhora Carew e se alegrou muito com as condições modificadas que ali encontrou depois que "aquele homem Dodge" tinha "acertado as coisas". Mas, para Poliana, isso era apenas uma gota no oceano. Ainda havia todos aqueles outros homens parecendo doentes, mulheres infelizes e crianças esfarrapadas na rua, vizinhos de Jamie. Com confiança, ela também foi até a senhora Carew para pedir que os ajudasse.

– Com certeza! – exclamou a senhora Carew quando soube o que era esperado dela. – Então você quer que a rua inteira seja abastecida com papel de parede novo, tinta e novas escadas, quer? Diga, há algo mais de que gostaria?

– Ah, sim, muitas coisas – suspirou Poliana, com alegria. – Sabe, há tantas coisas de que precisam, todos eles! E que divertido seria obtê-las! Como eu gostaria de ser rica para poder ajudar também, mas estou muito feliz por estar com a senhora quando a senhora for fazê-las.

A senhora Carew arfou ruidosamente de espanto. Ela não perdeu tempo, embora tenha perdido um pouco a paciência em explicar que não tinha intenção de fazer mais nada no "beco dos Murphy", e que não havia razão para isso. Ninguém esperaria que ela fizesse. Já tinha cancelado todos os encargos possíveis, e foi realmente muito generosa, qualquer um diria, em relação ao que havia feito no cortiço onde viviam Jamie e os Murphy. (Que ela era a proprietária do prédio ela não achou necessário dizer.) Por algum tempo, explicou a Poliana que havia muitas e eficientes instituições de caridade, cuja função era ajudar todos os pobres dignos, e que para essas instituições ela doava generosamente e com frequência.

Mas ainda assim Poliana não estava convencida.

– Mas não entendo – argumentou – por que é melhor, ou mesmo tão bom, um monte de pessoas se juntarem e fazerem o que todos gostariam de fazer por si mesmos. Tenho certeza de que eu preferiria muito mais dar a Jamie um... um bom livro agora a ter alguma velha sociedade fazendo isso, e eu *sei* que ele também preferiria.

– Muito provavelmente – respondeu a senhora Carew, com algum cansaço e um pouco de exasperação. – Mas é possível que não fosse tão bom para Jamie como... como seria se esse livro fosse dado por um grupo de pessoas que sabiam que tipo de livro selecionar.

Isso a levou a falar muito sobre (nenhum assunto que Poliana tinha minimamente entendido) "incentivar os pobres a mendigar", "os males da doação indiscriminada" e o "efeito pernicioso da caridade desorganizada".

– Além disso – acrescentou, em resposta à expressão ainda perplexa no rostinho preocupado de Poliana –, muito provavelmente, se eu oferecesse ajuda a essas pessoas, elas não aceitariam. Você lembra que a senhora Murphy se recusou, logo de imediato, a me deixar enviar alimentos e roupas, embora rapidamente aceite dos vizinhos do primeiro andar, parece.

– Sim, eu sei – suspirou Poliana, afastando-se. – Há algo ali que de alguma maneira eu não entendo. Mas não parece certo que *nós* tenhamos tantas coisas boas e que *eles* não tenham quase nada.

Com o passar dos dias, esse sentimento de Poliana se intensificou em vez de diminuir, e as perguntas e os comentários que fazia eram tudo menos um alívio para o estado de espírito da senhora Carew. Mesmo ao tentar o jogo do contente neste caso, Poliana percebeu que estava praticamente fracassando, porque, como ela mesma disse:

– Não entendo como se pode encontrar qualquer coisa para ficar contente nessa questão de pessoas pobres. Claro que podemos ficar contentes por não sermos tão pobres quanto eles, mas, sempre que estou pensando em como estou contente por isso, sinto tanto por eles que *não consigo* mais ficar contente. Claro que poderia ficar contente que haja pessoas pobres para podermos ajudar. Mas, se não os ajudamos, onde entra a parte de ficar contente? – e Poliana não conseguiu encontrar ninguém que pudesse lhe dar uma resposta satisfatória.

Ela fez essa pergunta em especial à senhora Carew, e esta, ainda assombrada pelas visões do Jamie que era e do Jamie que talvez fosse, foi ficando cada vez mais inquieta, mais deplorável e mais profundamente desesperada. Nem a aproximação do Natal a ajudou. Não havia brilho de azevinho ou dos enfeites cintilantes que não lhe trouxessem dor, porque, para a senhora Carew, isso sempre simbolizava uma meia de criança vazia - uma meia que poderia ser... de Jamie.

Por fim, uma semana antes do Natal, ela lutou o que pensava ser a última batalha consigo mesma. Decidida, mas sem alegria verdadeira no rosto, ela deu ordens sucintas a Mary e chamou Poliana.

- Poliana - começou, quase duramente -, eu decidi... adotar Jamie. O carro chegará agora mesmo. Vou buscá-lo, vou trazê-lo para casa. Você pode vir comigo se quiser.

Um grande brilho transfigurou o rosto de Poliana.

- Ah, ah, ah, como fico contente! - disse ela, suspirando. - Ora, fico tão contente que eu... que eu quero gritar! Senhora Carew, por que é que quando estamos mais contentes do que tudo queremos sempre gritar?

- Não sei, não tenho certeza, Poliana - respondeu a senhora Carew de maneira distraída. No rosto da senhora Carew ainda não havia traço de alegria.

Uma vez no cortiço dos Murphy, a senhora Carew não demorou a contar sua intenção. Em poucas frases, contou a história do Jamie perdido e de suas esperanças iniciais de que aquele Jamie pudesse ser ele. Não fez segredo de suas dúvidas em relação a isso, ao mesmo tempo, disse que decidira levá-lo para casa e lhe proporcionar todos os cuidados possíveis. Então, já meio desanimada, contou os planos que havia feito para ele.

Ao pé da cama, a senhora Murphy ouvia, chorando docemente. Do outro lado do quarto, Jerry Murphy, com os olhos arregalados, exclamava coisas do tipo: "Jesus! Pode acreditar nisso?"

Quanto a Jamie, no início, ele, da cama, tinha ouvido com ar de quem de repente teve uma porta aberta para um paraíso tão desejado, mas, gradualmente, enquanto a senhora Carew falava, um novo olhar surgiu em seu rosto. Muito devagar, fechou os olhos e virou o rosto.

Quando a senhora Carew parou de falar houve um longo silêncio antes de Jamie virar a cabeça para responder. Viram então que seu rosto estava muito pálido e seus olhos, cheios de lágrimas.

– Obrigada, senhora Carew, mas… não posso ir – disse ele simplesmente.

– Você não pode… o quê? – gritou a senhora Carew, como se duvidasse dos próprios ouvidos.

– Jamie! – disse Poliana, suspirando.

– Ah, vamos, garoto, o que anda comendo? – Jerry olhou de cara feia, rapidamente aparecendo. – Não reconhece uma coisa boa quando vê uma?

– Sim, mas não posso… ir – disse de novo o menino com deficiência.

– Mas Jamie, Jamie, pense, *pense* no que isso significaria para você! – falou a senhora Murphy com a voz trêmula, ao pé da cama.

– Estou pensando – disse Jamie com a voz sufocada. – Não acha que sei o que estou fazendo, do que estou abrindo mão? – Então virou os olhos úmidos de lágrimas para a senhora Carew. – Não posso – balbuciou. – Não posso deixar você fazer tudo isso por mim. Se você… se importasse seria diferente. Mas você não se importa, não de verdade. Você não me quer, não a mim. Você quer o verdadeiro Jamie, e não sou o verdadeiro Jamie. Não acho que eu seja. Posso ver isso em seu rosto.

– Eu sei. Mas, mas… – começou a senhora Carew, com uma expressão de impotência.

– E não é como se… como se eu fosse como os outros meninos e também pudesse andar – interrompeu o menino com deficiência, febrilmente. – Em algum momento você se cansaria de mim. E eu veria isso acontecer. Não conseguiria suportar… ser um fardo desses. Claro que, se você se importasse, como a mamis aqui… – Ele ergueu a mão, engoliu um soluço, depois virou a cabeça mais uma vez. – Não sou o Jamie que você quer. Não posso… ir – disse ele. Com as palavras, sua mão fina e juvenil fechou-se até que os nós dos dedos ficassem brancos contra a velha manta branca e esfarrapada que cobria a cama.

Houve um momento de silêncio, então, com muita calma, a senhora Carew se levantou. Seu rosto não tinha cor, mas nele havia algo que silenciou o soluço que subia aos lábios de Poliana.

– Vamos, Poliana – foi tudo o que ela disse.

– Ora, se você não é um grande tolo! – murmurou Jerry Murphy ao menino na cama quando a porta se fechou um instante depois.

Mas o menino chorava muito, como se a porta fechada fosse aquela que o levaria ao paraíso e que agora tinha se fechado para sempre.

Capítulo 12

Atrás de um balcão

A senhora Carew estava furiosa. Ter chegado ao ponto de estar disposta a levar aquele menino com deficiência para casa e então o garoto calmamente se recusar era intolerável. Não estava acostumada a ter seus convites ignorados ou seus desejos desprezados. Além disso, agora que não podia ficar com o menino, estava consciente de um temor quase desesperado de que ele fosse, afinal, o verdadeiro Jamie. Soube, então, que a verdadeira razão para ter querido adotar o menino não foi querer cuidar dele ou mesmo ajudá-lo e fazê-lo feliz, mas, sim, aliviar a própria mente e silenciar para sempre esse horrível questionamento eterno de sua parte: "E se ele *fosse* o seu Jamie?"

Claro que não tinha ajudado em nada o menino ter adivinhado seu estado de espírito e dado como razão para sua recusa o fato de ela "não se importar". Sem dúvida, a senhora Carew agora com muito orgulho dizia a si mesma que realmente não se "importava", que ele *não* era o filho de sua irmã e que "esqueceria todo o assunto".

Mas ela não esqueceu todo o assunto. Quanto mais negava com insistência responsabilidade ou parentesco, mais insistentemente responsabilidade e parentesco se lançavam sobre ela na forma de dúvidas assustadoras. E quanto de maneira mais resoluta desviava os pensamentos para outros assuntos, mais resolutamente visões de um menino de olhos melancólicos em um quartinho fulminado pela pobreza se agigantavam diante dela.

E também havia Poliana. Claramente Poliana era outra pessoa. Em um espírito muito diferente do habitual, lamuriava-se pela casa e não se interessava mais por nada.

– Ah, não, não estou doente – respondia quando advertida e questionada.

– Mas qual é o problema?

– Ora, nada. É... é só que estava pensando em Jamie, sabe... em como *ele* não tem todas estas coisas lindas, tapetes, quadros e cortinas.

Era o mesmo com a comida. Poliana estava de fato perdendo o apetite, porém mais uma vez negou que estivesse doente.

– Ah, não – suspirava de maneira melancólica. – É só que não estou com fome. De algum jeito, assim que começo a comer, penso em Jamie, e em como ele só tem rosquinhas velhas e pãezinhos secos, e então eu... eu acabo não querendo nada.

A senhora Carew, instigada por um sentimento que ela própria vagamente compreendia, e determinada a causar alguma mudança em Poliana a todo custo, comprou uma grande árvore, duas dúzias de guirlandas e inúmeros azevinhos e bolas de Natal. Pela primeira vez em muitos anos a casa estava iluminada e reluzente de vermelho e enfeites cintilantes. Houve até uma festa de Natal, pois a senhora Carew disse a Poliana que convidasse meia dúzia de colegas da escola para a véspera de Natal.

Mas até a senhora Carew ficou decepcionada, porque, embora Poliana ficasse sempre agradecida, às vezes interessada e mesmo animada, ainda carregava com frequência um rostinho sóbrio. E no fim da festa de Natal estava mais triste do que alegre, porque o primeiro vislumbre da árvore brilhante lhe provocou uma crise de soluços.

– Ora, Poliana! – exclamou a senhora Carew. – Que diabos é o problema agora?

– Na... nada – choramingou Poliana. – É só que é tão totalmente, totalmente lindo que eu tive de chorar. Estava pensando em como Jamie adoraria ver isso.

Foi então que a senhora Carew perdeu a paciência.

– Jamie, Jamie, Jamie! – exclamou. – Poliana, você *não consegue* parar de falar nesse garoto? Você sabe muito bem que não é culpa minha ele não estar aqui. Pedi que viesse morar aqui. Além disso, onde está aquele seu jogo do contente? Acho que seria uma excelente ideia se você o jogasse em relação a isso.

– *Estou* jogando – gaguejou Poliana. – E é o que não entendo. Nunca soube que podia ser tão estranho. Ora, antes, quando eu ficava contente com as coisas, eu ficava feliz. Mas agora, em relação a Jamie, estou tão contente por ter tapetes, quadros e coisas boas para comer, e por poder andar e correr, e ir à escola, e essas coisas, mas quanto mais fico contente por mim, mais triste fico por ele. Nunca soube que o jogo podia ser tão estranho, e não sei o que o afeta. E você?

Mas a senhora Carew, com um gesto desesperado, apenas se afastou sem dar uma palavra.

Foi no dia seguinte ao Natal que algo tão maravilhoso aconteceu que Poliana, por um tempo, quase esqueceu Jamie. A senhora Carew tinha ido às compras, e foi enquanto ela tentava decidir entre uma renda de bruxelas e uma gola de ponto-laço que Poliana arriscou-se a espiar mais além no balcão um rosto que lhe pareceu vagamente familiar. Por um momento, só observou, franzindo a testa, então, com um gritinho, correu pela loja.

– Ah, é você... é você! – exclamou com alegria para uma menina que colocava no mostruário uma bandeja de laços cor-de-rosa. – Estou tão contente de ver você!

A garota ergueu a cabeça e encarou Poliana com surpresa. Mas quase imediatamente seu rosto triste e sério se iluminou com um sorriso feliz de reconhecimento.

– Bem, bem, se não é minha garotinha do parque! – exclamou.

– Sim. Fiquei tão contente que tenha se lembrado – sorriu Poliana. – Mas você nunca mais voltou. Procurei por você várias vezes.

– Não pude. Tinha de trabalhar. Aquele foi nosso último feriado de meio período e... cinquenta centavos, senhora – interrompeu-se ela, em resposta à pergunta de uma senhora idosa de rosto gentil quanto ao preço de um laço preto e branco sobre o balcão.

– Cinquenta centavos? Hum! – a senhora passou os dedos no laço, hesitou, então o largou com um suspiro. – Hum, sim, bem, é muito bonito, com certeza, minha querida – disse, enquanto se afastava.

Logo atrás dela vieram duas meninas de expressão radiante que, com muitas risadinhas e gracejos, escolheram uma peça de veludo vermelho enfeitada de joias e um tule de contos de fada e botões cor-de-rosa. À medida que as garotas se afastavam conversando, Poliana soltou um suspiro de empolgação.

– É isso que você faz todos os dias? Nossa, como você deve ficar contente por ter escolhido isso!

– *Contente!*

– É. Deve ser tão divertido, tantas pessoas, sabe, e todas diferentes! E você pode falar com elas. Você tem de falar com elas, é sua função. Você deve adorar isso. Acho que vou fazer isso quando crescer. Deve ser tão divertido ver o que todas elas compram!

– Divertido! Contente! – irritou-se a garota atrás do balcão. – Bem, menina, acho que se você soubesse metade... Custa um dólar, senhora – ela logo se interrompeu, em resposta à brusca pergunta de uma jovem sobre o preço de um laço amarelo brilhante de veludo com contas do mostruário.

– Bem, já era hora de você me responder – disse rispidamente a jovem. – Tive de perguntar duas vezes.

A garota atrás do balcão mordiscou o lábio.

– Eu não escutei, senhora.

– Não tenho nada com isso. É sua função *escutar*. Você é paga para isso, não é? Quanto custa aquele preto?

– Cinquenta centavos.

– E aquele azul?

– Um dólar.

– Não seja imprudente, senhorita! Você não pode ser tão antipática, ou vou prestar queixa. Deixe-me ver a bandeja dos cor-de-rosa.

Os lábios da vendedora se abriram e se fecharam em uma linha fina e reta. De maneira obediente, ela abriu o mostruário e pegou a bandeja de laços cor-de-rosa, mas seus olhos faiscavam e as mãos tremiam visivelmente enquanto colocava a bandeja sobre o balcão. A jovem a quem atendia pegou cinco laços, perguntou o preço de quatro deles, depois se virou com um breve:

– Não vejo nada que me interesse.

– Bem – disse hesitante a garota atrás do balcão para Poliana, que estava com os olhos arregalados –, o que você acha da minha função agora? Algo com o que ficar contente por aqui?

Poliana deu risadinhas meio histéricas.

– Nossa, como ela foi grossa! Mas também era meio divertida, você não acha? Apesar disso, você pode ficar contente por… por não serem *todas* como *ela*, não pode?

– Acho que sim – disse a garota, com um leve sorriso. – Mas vou lhe dizer agora, menina, que aquele seu jogo do contente sobre o qual você me falou aquele dia no parque pode ser muito bom para você, mas… – Mais uma vez ela parou com um tedioso: – Cinquenta centavos, senhora – em resposta a uma pergunta vinda do outro lado do balcão.

– Você é sempre tão solitária? – perguntou Poliana melancolicamente, quando a vendedora estava livre de novo.

– Bem, não posso dizer que dei ou fui a muitas festas desde que vi você – respondeu a garota, tão amarga que Poliana percebeu o sarcasmo.

– Ah, mas você fez alguma coisa legal no Natal, não fez?

– Ah, sim. Fiquei na cama o dia todo com os pés em frangalhos e li quatro jornais e uma revista. Então à noite manquei até um restaurante onde gastei 35 centavos em uma torta de frango em vez de 25.

– Mas o que houve com seus pés?

– Bolhas. De ficar de pé, correria de Natal.

– Ah! – estremeceu Poliana, solidária. – E você não tinha nenhuma árvore, ou festa, qualquer coisa? – lamentou ela, aflita e surpresa.

– Bem, não!

– Minha nossa! Como eu queria que você pudesse ter visto a minha! – disse a menina, suspirando. – Era simplesmente maravilhosa e… mas, ah, diga! – exclamou com alegria. – Você pode ver, na verdade. Ainda não a desmontaram. Olha, você poderia ir lá esta noite, ou amanhã à noite e…

– Poliana! – interrompeu a senhora Carew friamente. – Que diabos significa isso? Onde você estava? Procurei por você em todos os cantos. Fui até ao departamento de ternos.

Poliana virou-se com um gritinho feliz.

– Ah, senhora Carew, estou tão contente que a senhora tenha vindo – alegrou-se. – Esta é… bem, ainda não sei seu nome, mas *a* conheço, então está tudo bem. Eu a conheci no parque há tanto tempo. E ela é solitária e não conhece ninguém. E seu pai é pastor, como o meu, só que ele está vivo. E ela não teve nenhuma árvore de Natal, apenas bolhas nos pés e torta de frango, e quero que ela veja a minha, sabe, a árvore, quero dizer - disparou Poliana, ofegante. - Eu disse para ela vir esta noite ou amanhã à noite. E a senhora vai me deixar ter tudo iluminado de novo, não vai?

- Bem, na verdade, Poliana - começou a senhora Carew, em fria desaprovação. Mas a garota atrás do balcão interrompeu com uma voz tão fria quanto e com ainda mais desaprovação.

- Não se preocupe, senhora. Não tenho intenção de ir.

- Ah, mas, por favor - implorou Poliana. - Você não sabe como quero você e...

- Percebi que a senhora não quer que eu vá - interrompeu a vendedora, com um pouco de malícia.

A senhora Carew ficou corada de irritação, e virou-se como se para ir embora, mas Poliana pegou seu braço e o segurou, e ficou falando freneticamente com a garota atrás do balcão, que, naquele momento, estava sem clientes.

- Ah, mas ela vai, ela vai - disse Poliana. - Ela quer que você venha, sei que quer. Ora, você não sabe como ela é bondosa, e como dá dinheiro a... a instituições de caridade e essas coisas.

- Poliana! - protestou a senhora Carew, secamente. Mais uma vez, ela teria ido embora, mas desta vez ficou intrigada com o evidente sarcasmo na voz baixa e tensa da vendedora.

- Ah, sim, eu sei! Há muitas delas que realizam *resgate*. Sempre há muitas mãos esticadas ajudando quem não deu certo. E tudo bem. Não vejo problema nisso. Às vezes, me pergunto se alguns não pensam em ajudar as garotas *antes* de se darem mal. Por que não dão às *boas* garotas lares bonitos com livros, quadros e tapetes macios, e música, e alguém por perto para cuidar? Talvez, assim, não houvesse tantas... Pelo amor de Deus, o que estou dizendo? - interrompeu-se ela, baixinho. Então, com o velho tédio, se virou para uma jovem que tinha parado diante dela e pegado um laço azul.

- Esse custa cinquenta centavos, senhora - ouviu a senhora Carew, enquanto apressava Poliana para ir embora.

Capítulo 13
Uma espera e uma vitória

Era um plano encantador. Poliana o formulou por completo em cerca de cinco minutos, depois contou à senhora Carew, que não o considerou um plano encantador, e disse isso muito claramente.

– Ah, mas tenho certeza de que *eles* vão achar – argumentou Poliana, em resposta às objeções da senhora Carew. – E pense em como será fácil fazer isso! A árvore está exatamente como era, a não ser pelos presentes, e podemos ter mais deles. Não vai ser tanto tempo assim até a véspera do Ano-Novo, e pense só em como ela vai ficar contente em vir! *Você* não ficaria, se não tivesse nada além de pés com bolhas e torta de frango no Natal?

– Querida, querida, que criança impossível você é! – a senhora Carew franziu a testa. – Nem mesmo ocorre a você que não sabemos nem o nome dessa jovem.

– E não sabemos! E isso não é engraçado, quando sinto que *a* conheço tão bem? – sorriu Poliana. – Sabe, tivemos uma conversa tão legal no parque naquele dia, e ela me contou como era solitária e que achava que o lugar mais solitário no mundo era a multidão da cidade grande, porque as pessoas não se importam com o próximo ou não percebem umas às outras. Ah, tinha um que se importava, mas ele se importava muito, disse ela, e ele não devia se importar nem um pouco, o que é engraçado, não é, quando você pensa nisso? Bem, de qualquer maneira, ele foi até o parque para que ela fosse com ele a algum lugar, e ela não queria, e ele também era um verdadeiro e lindo cavalheiro, até começar a olhar zangado para ela, só no fim. As pessoas não são muito bonitas quando estão zangadas, não é? Bem, tinha uma senhorita hoje olhando os laços, e ela disse, ah, muitas coisas que não são boas, sabe? E *ela* também não pareceu bonita depois, depois que começou a falar. Mas você vai me deixar ter a árvore na véspera do Ano-Novo, não vai, senhora Carew? E convidar essa garota que vende laços e Jamie? Ele está melhor, sabe, agora, e *pode* vir. Claro que Jerry teria de empurrá-lo, mas, então, queremos que Jerry também venha, de qualquer modo.

– Ah, claro, *Jerry!* – exclamou a senhora Carew com ironia. – Mas por que só Jerry? Tenho certeza de que Jerry tem vários amigos que adorariam vir. E...

– Ah, senhora Carew, posso então? – interrompeu Poliana, com uma alegria incontrolável. – Ah, como a senhora é boa, *boa*, *boa*! Eu queria tanto... – Mas a senhora Carew estava completamente ofegante de surpresa e desânimo.

– Não, não, Poliana, eu... – começou ela, protestando. Mas Poliana, confundindo o sentido de sua interrupção, disparou de novo com determinação.

– Sem dúvida a senhora é boa, simplesmente a melhor, e não vou deixar que diga que não é. Agora eu acho que vou ter uma grande festa! Tem o Tommy Dolan e sua irmã Jennie, e as duas crianças Macdonald, e as três meninas cujos nomes não sei, mas que vivem debaixo dos Murphy, e um monte mais, se tivermos espaço para eles. E só pense em como vão ficar contentes quando eu lhes contar! Ora, senhora Carew, acho que nunca vi nada tão maravilhoso em toda a minha vida, e isso tudo são seus feitos! Bem, não podemos começar a convidá-los imediatamente, para que *saibam* o que vai acontecer?

E a senhora Carew, que não teria acreditado que uma coisa assim seria possível, ouviu-se murmurando um "sim" baixinho, que, ela sabia, a obrigaria a dar uma festa de Natal na véspera do Ano-Novo para uma dúzia de crianças do beco dos Murphy e uma jovem vendedora cujo nome ela não sabia.

Talvez, na memória da senhora Carew, ainda martelasse a frase da jovem, "Às vezes, me pergunto se alguns não pensam em ajudar as garotas *antes* de se darem mal". Talvez em seus ouvidos ainda estivesse ressoando a história de Poliana sobre aquela mesma garota que achava que uma multidão na cidade grande era o lugar mais solitário do mundo, mas que havia se recusado a ir com o homem bonito que "se importou demais". Talvez no coração da senhora Carew estivesse a esperança indefinida de que em algum lugar nisso tudo havia a paz que ela tanto desejava. Talvez fosse um pouco das três coisas combinadas com a absoluta impotência diante da incrível confusão de Poliana em relação a seu irritado sarcasmo sobre a ampla e abrangente hospitalidade de uma anfitriã disposta. O que quer que fosse, estava feito, e logo a senhora Carew viu-se presa em um verdadeiro turbilhão de planos e organizações, cujo centro era sempre Poliana e a festa.

Para a irmã, a senhora Carew escreveu distraidamente sobre todo o assunto, concluindo com:

O que vou fazer eu não sei, mas suponho que terei de continuar a fazer o que estou fazendo. Não há outro caminho. Claro que, se Poliana começar a dar sermões... mas ainda não começou, então não posso, com a consciência tranquila, mandá-la de volta para você.

Della, lendo a carta no hospital, gargalhou na conclusão.

– "Mas ainda não começou", com certeza! – ria consigo mesma. – Abençoado seja seu querido coração! E, no entanto, você, Ruth Carew, é anfitriã de duas festas de Natal em uma semana e, como sei, sua casa, que costumava estar encoberta de uma tristeza mortal, agora está iluminada de cima a baixo de verde e vermelho. Mas ela ainda não deu sermões... ah, não, ela não deu sermões.

A festa foi um grande sucesso. Até a senhora Carew admitiu. Jamie, em sua cadeira de rodas, Jerry, com seu espantoso mas expressivo vocabulário, e a garota (cujo nome era Sadie Dean) disputavam um com o outro quem divertia os convidados mais acanhados. Sadie Dean, para a surpresa dos outros, e talvez para si mesma, revelou um profundo conhecimento dos jogos mais fascinantes, e esses jogos, com as histórias de Jamie e as brincadeiras bem-humoradas de Jerry, mantiveram todos às gargalhadas até a ceia e a generosa distribuição de presentes da árvore cheia deles, que enviou os felizes convidados para casa com exaustivos suspiros de felicidade.

Se Jamie (que com Jerry foi o último a sair) aparentava ter sobre ele um pouco de melancolia, ninguém pareceu notar. No entanto, a senhora Carew, quando lhe deu boa-noite, disse baixinho em seu ouvido, meio impaciente e meio constrangida.

– Bem, Jamie, você mudou de ideia... sobre vir para cá?

O menino hesitou e empalideceu ligeiramente. Ele se virou e observou os olhos dela com melancolia, buscando alguma coisa. Então, de maneira muito lenta, fez que não com a cabeça.

– Se pudesse ser sempre... como esta noite, eu... viria – suspirou. – Mas não seria. Teria amanhã e a próxima semana e o próximo mês e o próximo ano, e eu saberia antes da próxima semana que não devia ter vindo.

Se a senhora Carew tinha pensado que a festa de Ano-Novo encerrava a questão dos esforços de Poliana em defesa de Sadie Dean, logo perdeu a ilusão. Na manhã seguinte, Poliana começou a falar sobre ela.

– E estou tão contente por encontrá-la de novo – disse em um tom jovial e feliz. – Mesmo que eu não tenha conseguido encontrar o verdadeiro Jamie para você, encontrei outra pessoa para você amar, e, claro, você vai adorar amá-la, porque é só outra maneira de amar Jamie.

A senhora Carew respirou fundo e deu um pequeno suspiro exasperado. Essa fé infalível em sua bondade de coração e a crença resoluta em seu desejo de "ajudar a todos" era a coisa mais desconcertante e, às vezes, mais irritante. Ao mesmo tempo, era a coisa mais difícil de renunciar naquelas circunstâncias, especialmente sob os olhos felizes e confiantes de Poliana.

– Mas, Poliana – por fim protestou, impotente, sentindo-se realmente como se lutasse contra cordas invisíveis –, eu... você... essa garota na verdade não é Jamie, afinal, você sabe.

– Sei que não é – compreendeu Poliana com rapidez. – E claro que sinto muito que ela *não* seja Jamie. Mas ela é o Jamie de alguém, quer dizer, ela não tem ninguém aqui para amá-la e... e se importar, sabe, e então, sempre que você se lembrar de Jamie, eu acho que poderia ficar contente o bastante de haver *alguém* a quem pode ajudar, assim como você quer que as pessoas ajudem Jamie, onde quer que *ele* esteja.

A senhora Carew estremeceu e deu um gemido.

– Mas eu quero o *meu* Jamie – disse ela triste.

Poliana assentiu com olhos compreensivos.

– Eu sei... a "presença de uma criança". O senhor Pendleton me falou sobre isso... você só tem a "mão de mulher".

– "Mão de mulher"?

– É... para formar um lar, sabe. Ele disse que é necessário uma "mão de mulher" ou a "presença de uma criança" para formar um lar. Isso foi quando ele me queria, e encontrei Jimmy para ele, e ele o adotou.

– *Jimmy*? – A senhora Carew erguia a cabeça com uma expressão assustada nos olhos sempre que qualquer variante desse nome era mencionada.

– Sim, Jimmy Bean.

– Ah, *Bean* – disse a senhora Carew, relaxando.

– Sim. Ele era de um orfanato e fugiu. Eu o encontrei. Ele disse que queria outro tipo de lar, com uma mãe em vez de uma supervisora. Não consegui encontrar a parte da mãe, mas encontrei o senhor Pendleton, e ele o adotou. Seu nome é Jimmy Pendleton agora.

– Mas era... Bean?

– Sim, era Bean.

– Ah! – disse a senhora Carew, desta vez com um longo suspiro.

A senhora Carew teve uma boa dose de Sadie Dean durante os dias que se seguiram à festa de Ano-Novo. Também teve uma boa dose de Jamie. De um jeito ou de outro, Poliana conseguiu tê-los com frequência em casa, e a senhora Carew, para sua surpresa e constrangimento, não conseguiu impedir. Seu consentimento e mesmo seu encanto foram tomados por Poliana como algo tão natural que ela se viu impotente em convencê-la de que não havia nem aprovação nem satisfação na questão, pelo menos no que dizia respeito a ela.

Mas a senhora Carew, quer ela mesma percebesse ou não, estava aprendendo muitas coisas, coisas que nunca poderia ter aprendido nos velhos tempos, fechada em seu quarto, com ordens para Mary de que não veria ninguém. Estava aprendendo um pouco do que significa ser uma jovem solitária em uma cidade grande, com a vida a ganhar e ninguém para se importar, a não ser aquele que se importa demais, e pouco demais.

- O que você quis dizer com aquilo? - perguntou com nervosismo a Sadie Dean uma noite. - O que você quis dizer naquele primeiro dia na loja... quando você disse sobre ajudar as meninas?

Sadie Dean corou, aflita.

- Receio que tenha sido rude - desculpou-se ela.

- Deixa isso pra lá. Fale-me o que quis dizer com aquilo. Pensei nisso muitas vezes desde então.

Por um momento, a garota ficou em silêncio; então, com um pouco de amargura, disse:

- Foi porque conheci uma garota uma vez, e eu estava pensando nela. Ela era da minha cidade, era bondosa e bonita, mas não era forte. Durante um ano, moramos juntas, dividimos o mesmo quarto, cozinhando nossos ovos no mesma panela e jantando nosso guisado e nossas almôndegas de peixe no mesmo restaurante barato. Nunca havia nada para fazer além de andar nas áreas públicas ou ir ao cinema, se tivéssemos dez centavos para entrar; ou simplesmente ficar em nosso quarto. Bem, nosso quarto não era muito agradável. Era quente no verão e frio no inverno, e a chama do gás era tão fraca e vacilante que não podíamos costurar nem ler, mesmo que não estivéssemos esgotadas, o que quase sempre estávamos. Além disso, sobre nossas cabeças havia uma tábua que rangia sobre a qual alguém sempre estava pisando e sob nós tinha um homem que estava aprendendo a tocar corneta. Você já ouviu alguém aprender a tocar corneta?

- Na-não, acho que não - murmurou a senhora Carew.

- Bem, não sabe o que está perdendo - disse a garota, secamente. Então, depois de um instante, continuou a história.

- Às vezes, especialmente no Natal e nos feriados, costumávamos andar até aqui pela avenida, e em outras ruas, caçando janelas em que as cortinas estivessem levantadas e pudéssemos ver o lado de dentro. Sabe, éramos muito sozinhas, principalmente naqueles dias, e dizíamos que nos fazia bem ver casas com pessoas e lâmpadas nas mesas de centro e crianças brincando, mas nós duas sabíamos que na verdade só nos fazia nos sentirmos ainda piores, porque estávamos totalmente longe disso tudo. Foi ainda mais duro ver os carros e os jovens felizes, rindo e conversando. Sabe, éramos jovens, e também queríamos rir e conversar. Também queríamos momentos felizes e, aos poucos, minha colega começou a tê-los, esses momentos felizes.

– Bem, para encurtar uma longa história, um dia rompemos a parceria, ela seguiu seu caminho e eu, o meu. Eu não estava gostando das suas companhias, e disse isso a ela. Minha amiga não se afastou dessas pessoas, então nos separamos. Não a vi por quase dois anos, então recebi um bilhete dela, e fui encontrá-la. Isso foi no mês passado. Ela estava em uma dessas casas de resgate. Era um lugar maravilhoso: tapetes macios, quadros bonitos, plantas, flores, livros, um piano, um quarto lindo e tudo que era possível feito para ela. Mulheres ricas vinham buscá-la em seus automóveis, e ela era levada a concertos e ao cinema. Estava aprendendo estenografia, e iam ajudá-la a ter um emprego assim que estivesse preparada. Todos eram incrivelmente bons para ela, dizia, e mostravam que queriam ajudá-la de todas as maneiras. Mas ela também disse outra coisa: "Sadie, se tivessem se importado metade do que se importam e querido me ajudar muito tempo atrás, quando eu era uma garota honesta e nostálgica, com amor-próprio e trabalhadora, eu não precisaria estar aqui agora para ser ajudada." E, bem, nunca esqueci. É isso. Não é que eu esteja reclamando do trabalho de resgate, é uma coisa boa, e devem fazer isso. Só fico pensando que não haveria tanto para fazerem se simplesmente mostrassem um pouco de seu interesse no início do jogo.

– Mas eu pensei... que havia lares para garotas trabalhadoras e... e abrigos que... que faziam esse tipo de coisa – gaguejou a senhora Carew com uma voz que poucos de seus amigos teriam reconhecido.

– Há. Você já entrou em um deles?

– Ora, na-não, mas eu... eu doei dinheiro a eles. – Desta vez a voz da senhora Carew tinha um tom quase apologético.

Sadie Dean sorriu com curiosidade.

– Sim, eu sei. Há muitas mulheres bondosas que doam dinheiro e que nunca entraram em um deles. Por favor, não ache que sou contra esses lares. Não sou. São coisas boas. São praticamente a única coisa que existe para ajudar, mas são apenas uma gota no oceano do que é realmente necessário. Eu tentei um certa vez, mas havia algo estranho neles... eu sentia... Então, qual é a utilidade? Provavelmente não são todos como aquele, e talvez a culpa tenha sido minha. Se eu tentasse explicar, a senhora não entenderia. Teria de viver ali, e a senhora nem sequer entrou em um. Mas não posso evitar às vezes me perguntar por que tantas dessas boas senhoras nunca parecem colocar de verdade o *coração* e o *interesse* no resgate. Mas já chega! Não pretendia falar tanto. Só que... a senhora me perguntou.

– Sim, perguntei – disse a senhora Carew com a voz meio sufocada, enquanto se afastava.

A senhora Carew não estava aprendendo coisas que não sabia só com Sadie Dean, mas também com Jamie.

Jamie ficava muito com elas. Poliana gostava de tê-lo por perto, e ele gostava de estar ali. No início, certamente hesitou, mas logo tinha acalmado suas dúvidas e cedeu aos seus anseios, dizendo a si mesmo (e a Poliana) que, afinal, visitar não era "ficar para sempre".

A senhora Carew com frequência encontrava o menino e Poliana alegremente sentados perto da janela na biblioteca, com a cadeira de rodas vazia por perto. Às vezes, estavam esmiuçando algum livro. (Um dia ouviu Jamie dizer a Poliana que achava que não se importaria em ser uma pessoa com deficiência se tivesse tantos livros como a senhora Carew, e que achava que seria tão feliz que sairia voando se tivesse livros e pernas.) Outras vezes o menino contava histórias e Poliana ouvia, concentrada e de olhos arregalados.

A senhora Carew se questionou sobre o interesse de Poliana, até que um dia ela mesma parou e ouviu. Depois disso, não se questionou mais, e ficou ouvindo por muito mais tempo. Embora o linguajar do menino fosse tosco e incorreto, era sempre maravilhosamente vívido e pitoresco, de modo que a senhora Carew viu-se, de mãos dadas com Poliana, acompanhando a Época de Ouro ao lado de um menino de olhos reluzentes.

A senhora Carew também começava a perceber um pouco o que isso devia significar, ser em espírito e vontade o centro de façanhas corajosas e aventuras maravilhosas, enquanto, na realidade, era apenas um menino com deficiência em uma cadeira de rodas. Mas o que a senhora Carew não percebeu foi o papel que esse menino com deficiência estava começando a desempenhar em sua vida. Não percebeu como sua presença estava se tornando algo natural nem como estava interessada em encontrar algo novo "para Jamie ver". Também não percebeu que, dia a dia, ele lhe parecia cada vez mais o Jamie perdido, o filho de sua irmã falecida.

No entanto, quando fevereiro, março e abril passaram, e chegou maio, aproximando-se então da data estabelecida para Poliana voltar para casa, a senhora Carew de repente se deu conta do que isso significaria para ela.

Ela ficou impressionada e alarmada. Até então estava, em sua crença, esperando com ansiedade e satisfação a partida de Poliana. Havia dito que a casa ficaria tranquila de novo, com o sol ofuscante do lado de fora. Mais uma vez estaria em paz e poderia se esconder do mundo tedioso e irritante. Mais uma vez estaria livre para convocar à consciência dolorida todas aquelas lembranças do garotinho perdido que havia muito tempo entrou naquela vastidão desconhecida e trancou a porta. Ela acreditava que tudo aquilo aconteceria quando Poliana fosse para casa.

Mas agora que Poliana realmente estava indo para casa, a imagem era muito diferente. A "casa tranquila com o sol do lado de fora" tornou-se o que prometia ser "sombrio e insuportável". A "paz" tão desejada seria "deplorável solidão", e quanto a ela poder "se esconder do mundo tedioso e irritante" e "estar livre para convocar à consciência dolorida todas aquelas lembranças do garotinho perdido", simplesmente como se alguma coisa pudesse apagar essas outras lembranças dolorosas do novo Jamie, (que ainda poderia ser o velho Jamie) com seus olhos melancólicos e suplicantes!

Bem, agora a senhora Carew sabia que sem Poliana a casa ficaria vazia, mas sem o menino, Jamie, seria ainda pior. Para seu orgulho, saber disso não era agradável. Para seu coração, era uma tortura, já que o menino havia dito duas vezes que não viria morar com ela. Por um tempo, durante esses últimos dias da estada de Poliana, a batalha foi amarga, embora o orgulho sempre tenha dominado. Então no que a senhora Carew sabia que seria a última visita de Jamie, seu coração triunfou e, mais uma vez, pediu a Jamie para ficar com ela e ser o Jamie que estava perdido.

O que ela disse nunca mais conseguiu lembrar, mas do que o menino disse ela nunca se esqueceu. Afinal, foram apenas seis curtas palavras.

Pelo que pareceu um longo minuto, seus olhos buscaram o rosto dela, e depois em seu rosto surgiu uma luz transformadora, e ele disse, ofegante:

– Ah, sim! Agora... você se *importa*!

Capítulo 14

Jimmy e o monstro de olhos verdes

Desta vez Beldingsville não recebeu Poliana com música e cartazes, talvez porque o horário da chegada fosse conhecido por poucas pessoas da cidade. Mas com certeza não faltaram saudações alegres por parte de todos desde o momento em que ela saiu do trem com a tia Polly e o doutor Chilton. Poliana também não perdeu tempo em iniciar uma rodada de visitas rápidas a todos os seus velhos amigos. Na verdade, segundo Nancy, nos dias seguintes, "era impossível encostar um dedo nela, porque no momento em que você ia fazer isso, ela já tinha desaparecido".

E sempre, onde quer que fosse, encontrava a pergunta:

– E então, gostou de Boston?

Talvez não tenha respondido a ninguém de maneira mais completa do que ao senhor Pendleton. Como costumava acontecer quando essa pergunta era feita, ela começava a resposta franzindo a testa, um pouco incomodada.

– Ah, gostei... adorei na verdade... em parte.

– Mas não tudo? – sorriu o senhor Pendleton.

– Não. Partes... Ah, fiquei contente por estar lá – explicou rapidamente. – Passei uma temporada maravilhosa e muitas coisas eram tão estranhas e diferentes, sabe, como jantar bem mais tarde do que aqui. Mas todo mundo era tão bom para mim, e vi muitas coisas maravilhosas... Bunker Hill e o parque; os transportes para conhecer Boston; quilômetros de quadros, estátuas, vitrines e ruas que não tinham fim. E pessoas. Nunca tinha visto tanta gente.

– Bem, posso imaginar... mas achei que você gostasse de pessoas – comentou o homem.

– Eu gosto – Poliana franziu a testa de novo e refletiu. – Mas qual a vantagem de tantas delas se você não as conhece? E a senhora Carew não deixava. Ela não as conhecia. Disse que as pessoas também não a conheciam.

Houve uma ligeira pausa, então, com um suspiro, Poliana continuou.

– Acho que talvez seja dessa parte que menos gostei, que as pessoas não se conhecem. Seria muito mais legal se se conhecessem! Ora, basta pensar, senhor Pendleton, há muitas pessoas que moram em ruas sujas e estreitas e não têm nem feijão e almôndegas de peixe para comer, nem recebem coisas tão boas quanto as caixas missionárias. Então, há outras pessoas, a senhora Carew e muitos como ela, que moram em casas lindas e têm mais coisas para comer e para vestir do que precisam. Agora, se ao menos *essas* pessoas apenas conhecessem as outras pessoas... – Mas o senhor Pendleton a interrompeu com uma risada.

– Minha querida criança, nunca ocorreu a você que essas pessoas não se *importam* em se conhecer? – perguntou curioso.

– Ah, mas algumas delas se importam – insistiu Poliana, em ávida defesa. – Ora, tem a Sadie Dean, ela vende laços, laços lindos em uma grande loja, ela *quer* conhecer pessoas, e eu a apresentei a senhora Carew, e nós a levamos a sua casa, e Jamie e muitos outros também iam nos visitar, e ela ficou *tão* contente em conhecê-los! E isso foi o que me fez pensar que, se ao menos algumas pessoas como a senhora Carew pudessem conhecer as outras pessoas... mas claro que *eu* não podia fazer a apresentação. Além disso, eu também não conheci muitas pessoas. Mas se eles *pudessem* se conhecer, aquelas pessoas ricas poderiam dar às pessoas pobres parte de seu dinheiro...

Então o senhor Pendleton a interrompeu com outra risada.

– Ah, Poliana, Poliana – ele riu –, sinto que está se metendo em sérios problemas. Você em breve será uma socialista pequena e raivosa.

– O... o quê? – perguntou a garota, em dúvida. – Eu... eu acho que não sei o que é uma socialista. Mas sei o que é ser *sociável*, e gosto de pessoas assim. Se é algo assim, não me importo de ser um pouquinho. Gostaria de ser uma.

– Não duvido disso, Poliana – sorriu o homem. – Mas quando se trata desse seu esquema para a distribuição de riqueza, você tem um problema nas mãos com o qual pode ter dificuldade.

Poliana deu um longo suspiro.

– Eu sei – concordou ela. – Foi isso que a senhora Carew me falou. Ela diz que não entendo, que iria fazer com que ela ficasse pobre, e não seria correto, e... Bem, foi *algo* assim, de qualquer maneira. – A menina conteve-se, magoada, enquanto o homem começava a rir. – Mas *não* entendo por que algumas pessoas têm tanto e outras quase nada, e isso *não* me agrada. E se eu tiver muito dinheiro simplesmente vou dar um pouco às pessoas que não têm nada, mesmo que isso me torne pobre e não fosse correto e... – o senhor Pendleton ria tanto agora que Poliana, depois de se controlar por um momento, se rendeu e riu com ele.

– Bem, de qualquer modo – reiterou ela, quando recuperou o fôlego –, eu não entendo mesmo.

– Não, querida, receio que não – concordou o homem, ficando de repente muito sério e com um olhar terno –, mas, me diga – acrescentou, após um instante –, quem é esse Jamie de quem você tanto falou desde que chegou?

E Poliana lhe contou.

Ao falar de Jamie, Poliana abandonou o olhar preocupado e confuso. Adorava falar de Jamie. Aí estava algo de que entendia. Aí não havia problema que tivesse de lidar com palavras grandes e que soavam assustadoras. Além disso, neste caso em particular, não estaria o senhor Pendleton especialmente interessado na adoção do garoto pela senhora Carew, pois quem melhor do que ele poderia entender a necessidade da presença de uma criança?

Aliás, Poliana falou a todos sobre Jamie. Ela assumiu que todos estariam tão interessados quanto ela. Na maioria das vezes, não se decepcionou com o interesse que demonstravam, mas, um dia, ela teve uma surpresa. Veio de Jimmy Pendleton.

– Ei, olha aqui – disse uma tarde, irritado. – Não tinha *ninguém* em Boston além desse "Jamie" sem fim?

– Ora, Jimmy Bean, como assim? – perguntou Poliana, enfaticamente.

O menino ergueu um pouco o queixo.

– Não sou Jimmy Bean. Sou Jimmy Pendleton. E o que você me faz pensar, do jeito que fala, é que não tinha *ninguém* em Boston além desse garoto bobo que chamava os pássaros e esquilos de "senhorita Lancelot" e toda essa besteira.

– Ora, Jimmy Be... Pendleton! – disse Poliana. Depois, com atitude: – Jamie não é bobo! Ele é um menino muito legal. E ele conhece um monte de livros e histórias! Ora, ele pode criar histórias diretamente de sua cabeça! Além disso, não é "senhorita Lancelot", é "*sir* Lancelot". Se você soubesse metade do muito que ele sabe, saberia disso também! – concluiu com os olhos faiscantes.

Jimmy Pendleton corou com intensidade e pareceu completamente arrasado. Ficando cada vez mais enciumado, manteve, de maneira obstinada, a opinião .

– Bem, mesmo assim – ironizou –, não gosto muito de seu nome. "Jamie"! Humpf! Nome de gente fraca! E conheci outra pessoa que dizia isso também.

– Quem?

Não houve resposta.

– *Quem?* – exigiu Poliana, muito determinada.

– Papai.

A voz do menino soava emburrada.

– Seu... pai? – repetiu Poliana, espantada. – Ora, como poderia conhecer Jamie?

– Ele não conhecia. Não falava sobre esse Jamie. Era sobre mim. – O menino ainda estava emburrado, desviando os olhos. No entanto, havia uma curiosa suavidade em sua voz sempre perceptível quando falava do pai.

– *Você!*

– Sim. Foi pouco antes de ele morrer. Ficamos quase uma semana na casa de um fazendeiro. Papai ajudava com o feno, e eu também. A esposa do fazendeiro foi muito boa para mim, e logo estava me chamando de "Jamie". Não sei por que, mas simplesmente chamava. E um dia papai a ouviu. Ele ficou furioso, tão furioso que sempre me lembro do que ele disse. Disse que "Jamie" não é um nome forte, e que nenhum filho dele deveria ser chamado assim. Ele disse que era nome de pessoa fraca, e ele odiava. Acho que nunca vi meu pai tão furioso quanto naquela noite. Ele nem ficou para terminar o trabalho: ele e eu pegamos a estrada naquela mesma noite. Fiquei meio triste, porque eu gostava dela, da esposa do fazendeiro, quero dizer. Ela era boa para mim.

Poliana assentiu com a cabeça, com total solidariedade e interesse. Não era sempre que Jimmy falava daquela vida misteriosa do passado, antes de ela o conhecer.

– E o que aconteceu depois? – perguntou ela. Poliana, por um instante, esqueceu o tema inicial da discussão, o nome "Jamie" que era considerado "nome de gente fraca".

O menino suspirou.

– Apenas seguimos nosso caminho até encontrar outro lugar. E foi lá que papai... morreu. Então me colocaram no abrigo.

– E depois você fugiu e eu o encontrei aquele dia, na senhora Snow – disse Poliana, exultante. – E conheço você desde então.

– Ah, sim, e você me conhece desde então – repetiu Jimmy, mas em uma voz muito diferente: Jimmy de repente voltou ao presente e a sua queixa. – Mas, então, não sou "Jamie", entende – concluiu com uma ênfase desdenhosa, enquanto se afastava altivamente, deixando para trás uma Poliana angustiada e perplexa.

– Bem, de qualquer modo, posso ficar contente por ele não agir sempre assim – suspirou a menina, enquanto observava com tristeza a figura robusta e juvenil partir com sua surpreendente e desagradável arrogância.

Capítulo 15

Tia Polly fica preocupada

Poliana estava em casa havia cerca de uma semana quando a carta de Della Wetherby chegou à senhora Chilton.

Queria poder lhe fazer ver o que sua pequena sobrinha fez para minha irmã – escreveu a senhorita Wetherby –, *mas temo não conseguir. Você teria de saber como ela era antes. Você a viu, com certeza, e talvez tenha percebido algo além do silêncio e da tristeza em que ela se encobriu por muitos anos. Mas você não faz nenhuma ideia da amargura de seu coração, sua falta de objetivo e de interesse, sua insistência no luto eterno.*

Então veio Poliana. Provavelmente eu não lhe contei, mas minha irmã se arrependeu da promessa de ficar com a menina quase no mesmo instante em que foi feita, e fez a severa advertência de que, no momento em que Poliana começasse a dar sermões, a mandaria de volta. Bem, ela não deu sermões. Pelo menos, minha irmã diz que não, e minha irmã deve saber. E ainda... bem, deixe-me lhe contar o que encontrei ontem quando fui vê-la. Talvez nada possa lhe dar uma ideia melhor de o que essa sua pequena e maravilhosa Poliana realizou.

Para começar, quando me aproximei da casa, vi que quase todas as persianas estavam levantadas: costumavam ficar abaixadas, até o peitoril. No minuto em que pisei no hall ouvi música, Parsifal. *As salas estavam abertas e o ar tinha o perfume doce das rosas.*

"A senhora Carew e o patrão Jamie estão na sala de música", anunciou a empregada. E ali os encontrei, minha irmã e o jovem que ela levou para sua casa, ouvindo uma dessas invenções modernas que podem conter uma companhia de ópera inteira, incluindo a orquestra.

O menino estava em uma cadeira de rodas. Pálido, mas clara e abençoadamente feliz. Minha irmã parecia dez anos mais nova. Suas bochechas em geral pálidas exibiam um rosa suave e seus olhos brilhavam e resplandeciam. Um pouco mais tarde, depois que falei uns minutos com o menino, minha irmã e eu subimos para seus aposentos e lá ela me contou... sobre Jamie. Não sobre o velho Jamie, como costumava, com olhos cheios de lágrimas e suspiros desesperados, mas do novo Jamie, e não houve suspiros nem lágrimas. Em vez disso, houve a ânsia do interesse apaixonado.

"Della, ele é maravilhoso", começou. 'Tudo que há de melhor na música, na arte e na literatura parece atraí-lo de um jeito totalmente magnífico. Claro, precisa apenas de desenvolvimento e treinamento. Isso vou garantir que receba. Um tutor virá amanhã. Claro que seu linguajar é terrível, mas, ao mesmo tempo, leu tantos livros bons que seu vocabulário é muito impressionante, e você tinha de ouvir as histórias que consegue criar! Claro que na educação geral ele é muito atrasado, mas é ávido para aprender, então isso logo será corrigido. Ele ama música e vou lhe dar o tipo de instrução que desejar. Já preparei uma sequência de gravações selecionadas com cuidado. Queria que você tivesse visto seu rosto quando ouviu pela primeira vez aquela música do Santo Graal. Ele sabe tudo sobre o rei Arthur e sua Távola Redonda, e fala de cavaleiros, lordes e damas assim como você e eu falamos dos membros da nossa própria família, apenas às vezes não sei quando seu sir Lancelot significa o antigo cavaleiro ou um esquilo do parque. E, Della, acredito que possa voltar a andar. O doutor Ames vai examiná-lo, de qualquer modo, e...

E ela falava sem parar enquanto eu ficava ali sentada, surpresa e sem saber o que dizer, mas, ah, tão feliz! Eu lhe digo isso, querida senhora Chilton, para que possa ver por si mesma como ela está interessada, como vai acompanhar de maneira apaixonada o crescimento e o desenvolvimento desse garoto, e como, apesar das circunstâncias, isso tudo vai mudar sua postura em relação à vida. Ela não pode *fazer o que está fazendo por esse garoto, Jamie, e não fazer para si mesma ao mesmo tempo. Acredito que ela nunca mais será a mulher amarga e rabugenta que era antes, e tudo graças à Poliana.*

Poliana! Menina querida – e a melhor parte é que ela não tem consciência disso tudo. E também não acredito que minha irmã perceba o que está acontecendo em seu coração e em sua vida, e com certeza Poliana também não, muito menos percebe o papel que desempenhou na mudança.

Cara senhora Chilton, como posso agradecê-la? Sei que não posso; então nem vou tentar. No entanto, em seu coração acredito que saiba o quanto sou agradecida à senhora e a Poliana.

Della Wetherby

– Bem, parece que tivemos uma cura aqui – sorriu o doutor Chilton quando a esposa terminou de ler a carta para ele.

Para sua surpresa ela logo ergueu a mão em protesto.

– Thomas, não, por favor! – implorou.

– Ora, Polly, qual o problema? Você não está feliz que o remédio tenha funcionado?

A senhora Chilton recostou-se na cadeira em desespero.

– Aí vem você de novo, Thomas – suspirou ela. – *Claro* que estou contente que essa mulher desorientada tenha abandonado seus caminhos tortuosos e descoberto que pode ser útil a alguém, e claro que estou contente por Poliana ter feito isso. Mas não fico contente que a menina seja sempre mencionada como se fosse um frasco de remédio ou uma "cura". Você não percebe?

– Que besteira! Afinal de contas, que mal há nisso? Sempre disse que Poliana era um tônico, desde que a conheci.

– Há muito mal nisso! Thomas Chilton, essa menina está crescendo a cada dia. Você quer estragá-la? Até agora ela esteve alheia a seu extraordinário poder. E aí está o segredo do seu sucesso. No instante em que tiver *consciência* de que pode transformar alguém, você sabe tanto quanto eu que ela vai se tornar uma pessoa simplesmente impossível. Como consequência, que Deus não permita que ela coloque na cabeça que é a cura de todo o mal para os pobres, os doentes e a humanidade em sofrimento.

– Que bobagem! Eu não me preocuparia com isso – riu o doutor.

– Mas eu sim, Thomas.

– Mas Polly, pense no que ela fez – argumentou o médico. – Pense na senhora Snow e em John Pendleton e em muitos outros. Não são mais os mesmos, assim como a senhora Carew. E Poliana foi quem fez isso. Que Deus a abençoe!

– Eu sei – assentiu a senhora Polly Chilton, de maneira enfática. – Mas não quero que Poliana saiba! Ah, claro que sei que de algum modo ela sabe. Ela sabe que os ensinou a jogar o jogo do contente, e que estão muito mais felizes depois disso. Quanto a isso, tudo bem. É um jogo, o jogo *dela*, e o estão jogando juntos. Para você vou admitir que Poliana deu um dos mais poderosos sermões que já vi, mas no instante em que *ela* souber disso, bem, não quero que saiba. É isso. E agora vou lhe dizer que decidi ir para a Alemanha com você neste outono. A princípio achei que não fosse. Não queria deixar Poliana – não vou deixá-la. Vou levá-la comigo.

– Levá-la conosco? Bom! Por que não?

– Tenho de fazer isso. Isso é tudo. Além disso, ficaria contente em ficar alguns anos, exatamente como você disse que gostaria. Quero tirar Poliana daqui, tê-la longe de Beldingsville por um tempo. Gostaria de manter sua personalidade doce e sem mimos, se for possível. E, se eu puder evitar, ela não terá essas ideias bobas na cabeça. Ou você quer que essa criança se torne uma pestinha insuportável, Thomas Chilton?

– Claro que não – riu o doutor. – Aliás, não acredito que nada ou ninguém possa fazer isso. No entanto, essa ideia de passarmos um tempo na Alemanha é perfeita para mim. Você sabe que eu não voltaria se não fosse por Poliana. Então, quanto mais rápido voltarmos, melhor. E eu gostaria de ficar, para praticar um pouco e estudar.

– Então está combinado.

E a tia Polly suspirou de satisfação.

Capítulo 16

Quando Poliana era esperada

Beldingsville inteira estava agitada e ansiosa. Desde que Poliana Whittier voltou do hospital *caminhando*, não houvera tamanho burburinho entre vizinhos nos quintais e em cada esquina. Hoje, o tema de interesse também era Poliana. Mais uma vez ela estava voltando para casa, mas uma Poliana tão diferente, e uma chegada tão diferente!

Poliana agora tinha 20 anos. Por seis anos havia passado os invernos na Alemanha e os verões viajando tranquilamente com o doutor Chilton e a esposa. Só uma vez durante todo esse tempo ela havia voltado a Beldingsville, e foi por um curto período de quatro semanas, no verão em que tinha 16 anos. Agora ela estava voltando para casa para ficar, dizia-se – ela e a tia Polly.

O doutor não estaria com elas. Seis meses antes a cidade ficou chocada e triste com a notícia de que o doutor havia morrido de repente. Na época, Beldingsville esperava que a senhora Chilton e Poliana fossem voltar de imediato para a antiga casa. Mas não voltaram. Chegou a notícia de que a viúva e a sobrinha permaneceriam no exterior por algum tempo. Dizia-se que, em um ambiente inteiramente novo, a senhora Chilton tentava buscar distração e alívio para sua grande tristeza.

No entanto, muito em breve, começaram a percorrer a cidade rumores vagos e rumores não tão vagos de que financeiramente as coisas não iam muito bem para a senhora Polly Chilton. Ações da ferrovia, nas quais sabia-se que o patrimônio dos Harrington tinha investido seriamente, oscilaram de maneira instável e depois caíram em ruína e desastre. Outros investimentos, segundo o que se dizia, estavam em condições bastante precárias. Do patrimônio do doutor, pouco se podia esperar. Ele não era um homem rico, e os gastos tinham sido altos nos últimos seis anos. Assim, Beldingsville não ficou surpresa quando, nem seis meses depois da morte do doutor, soube-se que a senhora Chilton e Poliana voltavam para casa.

Mais uma vez a velha propriedade dos Harrington, há tanto tempo fechada e silenciosa, exibia janelas abertas e portas escancaradas. Mais uma vez Nancy - agora senhora Timothy Durgin - varria, esfregava e tirava o pó até que o lugar estivesse impecavelmente em ordem.

- Não, não recebi ordens para fazer isso, não mesmo, não - explicava Nancy aos amigos e vizinhos curiosos que paravam ao portão ou se aproximavam com mais ousadia. - A mãe de Durgin tinha a chave, claro, e vinha sempre abrir o lugar e ver se estava tudo em ordem. E a senhora Chilton apenas escreveu e disse que ela e a senhorita Poliana chegariam nesta sexta, e pediu para, por favor, abrir os quartos e arejar os lençóis e deixar a chave sob o capacho da entrada nesse dia.

- Sob o capacho, isso mesmo! Como se eu fosse deixar as duas pobres coitadas chegarem a esta casa sozinhas, completamente desamparadas, enquanto estou a alguns quilômetros de distância sentada na minha sala como uma fina dama e não tivesse um pingo de coração, um pingo! Como se as pobres coitadas não tivessem tido o bastante para suportar, voltar para esta casa sem o doutor - que Deus abençoe seu bondoso coração -, que nunca mais vai voltar. E ainda por cima sem dinheiro. Vocês souberam disso? Isso é uma vergonha, uma vergonha! Pense na senhorita Polly, quero dizer, senhora Chilton, pobre! Meu pai do céu, não consigo imaginar, não consigo, não consigo!

Talvez Nancy não tenha falado de maneira tão interessada com ninguém além do jovem alto e atraente, de olhar franco e sorriso encantador, que galopou até a porta lateral montado em um vigoroso puro-sangue às dez horas da manhã naquela quinta-feira. Ao mesmo tempo, também não falou com ninguém com tanto constrangimento, pelo menos no que dizia respeito ao modo de falar com ele. Sua língua se enrolou e soltou:

– Patrão Jimmy, eh... senhor Bean, quero dizer, senhor Pendleton, patrão Jimmy! – com uma nervosa precipitação que fez o próprio jovem ter um alegre acesso de riso.

– Não se preocupe, Nancy! Fale do jeito que for mais fácil – disse ele, rindo. – Descobri o que queria saber: a senhora Chilton e a sobrinha realmente chegam amanhã.

– Sim, senhor, chegam, senhor – disse Nancy de modo cortês. – Mas é uma pena! Não que eu não esteja muito contente de vê-las, o senhor entende, mas é a *maneira* que estão vindo.

– Sim, eu sei. Entendo – assentiu o jovem, com seriedade, os olhos examinando a bela casa antiga a sua frente. – Bem, suponho que não há o que fazer quanto a isso. Mas fico contente que esteja fazendo exatamente o que está fazendo. Isso *vai* ajudar muito – concluiu ele com um sorriso radiante, dando meia-volta e cavalgando com rapidez em direção à saída da casa.

De volta aos degraus, Nancy balançou a cabeça.

– Não fico surpresa, patrão Jimmy – disse ela em voz alta, os olhos admirados seguindo as lindas figuras do homem e do cavalo. – Não fico surpresa que não vá permitir que nenhuma grama cresça sob seus pés sem indagar pela senhorita Poliana. Há muito tempo eu disse que em algum momento vocês se encontrariam, e esse momento está chegando – e você cresceu e ficou tão alto e bonito. Realmente espero que fiquem juntos, espero muito, muito. Vai ser como em um livro, com ela encontrando-o e levando-o para aquela grande casa com o senhor Pendleton. Meu Deus, quem imaginaria que o senhor um dia foi o pequeno Jimmy Bean! Nunca vi uma mudança tão grande em alguém. Nunca, nunca! – exclamou ela com um último olhar para as figuras que desapareciam com rapidez na estrada.

Um pouco mais tarde naquela manhã, um pensamento parecido devia estar passando pela cabeça de John Pendleton, porque, da varanda de sua grande casa cinza, na colina dos Pendleton, o senhor Pendleton observava a rápida aproximação daqueles mesmos cavalo e cavaleiro, e em seus olhos havia uma expressão muito parecida com a da senhora Nancy Durgin. Em seus lábios também havia um impressionado "Jesus! Que dupla mais linda!", conforme os dois disparavam em direção ao estábulo.

Cinco minutos depois o jovem apareceu na lateral da casa e subiu devagar os degraus da varanda.

- E então, meu garoto, é verdade? Elas estão vindo? - perguntou o homem, com visível entusiasmo.

- Sim.

- Quando?

- Amanhã.

O jovem deixou-se desabar em uma cadeira.

John Pendleton franziu a testa para a resposta de poucas palavras. Ele lançou um rápido olhar para o rosto do jovem. Por um instante hesitou, depois, meio abruptamente, perguntou:

- Ora, filho, qual o problema?

- Problema? Nenhum, senhor.

- Deixa de besteira! Conheço você muito bem. Você saiu daqui uma hora atrás tão ansioso que nem os cavalos mais selvagens teriam lhe impedido. Agora você senta aí todo torto nessa cadeira, que nem mesmo os cavalos mais selvagens conseguiriam arrancá-lo daí. Se eu não o conhecesse, acharia que não estava contente por nossas amigas estarem voltando.

Ele fez uma pausa, evidentemente esperando por uma resposta. Mas ela não veio.

- Jimmy, você *não* está feliz que elas estejam voltando?

O jovem riu e se moveu de modo agitado.

- Claro, claro que estou.

- Humpf! Então aja como se estivesse.

O jovem riu mais uma vez. Um rubor jovial brilhou em seu rosto.

- Bem, é só que eu estava pensando... em Poliana.

- Poliana! Ora, homem de Deus, você não fez mais nada além de falar de Poliana desde que veio de Boston e soube que ela era esperada. Achei que você estivesse louco para ver Poliana.

Jimmy inclinou-se para a frente com curiosa gravidade.

- É exatamente isso! Sabe? É como se ontem nem os cavalos mais selvagens pudessem me impedir de ver Poliana, e agora, hoje, quando sei que está vindo, é como se não fossem conseguir me arrastar para vê-la.

– Ora, *Jimmy*!

Ao choque e incredulidade no rosto de John Pendleton, o jovem recostou-se à cadeira com uma risada sem graça.

– Sim, eu sei. Parece loucura, e não espero fazê-lo entender. Mas, de algum modo, eu acho que eu nunca quis que Poliana crescesse. Ela era tão querida do jeito que era. Gosto de pensar nela como a vi pela última vez, o rostinho sardento e sincero, as tranças loiras, o seu choroso, "Ah, sim, fico contente por ir, mas acho que vou ficar um pouco mais contente quando voltar". Você sabe que estávamos no Egito daquela vez que ela esteve aqui, quatro anos atrás.

– Eu sei. E também entendo exatamente o que quer dizer. Acho que me senti da mesma maneira, até vê-la no inverno passado em Roma.

O jovem virou-se, ansioso.

– É verdade, você a viu! Conte-me sobre ela.

Um lampejo perspicaz surgiu nos olhos de John Pendleton.

– Ah, mas achei que não quisesse saber de Poliana... moça.

Com um sorriso irônico o jovem ignorou esse comentário.

– Ela é bonita?

– Ah, meu jovem! – John Pendleton deu de ombros, fingindo desespero. – A primeira pergunta sempre é "Ela é bonita?".

– Bem, e ela é? – insistiu o jovem.

– Vou deixar que julgue por si mesmo. Se você... mas, pensando bem, acho que não vou. Talvez você fique desapontado demais. Poliana não é bonita, pelo menos no que diz respeito a traços regulares, cachos e covinhas. Na verdade, pelo que sei, a grande cruz na vida de Poliana até agora é que ela tem certeza de que não é bonita. Um tempo atrás ela me disse que cachos negros eram uma das coisas que teria quando chegasse ao céu. E, ano passado em Roma, disse outra coisa. Talvez não tenha sido muita coisa, no que diz respeito às palavras, mas pude perceber o desejo por trás delas. Ela disse que desejava mesmo que algum dia alguém escrevesse um romance com uma heroína de cabelos lisos e sardas no nariz, mas que acreditava que devia estar contente por garotas nos livros não terem que tê-los.

– Isso soa muito como a velha Poliana.

– Ah, você ainda vai encontrá-la... Poliana – sorriu o homem de maneira irônica. – Além disso, *eu* a acho bonita. Seus olhos são adoráveis. Ela é o retrato da saúde. E se movimenta com a alegre vivacidade da juventude, e todo o seu rosto se ilumina de um jeito tão maravilhoso quando ela fala que você praticamente esquece se seus traços são regulares ou não.

– Ela ainda... joga o jogo?

John Pendleton sorriu de modo afetuoso.

– Imagino que jogue, mas não fala muito sobre isso, penso eu. Pelo menos para mim não falou sobre ele nas duas ou três vezes em que a vi.

Houve um breve silêncio, então, um pouco lentamente o jovem Pendleton disse:

– Eu acho que isso era uma das coisas que estavam me preocupando. Aquele jogo significou tanto para tanta gente. Significou tanto em tantos lugares, pela cidade inteira! Não podia suportar pensar nela desistindo do jogo, *sem* jogá-lo. Ao mesmo tempo não podia imaginar uma Poliana adulta o tempo todo aconselhando pessoas a ficarem contentes por alguma coisa. De certa maneira, eu... bem, como eu disse, eu... eu só não queria que Poliana crescesse, de jeito nenhum.

– Bem, eu não me preocuparia. – O homem mais velho deu de ombros com um sorriso peculiar. – Com Poliana, era sempre, você sabe, um banho de limpeza, tanto literal quanto figurativamente. E acho que você vai descobrir que ela ainda vive de acordo com os mesmos princípios, embora talvez não exatamente da mesma maneira. Pobre criança, temo que precisará de algum tipo de jogo para tornar sua existência suportável, pelo menos por um tempo.

– Você diz isso porque a senhora Chilton perdeu o dinheiro? Estão tão pobres assim agora?

– Suponho que sim. De fato, estão em uma situação bem ruim, pelo menos no que diz respeito a dinheiro, pelo que sei. A fortuna da senhora Chilton encolheu de maneira inacreditável, e o patrimônio do pobre Tom é muito pequeno, e irremediavelmente cheio de créditos que nunca receberá, serviços profissionais que nunca foram pagos nem nunca serão. Tom não conseguia dizer não quando precisavam de sua ajuda, e todos os aproveitadores da cidade sabiam disso e em consequência se aproveitavam disso. Nos últimos tempos as despesas eram grandes. Além disso, esperava grandes coisas depois de finalizar esse trabalho especial na Alemanha. Supunha naturalmente que a esposa e Poliana estavam mais do que amparadas pelo patrimônio dos Harrington, então, nesse sentido, não tinha de se preocupar.

– Humm, entendo, entendo, isso é terrível, terrível!

– E isso não é tudo. Eu vi a senhora Chilton e Poliana em Roma cerca de dois meses depois da morte de Tom, e a senhora Chilton estava em um estado lamentável. Além de seu luto, acabava de começar a ter problemas com as finanças e estava quase desorientada, recusava-se a voltar para casa. Disse que nunca mais queria ver Beldingsville e ninguém da cidade. Você sabe, ela sempre foi uma mulher peculiarmente orgulhosa, e tudo a estava afetando de uma maneira um tanto curiosa. Poliana disse que a tia parecia possuída pela ideia de que Beldingsville não tinha aprovado, em primeiro lugar, na sua idade, seu casamento com o doutor Chilton. E agora que ele estava morto, sentia que eles estavam sem nenhuma simpatia por qualquer tristeza que estivesse sentindo. Ela também se ressentia demais do fato de que agora soubessem que estava pobre e viúva. Em resumo, ela está em uma condição completamente deplorável e mórbida, tão insensata quanto terrível. Pobrezinha da Poliana! Fiquei maravilhado em como ela lidava com isso. Enfim, se a senhora Chilton chegou a esse ponto, e continuar dessa maneira, essa criança vai ficar destruída. Foi por isso que disse que Poliana precisaria de um tipo de jogo, como qualquer um.

– Que pena! Pensar nisso acontecendo com Poliana! – exclamou o jovem em uma voz que não era tão firme.

– Sim, e você pode ver que as coisas não vão bem pela maneira como estão vindo agora. De maneira tão discreta, sem uma palavra a ninguém. Isso foi obra da Polly Chilton, eu garanto. Ela não *queria* encontrar ninguém. Soube que só escreveu uma carta para a esposa do velho Tom, a senhora Durgin, que tinha as chaves.

– Sim, foi o que Nancy me disse, uma boa alma! Ela abriu a casa toda, e, de algum modo, conseguiu fazer com que não parecesse um túmulo de esperanças mortas e prazeres perdidos. Claro que o terreno estava em bom estado, já que o velho Tom o mantinha assim, ainda que não com muito primor. Mas fez o meu coração doer, a coisa toda.

Houve um longo silêncio, então, de maneira abrupta, John Pendleton sugeriu:

– Alguém tem de recebê-las.

– Elas serão recebidas.

– *Você* vai à estação?

– Vou.

– Então você sabe em que trem estão vindo?

– Não, não sei. Nem a Nancy.

– Então como você vai conseguir?

– Vou começar pela manhã e irei à estação a cada trem que chegar até avistá-las – riu o jovem, meio triste. – Timothy também vai, com a carruagem da família, afinal, não há tantos trens assim em que possam vir, você sabe.

– Humm, sei – disse John Pendleton. – Jim, admiro seu instinto, mas não seu juízo. Mas fico contente que você siga seu instinto e não seu juízo, e lhe desejo boa sorte.

– Obrigado, senhor – riu o jovem com pesar. – Eu preciso deles, dos seus votos de boa sorte, como diz Nancy, tudo certo, tudo certo.

Capítulo 17

Quando Poliana chegou

À medida que o trem se aproximava de Beldingsville, Poliana observava com ansiedade a tia. Durante todo o dia tia Polly ficava cada vez mais agitada e cada vez mais melancólica, e Poliana temia pelo momento em que chegassem à familiar estação.

Conforme olhava para a tia o coração de Poliana se apertava. Estava pensando que não teria acreditado ser possível alguém mudar e envelhecer tanto em breves seis meses. Os olhos da senhora Chilton estavam opacos, o rosto, pálido e fino, e a testa marcada por rugas de preocupação. A boca estava caída nos cantos, e o cabelo estava escovado bem firme para trás, da maneira desleixada que ela usava anos antes, quando Poliana a viu pela primeira vez. Toda a ternura e doçura que pareceram surgir com o casamento caíram dela como um manto, deixando predominar a velha dureza e a amargura que lhe eram características quando era a senhorita Polly Harrington, sem amar e sem ser amada.

– Poliana! – a voz da senhora Chilton era incisiva.

Poliana assustou-se, sentindo-se culpada. Teve a desconfortável sensação de que a tia talvez tivesse lido seus pensamentos.

– Sim, tia.

– Onde está a bolsa preta, a pequena?

– Aqui.

– Bem, queria que você pegasse meu véu negro. Estamos quase chegando.

– Mas é tão quente e grosso, tia!

– Poliana, pedi a você o véu negro. Se você aprendesse a fazer o que eu peço sem argumentar seria muito mais fácil para mim.

Eu quero o véu. Você acha que vou dar a Beldingsville inteira a chance de ver como estou?

– Ah, tia, eles nunca estariam lá com *esse* espírito – protestou Poliana, mexendo de maneira apressada na bolsa preta em busca do tão desejado véu. – Além disso, não haverá ninguém lá para nos encontrar. Não dissemos a ninguém que estávamos voltando, você sabe.

– Sim, eu sei. Não *dissemos* a ninguém para nos encontrar. Mas instruímos a senhora Durgin a arejar os quartos, os cômodos e a deixar as chaves sob o capacho hoje. Você acha que Mary Durgin manteve essa informação só para si? De jeito nenhum! Metade da cidade sabe que estamos chegando hoje, e uma dezena ou mais de pessoas vai *por acaso* estar pela estação na hora da chegada do trem. Eu os conheço! Eles querem ver como é Polly Harrington *pobre*. Eles...

– Ah, tia, tia – implorou Poliana, com lágrimas nos olhos.

– Se eu não fosse tão sozinha. Se... o doutor apenas estivesse aqui e... – Ela parou de falar e virou o rosto. A boca mexia incontrolavelmente. – Onde está o véu? – perguntou ela com a voz rouca.

– Sim, querida. Aqui está, bem aqui – confortou Poliana, cujo único objetivo agora era, claramente, colocar com toda a pressa o véu nas mãos da tia. – E aqui estamos, quase chegando. Ah, tia, queria tanto que o velho Tom ou Timothy fossem nos encontrar!

– E ir para casa com pompa e circunstância, como se pudéssemos *bancar* cavalos e carruagens? Quando sabemos que vamos ter de vendê-los amanhã? Não, obrigada, Poliana, nessas condições, prefiro usar a carruagem pública.

– Eu sei, mas...

O trem parou de maneira brusca, e apenas um trêmulo suspiro concluiu a frase de Poliana.

Enquanto as duas mulheres desciam para a plataforma, a senhora Chilton, com seu véu negro, não olhava para lado algum. Poliana, no entanto, balançava a cabeça e sorria com olhos marejados em meia dúzia de direções antes de dar mais alguns passos. Então, de repente, viu-se olhando para um rosto familiar, ainda que estranhamente desconhecido.

– Veja, e não é que... é... Jimmy! – Ela sorriu, estendendo a mão de maneira cordial. – Isto é, suponho que deva dizer *senhor*

Pendleton – corrigiu-se com um sorriso tímido que dizia com clareza: "Agora que você ficou tão alto e bonito!".

– Gostaria de ver você tentar – desafiou o jovem, erguendo o queixo de maneira muito característica.

Então, ele se virou para cumprimentar a senhora Chilton, mas a dama, virando o rosto para o lado, apressava-se um pouco mais à frente.

Ele voltou-se para Poliana, os olhos preocupados e compreensivos.

– Venham, por favor, por aqui, as duas – ele logo instruiu. – Timothy está aqui com a carruagem.

– Ah, que gentil da parte dele! – exclamou Poliana, com um olhar ansioso em direção à sombria figura velada adiante. Com cuidado ela tocou no braço da tia.

– Tia, querida, Timothy está aqui. Ele veio com a carruagem. Ele está para aquele lado. E... este é o Jimmy Bean, tia. Você se lembra do Jimmy Bean?

Em seu nervosismo e constrangimento, Poliana não percebeu que tinha usado o nome de garoto do jovem. A senhora Chilton, no entanto, evidentemente notou. Com nítida relutância, ela se virou e inclinou um pouco a cabeça.

– Tenho certeza de que o senhor Pendleton é muito gentil, mas... sinto muito que ele ou Timothy tenham se incomodado com isso – disse ela com frieza.

– Nenhum incômodo, incômodo algum, eu lhe garanto – riu o jovem, tentando esconder seu constrangimento. – Agora permita-me pegar seus bilhetes, para que eu me encarregue das bagagens.

– Obrigada – começou a senhora Chilton –, mas eu tenho certeza de que podemos...

Mas Poliana, com um aliviado e tímido "obrigada!", já tinha entregado os bilhetes, e a dignidade exigia que a senhora Chilton não dissesse mais nada.

O percurso até a casa foi silencioso. Timothy, um pouco magoado com a recepção que encontrou por parte de sua antiga patroa, sentava-se à frente rígido e ereto, os lábios tensos. A senhora Chilton, depois de um cansado "Bem, bem, criança, como queira. Supomos que agora temos de ir para casa nisto!", caiu em uma séria melancolia. Poliana, no entanto, não estava nem séria, nem tensa, nem melancólica.

Com olhos ansiosos, embora cheios de lágrimas, ela saudou cada marco pelos quais passavam. Só falou uma vez, e foi para dizer:

– O Jimmy não está bonito? Como ele melhorou! E não tem os olhos e o sorriso mais lindos?

Ela aguardou esperançosamente, mas, como não houve resposta para seu comentário, contentou-se com um animado:

– Bem, de qualquer modo, eu acho.

Timothy estava tanto aflito quanto temeroso de dizer à senhora Chilton o que esperar em casa, então, as portas abertas e os cômodos adornados com flores com Nancy os recepcionando à entrada foram uma completa surpresa para a senhora Chilton e Poliana.

– Ah, Nancy, que maravilhoso! – exclamou Poliana, saltando com leveza ao chão. – Tia, e aqui está Nancy para nos receber. E olha como ela fez tudo parecer tão encantador!

A voz de Poliana era decididamente alegre, embora oscilasse de maneira perceptível. Essa recepção sem o querido doutor a quem ela amou tanto não era fácil. E se não era para ela, imagina para a tia. Também sabia que o que a tia mais temia era desabar na frente de Nancy, porque para ela nada podia parecer pior. Poliana sabia que, por trás do véu negro e pesado, seus olhos estavam cheios de lágrimas e os lábios tremiam. Também sabia que para esconder esses fatos a tia provavelmente aproveitaria a primeira oportunidade para criticar alguma coisa e fazer de sua raiva um manto para ocultar o fato de que seu coração estava partido. Assim, Poliana não ficou surpresa ao ouvir as poucas e frias palavras de saudação de sua tia à Nancy seguidas por um brusco:

– É claro que tudo foi muito gentil de sua parte, Nancy, mas, na verdade, eu teria preferido que não tivesse feito isso.

E a alegria desapareceu do rosto de Nancy. Ela parecia magoada e assustada.

– Ah, mas senhorita Polly, quero dizer, senhora Chilton – insistiu ela –, achei que não pudesse deixá-las…

– Tudo bem, tudo bem, não tem problema, Nancy – interrompeu a senhora Chilton. – Eu-eu não quero falar sobre isso.

E, com a cabeça erguida de maneira altiva, saiu apressada da sala. Um minuto depois, ouviram a porta do seu quarto bater no andar de cima.

Nancy se virou com tristeza.

– Ah, senhorita Poliana, o que houve? O que eu fiz? Achei que ela fosse *gostar*. Minha intenção foi das melhores.

– É claro que foi – chorava Poliana, procurando o lenço na bolsa. – E o que você fez foi maravilhoso, simplesmente maravilhoso.

– Mas *ela* não gostou.

– Sim, gostou. Mas não quis demonstrar que gostou. Tinha medo de que, se o fizesse, deixasse transparecer outras coisas, e... ah, Nancy, Nancy. Estou tão contente por apenas chorar!

E Poliana estava soluçando nos ombros de Nancy.

– Está tudo bem, querida, tudo bem. Deve ter gostado, sim, deve, sim – confortou Nancy, acariciando com uma das mãos os ombros que se sacudiam e tentando, com a outra, fazer a ponta de seu avental servir de lenço para as próprias lágrimas.

– Sabe, eu não posso... chorar na frente *dela* – balbuciou Poliana. – E foi difícil... vir aqui pela primeira vez, sabe, tudo isso. E eu *sabia* como ela estava se sentindo.

– Claro, claro, pobrezinha – disse Nancy, baixinho. – E pensar que a primeira coisa que *eu* fiz foi algo que a aborreceu e...

– Ah, mas ela não ficou aborrecida com isso – corrigiu Poliana, inquieta. – É só o jeito dela, Nancy. Sabe, ela não quer deixar transparecer como está mal... por causa do doutor. E está com tanto medo de que *deixará* que tudo vire uma desculpa para... ter o que falar. Ela faz isso comigo também, exatamente igual. Então eu conheço muito bem. Entendeu?

– Ah, sim, entendo, entendo.

Nancy apertou os lábios com um pouco de força, e seus carinhos compreensivos ficaram, por um minuto, ainda mais amorosos, se é que isso era possível.

– Pobrezinha! Estou contente que tenha vindo, de qualquer modo, por você.

– Sim, eu também – suspirou Poliana, afastando-se gentilmente de Nancy e enxugando os olhos. – Sabe, me sinto melhor. E lhe agradeço muito, Nancy, e eu adorei. Agora não quero mais tomar seu tempo, porque você deve precisar ir.

– Oh! Planejava ficar por um tempo – fungou Nancy.

– Ficar! Ora, Nancy, achei que você estivesse casada. Você não é esposa de Timothy?

– Claro! Mas ele não se importa... por você. Ele *quer* que eu fique... por você.

– Mas, Nancy, não poderíamos permitir – protestou Poliana. – Não podemos ter ninguém agora, você sabe. Vou fazer todo o trabalho. Até que saibamos como exatamente estão as coisas, vamos viver de maneira muito econômica, disse a tia Polly.

– Oh! Como se eu fosse querer dinheiro de... – começou Nancy, segurando a irritação, mas diante da expressão no rosto de Poliana ela se conteve e deixou as palavras morrerem em um resmungo de protesto, e saiu da sala apressada para checar o frango cremoso no fogão.

Até que o jantar estivesse terminado e tudo posto em ordem, a senhora Timothy Durgin não aceitou ir embora com o marido, e, depois, foi com evidente relutância e com muitos pedidos de que lhe permitissem voltar "só para ajudar um pouco".

Depois que Nancy foi embora, Poliana foi até a sala em que a senhora Chilton estava sentada sozinha, a mão sobre os olhos.

– Bem, devo iluminar um pouco o ambiente, querida? – sugeriu Poliana, com animação.

– Ah, acho que sim.

– Nancy não foi um amor de organizar tudo tão bem?

Não houve resposta.

– Não consigo imaginar onde foi que encontrou essas flores. Ela as colocou em todos os cômodos aqui de baixo e também nos dois quartos.

Ainda sem resposta.

Poliana deu um suspiro meio contido e lançou um olhar melancólico para o rosto coberto da tia. Depois de um momento, começou novamente de modo esperançoso.

– Vi o velho Tom no jardim. Pobre homem, seu reumatismo está pior do que nunca. Curvou-se quase que o dobro. Perguntou muito especialmente por você e...

A senhora Chilton virou-se e interrompeu-a bruscamente.

– Poliana, o que vamos fazer?

– Fazer? Ora, o melhor que pudermos, claro, querida.

A senhora Chilton fez um gesto impaciente.

– Ora, ora, Poliana, fale sério pelo menos uma vez. Você vai ver que isso é sério logo, logo. *O que* nós vamos *fazer*? Como você sabe, minha renda é quase nula. Claro, algumas coisas valem um pouco, eu acho, mas o senhor Hart me disse que poucas renderão alguma coisa no momento. Temos algum dinheiro no banco e um pouco entrando, claro. E temos esta casa. Mas de que serve esta casa? Não podemos comê-la, ou vesti-la. Também é muito grande para nós, da maneira que vamos ter de viver, e não poderíamos vendê-la pela metade do que vale de verdade, a menos que *encontrássemos* exatamente a pessoa que a quisesse.

– Vendê-la! Ah, tia, a senhora não faria isso. Esta casa linda, cheia de coisas maravilhosas!

– Talvez eu tenha de vendê-la, Poliana. Temos de comer, infelizmente.

– Eu sei, e estou sempre com *tanta* fome – lamentou-se Poliana, com uma pesarosa risada. – Mas acho que deveria ficar contente por meu apetite ser tão bom.

– É provável. Claro que você encontraria algo pelo qual ficar contente. Mas o que faremos, criança? Realmente gostaria que você falasse sério por um minuto.

Uma mudança repentina surgiu no rosto de Poliana.

– Estou falando sério, tia Polly. Estive pensando. Eu-eu queria poder ganhar algum dinheiro.

– Ah, criança, criança, e pensar que eu vivi para escutar você dizer isso! – lamentou-se a mulher. – Uma filha dos Harrington tendo de ganhar o próprio pão!

– Ah, mas não é assim que se deve olhar para isso – sorriu Poliana. – Você deveria ficar contente que uma filha dos Harrington é *inteligente* o bastante para ganhar o próprio pão! Isso não é nenhuma desgraça, tia Polly.

– Talvez não seja, mas não é muito agradável para o orgulho de alguém, depois da posição que sempre ocupamos em Beldingsville, Poliana.

Poliana pareceu não ter escutado, seus olhos contemplavam fixamente o nada.

– Se ao menos tivesse algum talento! Se ao menos soubesse fazer alguma coisa melhor do que alguém neste mundo – suspirou ela por fim. – Sei cantar um pouco, jogar um pouco, bordar um pouco, e costurar um pouco, mas nada tão bem assim, pelo menos não bem o suficiente para ser paga por isso.

– Acho que eu preferiria cozinhar – prosseguiu ela, após um minuto de silêncio –, e cuidar da casa. Você sabe que eu adorava os invernos na Alemanha, quando Gretchen costumava nos irritar tanto ao faltar quando precisávamos dela. Mas não exatamente quero ir à cozinha de outras pessoas.

– Como se eu fosse permitir isso, Poliana – vociferou de novo a senhora Chilton.

– E, é claro, apenas trabalhar aqui na nossa cozinha não nos traz nada – queixou-se Poliana –, nenhum dinheiro, quero dizer. E é de dinheiro que precisamos.

– É exatamente isso – suspirou tia Polly.

Houve um longo silêncio, por fim interrompido por Poliana.

– E pensar que depois de tudo que a senhora fez por mim, tia, pensar que agora, se ao menos eu pudesse, eu teria uma chance tão esplêndida de ajudar! E, no entanto, não posso. Ah, por que não nasci com alguma coisa que vale dinheiro?

– Tudo bem, tudo bem, criança, pare, pare! Claro, se o doutor... – As palavras caíram no silêncio.

Poliana olhou para ela rapidamente e ficou de pé em um pulo.

– Querida, querida, isso nunca vai acontecer! – exclamou ela, com uma completa mudança de postura. – Não se angustie, tia. Quem garante que eu não possa desenvolver um dia desses o mais maravilhoso dos talentos? Além disso, *eu* acho tudo isso empolgante de verdade. Tem tanta incerteza nisso tudo. É tão divertido querer as coisas, e depois observá-las chegando. Simplesmente viver e saber que você vai ter tudo que você quer é tão... tão monótono, sabe – concluiu ela, com um risadinha de satisfação.

No entanto, a senhora Chilton não riu, só suspirou e disse:

– Meu Deus, Poliana, como você é infantil!

Capítulo 18

Uma questão de adaptação

Os primeiros dias em Beldingsville não foram fáceis nem para a senhora Chilton nem para Poliana. Foram dias de adaptação, e esses dias poucas vezes são fáceis.

Depois da viagem e da agitação, não era fácil fazer a mente levar em consideração o preço da manteiga ou os abusos do açougueiro. Depois de sempre ter todo o tempo do mundo só para você, não era fácil encontrar a próxima tarefa clamando para ser realizada. Amigos e vizinhos também apareciam para uma visita, e embora Poliana os recebesse com alegre cordialidade, a senhora Chilton, quando possível, pedia licença. Sempre dizia para Poliana, com amargura:

– Curiosidade, suponho, para ver como é Polly Harrington pobre.

A senhora Chilton raramente falava do doutor, mas Poliana sabia muito bem que ele quase nunca estava longe de seus pensamentos e que boa parte de sua melancolia era seu costumeiro disfarce para esconder uma emoção mais profunda que não queria demonstrar.

Poliana viu Jimmy Pendleton várias vezes no primeiro mês. Primeiro ele apareceu com John Pendleton para uma visita um tanto tensa e cerimoniosa – não que estivesse tensa e cerimoniosa antes de tia Polly aparecer na sala, mas depois ficou as duas coisas. Por alguma razão, nesse dia, tia Polly não pediu licença. Depois disso, Jimmy apareceu sozinho, uma vez com flores, outra vez com um livro para tia Polly e duas vezes sem qualquer desculpa. Poliana sempre o recebia com prazer genuíno. Tia Polly, depois daquela primeira vez, não o viu mais.

Com a maioria dos amigos e conhecidos, Poliana falava pouco sobre a mudança de sua situação. Mas, para Jimmy, falava abertamente, e sua queixa constante era, "Se ao menos eu pudesse fazer alguma coisa para ganhar dinheiro!".

– Estou me tornando a criaturinha mais mercenária que você já viu – ela ria com pesar. – Meço tudo com uma nota de um dólar, e, na verdade, penso em moedas de 25 e 10 centavos. Sabe, a tia Polly se sente tão pobre!

– É uma pena! – exclamou Jimmy.

– Eu sei. Mas honestamente acho que ela se sente um pouco mais pobre do que precisava se sentir, ela fica ruminando sobre isso. Mas eu queria tanto ajudar!

Jimmy olhou para o rosto triste e ansioso com seus olhos brilhantes, e os próprios olhos se suavizaram.

– O que você ia *querer* fazer, se pudesse escolher? – perguntou ele.

– Ah, eu quero cozinhar e cuidar da casa – Poliana sorriu, com um suspiro pensativo. – Eu simplesmente amo bater ovos e açúcar, escutar o bicarbonato de sódio gorgolejar sua leve melodia em uma xícara de leite fermentando. Fico feliz que tenha um dia de cozinha diante de mim, mas não há dinheiro nisso, a não ser que eu esteja na cozinha de outra pessoa, claro. E eu... eu não amo isso a esse ponto!

– Devo dizer que não! – exclamou o jovem.

Mais uma vez ele olhou para o rosto expressivo tão perto dele. Desta vez um estranho olhar surgiu em seu rosto. Ele apertou os lábios e depois disse, com um leve rubor surgindo em sua testa:

– Claro que você pode... se casar. Já pensou nisso, senhorita Poliana?

Poliana soltou uma alegre risada. A voz e os modos eram, de modo inequívoco, aqueles de uma garota praticamente intocada até mesmo pelas flechas de maior alcance do Cupido.

– Ah, não, nunca vou me casar – disse ela despreocupadamente. – Em primeiro lugar, não sou bonita, você sabe, em segundo, vou morar com tia Polly e cuidar dela.

– Não é bonita? – Pendleton sorriu, de maneira provocativa. – Alguma vez já... já lhe ocorreu que pode haver uma opinião diferente em relação a isso, Poliana?

Poliana fez que não com a cabeça.

– Não pode haver. Eu tenho espelho, sabe? – objetou ela, com um olhar alegre.

Soava como se estivesse fazendo charme. Com qualquer outra garota, teria sido fazer charme, Pendleton concluiu. Mas, agora, observando o rosto a sua frente, Pendleton sabia que não era charme. Também soube de repente por que Poliana parecia tão diferente de qualquer outra garota que já tinha conhecido. Algo de seu velho jeito literal de olhar as coisas ainda estava ali.

– Por que você não é bonita? – perguntou ele.

Mesmo enquanto pronunciava a pergunta, e seguro como estava de sua estima pela personalidade de Poliana, Pendleton praticamente prendeu a respiração por sua ousadia. Não pôde evitar pensar como qualquer outra garota que conhecia rapidamente teria se ressentido da implícita aceitação de sua alegação de que não era bonita. Mas as primeiras palavras de Poliana lhe mostraram que até mesmo esse seu furtivo medo não tinha fundamento.

– Ora, porque não sou. – Ela riu, meio triste. – Não fui feita assim. Talvez não se lembre, mas há muito tempo, quando eu era uma garotinha, sempre pensei que uma das cosias mais legais que o céu ia me dar quando eu estivesse lá eram cachos negros.

– E esse ainda é seu maior desejo?

– Nã-não, talvez não – hesitou Poliana. – Mas ainda acho que gostaria de tê-los. Além disso, meus cílios não são longos o bastante, e meu nariz não é grego ou romano, ou nenhum desses encantadoramente desejáveis que pertencem a um "tipo". É só um *nariz*. E meu rosto é longo demais, ou curto demais, esqueci qual dos dois, mas uma vez eu medi com um daqueles testes de "padrões de beleza" e não tinha o tamanho certo, de qualquer modo. Eles diziam que a largura do rosto devia ser igual a cinco olhos, e que os olhos deviam ser iguais a... a alguma outra coisa. Também esqueci o quê... só sei que os meus não eram.

– Que imagem sinistra! – Pendleton riu. Então, com o olhar admirado para o rosto animado e os olhos expressivos da garota, ele perguntou: – Você já se olhou no espelho enquanto fala, Poliana?

– Ora, não, claro que não!

– Bem, você deveria tentar algum dia.

– Que ideia mais engraçada! Imagine eu fazendo isso – disse a garota, rindo. – O que devo falar? Assim: "Olha, Poliana, se você tem cílios que não são longos e se seu nariz é apenas um nariz, você pode ficar contente por ter *um* nariz e *cílios*!"

Pendleton riu com ela, mas uma estranha expressão surgiu em seu rosto.

– Então você ainda joga… o jogo – disse ele, meio desconfiado.

Poliana voltou seus olhos ternos com admiração para ele.

– Ora, claro! Ah, Jimmy, não acredito que conseguiria sobreviver… aos últimos seis meses se não fosse por esse jogo abençoado.

A voz dela estava um pouco trêmula.

– Não ouvi você falar muito sobre isso – comentou ele.

Ela mudou de cor.

– Eu sei. Acho que estou receosa de falar demais para estranhos, que não se importam, sabe. Não é a mesma coisa agora, para mim, aos 20, do que era quando tinha 10 anos. Eu percebo isso, claro. As pessoas não gostam de receber sermão, sabe – concluiu ela com um sorriso largo.

– Eu sei – disse o jovem, assentindo com seriedade. – Mas às vezes me pergunto, Poliana, se você entende mesmo o que é esse jogo e o que ele faz para as pessoas que o jogam.

– Eu sei… o que ele faz para mim.

Sua voz era baixa, e ela desviou o olhar.

– Sabe, realmente *funciona* quando você o joga – refletiu ele em voz alta, depois de um breve silêncio. – Uma vez alguém disse que ele iria revolucionar o mundo se todos o jogassem de verdade. E eu acredito que revolucionaria.

– Sim, mas algumas pessoas não querem ser revolucionadas – disse Poliana, sorrindo. – Conheci um homem na Alemanha ano passado. Ele tinha perdido seu dinheiro e estava em uma maré de azar, de modo geral. Deus, nossa, mas ele era tão sombrio! Alguém em minha presença tentou animá-lo um dia, dizendo, "Olha, as coisas podiam ser piores, sabe?". Deus, nossa, mas você devia ter ouvido aquele homem! "Se há uma coisa no mundo que me deixa completamente louco", rosnou ele, "é que me digam que as coisas podiam ser piores, e para ser grato pelo que ainda tenho. Eu desprezo essas pessoas que andam por aí com um sorriso permanente no rosto cantarolando que são agradecidas por poderem respirar, comer, andar ou dormir. Eu não *quero* respirar, comer, andar ou dormir, se as coisas estiverem como agora estão. E quando me dizem que tenho de estar agradecido por essas besteiras, isso só me faz querer sair por aí e atirar em alguém!".

– Imagina se eu tivesse apresentado o jogo do contente para esse homem! – exclamou Poliana, rindo.

– Não importa. Ele precisava disso – respondeu Jimmy.

– Claro que precisava, mas não teria me agradecido por tê-lo apresentado.

– Acho que não. Mas, ouça! Do jeito que estava, sob sua filosofia e modo de viver, fazia mal a ele mesmo e às outras pessoas, não fazia? Bem, vamos supor que ele estivesse jogando. Enquanto estivesse tentando encontrar algo com que ficasse contente em tudo o que aconteceu, não conseguiria estar ao mesmo tempo resmungando e rosnando sobre como as coisas estavam ruins, então essa parte estaria resolvida. Seria muito mais fácil, tanto para ele quanto para seus amigos, conviver com ele. Aliás, pensar no que se tem em vez de no que não se tem não torna as coisas piores para ele, e talvez até as melhore. Porque não lhe causaria um sentimento de perda na boca do estômago, e sua digestão seria melhor. Eu lhe digo, problemas são coisas terríveis para se abraçar. Eles têm muitos espinhos.

Poliana sorriu com satisfação.

– Isso me faz lembrar do que uma vez eu disse a uma velha senhora. Ela era uma das minhas senhoras da Sociedade Auxiliadora Feminina no Oeste, e era uma daquelas pessoas que *gostavam* mesmo de se sentir tristes e contar aos outros os motivos de sua infelicidade. Acho que eu tinha 10 anos e tentava ensinar a ela o jogo. Imaginei que não estivesse tendo muito sucesso, e evidentemente por fim percebi a razão, porque disse a ela de maneira triunfante: "Bem, de qualquer modo, você pode ficar contente por ter tantas coisas que a deixam triste, já que você adora tanto ser triste!"

– Bem, garanto que isso fez muito bem a ela – disse Jimmy, rindo.

Poliana ergueu as sobrancelhas.

– Temo que não gostou, assim como o homem na Alemanha não teria gostado se lhe dissesse a mesma coisa.

– Mas essas coisas tem de ser ditas, e você deve dizê-las – Pendleton se interrompeu com uma expressão tão estranha no rosto que Poliana olhou para ele surpresa.

– Ora, Jimmy, o que foi?

– Ah, nada. Eu só estava pensando – respondeu ele, torcendo os lábios. – Aqui estou eu insistindo para que faça exatamente o que eu temia que *fosse* fazer antes de vê-la, sabe. Quer dizer, antes de ver você, eu estava com medo de que… que… – Ele fez uma pausa atrapalhada, de fato ficando muito corado.

– Bem, Jimmy Pendleton – disse a garota, soando ofendida –, você não acha que pode parar por aí, senhor. Agora quero saber o que você quer dizer com tudo isso, por favor?

– Ah, humm… na-nada demais.

– Estou esperando – murmurou Poliana. A voz e a postura eram calmas e confiantes, mas os olhos brilhavam de maneira travessa.

O jovem hesitou, olhou para o rosto sorridente de Poliana e se rendeu.

– Ah, bem, que seja. – Ele deu de ombros. – É só que eu estava preocupado… um pouco… em relação ao jogo, temendo que você *falasse* do jeito que costumava, sabe, e… – Mas uma alegre gargalhada o interrompeu.

– Viu? O que eu lhe disse? Até você estava preocupado, parece, que eu com 20 anos fosse como eu era com 10!

– Nã-não, não foi o que quis dizer. Poliana, honestamente, eu pensei, claro que eu sabia… – mas Poliana só colocou as mãos nos ouvidos e caiu na gargalhada mais uma vez.

Capítulo 19
Duas cartas

Foi quase no fim de junho que a carta de Della Wetherby chegou para Poliana.

Estou lhe escrevendo para lhe pedir um favor – escreveu a senhorita Wetherby. – *Espero que possa me informar se há alguma família discreta em Beldingsville que estaria disposta a hospedar minha irmã durante o verão. Seriam três pessoas: a senhora Carew, sua secretária e seu filho adotivo, o Jamie. (Você se lembra do Jamie, não lembra?) Eles não gostam de ficar em hotéis ou hospedarias. Minha irmã está muito cansada e o médico lhe advertiu que fosse para o interior para um completo descanso e mudança de ares. Ele sugeriu Vermont ou New Hampshire. Logo pensamos em Beldingsville e você, e nos perguntamos se você não poderia recomendar o lugar certo para nós. Eu disse a Ruth que lhe escreveria. Eles gostariam de partir imediatamente, no início de julho, se possível. Seria muito pedir que nos respondesse assim que convenientemente soubesse de um lugar? Por favor, escreva para este endereço. Minha irmã está comigo aqui no hospital para algumas semanas de tratamento. Fico à espera de uma resposta positiva.*

Com todo o carinho,
Della Wetherby

Nos primeiros minutos após terminar de ler a carta, Poliana permaneceu sentada franzindo a testa, buscando mentalmente as casas de Beldingsville como uma possível hospedaria para seus velhos amigos. Então, de repente, alguma coisa mudou o rumo de seus pensamentos e com uma alegre exclamação ela se apressou até a tia, que estava na sala de estar.

– Tia, tia – disse ela, ofegante. – Eu tive a mais maravilhosa das ideias. Eu lhe disse que algo ia acontecer e que algum dia eu desenvolveria um talento maravilhoso. Bem, eu desenvolvi. Eu o tenho neste exato momento. Ouça! Recebi uma carta da senhorita Wetherby, a irmã da senhora Carew – com quem me hospedei naquele inverno em Boston, você sabe –, e eles querem vir para o interior para passar o verão. A senhorita Wetherby escreveu para ver se eu sabia de algum lugar para eles. Não querem um hotel ou uma hospedaria qualquer, sabe? E a princípio eu não sabia de nenhum lugar, mas agora sei. Eu sei, tia Polly! Adivinha onde é?

– Minha querida criança – exclamou a senhora Chilton –, como você fala! Parece uma menina de 12 anos em vez de uma moça. Sobre o que está falando agora?

– Sobre um lugar para hospedar a senhora Carew e Jamie. Eu o encontrei – balbuciou Poliana.

– Que bom! Bem, e daí? E que interesse isso pode ter para mim, criança? – murmurou a senhora Chilton, com melancolia.

– Porque vai ser *aqui*. Vou hospedá-los aqui, tia.

– Poliana!

A senhora Chilton sentou-se ereta, horrorizada.

– Ah, tia, por favor, não diga não – implorou Poliana, ansiosa. – Você não percebe? Essa é minha chance, a chance pela qual eu esperava, e simplesmente caiu no meu colo. Podemos fazer isso de um jeito maravilhoso. Temos quartos suficientes e você sabe que eu *sei* cozinhar e cuidar da casa. E agora haveria dinheiro envolvido, porque pagariam bem, eu sei, e adorariam ficar aqui, tenho certeza. Seriam três pessoas, vem uma secretária com eles.

– Mas, Poliana, eu não posso! Transformar esta casa em uma hospedaria? A propriedade dos Harrington uma reles hospedaria? Ah, Poliana, não posso, não posso!

– Mas não seria uma reles hospedaria, tia. Seria uma hospedaria especial. Além disso, eles são nossos amigos. Seria como ter nossos amigos nos visitando, só que seriam hóspedes pagantes, então, ao mesmo tempo, estaríamos ganhando dinheiro, dinheiro de que *precisamos*, tia, dinheiro de que precisamos – enfatizou ela de modo significativo.

Um espasmo de orgulho ferido atravessou o rosto de Polly Chilton. Com um leve resmungo ela se recostou na cadeira.

– Mas como você faria isso? – perguntou vagamente, por fim. – Você não conseguiria fazer todo o trabalho sozinha, criança!

– Ah, não, claro que não – disse Poliana, animada. (Poliana estava em terreno seguro agora. Sabia que tinha vencido.) – Mas posso fazer a comida e a supervisão, e tenho certeza de que uma das irmãs mais novas de Nancy poderia ajudar com o resto. A senhora Durgin lavaria as roupas, assim como faz agora.

– Mas, Poliana, eu não estou nada bem, você sabe, não estou. Não poderia fazer muito.

– Claro que não. Não há motivo para que devesse fazer – disse Poliana, altiva. – Ora, tia, não seria esplêndido? Ah, parece bom demais para ser verdade, o dinheiro cair assim nas minhas mãos!

– É, realmente, caiu nas suas mãos! Você ainda tem algumas coisas a aprender neste mundo, Poliana, e uma delas é que hóspedes de verão não jogam dinheiro na mão de ninguém antes de ter absoluta certeza de que terão amplo retorno. Quando estiver buscando, carregando, cozinhando, fazendo chá até estar pronta para desabar, e quando estiver perto de se matar tentando servir tudo que foi pedido, de ovos recém-postos ao clima, você vai acreditar no que eu digo.

– Tudo bem, eu me lembrarei – disse Poliana, rindo. – Mas não vou me preocupar com isso agora, e vou me apressar em escrever para a senhorita Wetherby de uma vez, para então entregar a carta a Jimmy Bean para que ele poste quando vier esta tarde.

A senhora Chilton moveu-se nervosa.

– Poliana, gostaria muito que você chamasse esse jovem por seu nome correto. Esse "Bean" me dá arrepios. Seu nome é "Pendleton" agora, pelo que sei.

– Eu sei – concordou Poliana –, mas eu me esqueço disso na maior parte do tempo. Eu o chamo assim mesmo na sua frente às vezes, e claro que isso é terrível, já que ele foi adotado de verdade e tudo mais, mas, sabe, estou tão animada – concluiu ela, que saiu saltitante da sala.

Ela estava com a carta pronta para Jimmy quando ele apareceu às quatro da tarde. Ainda estava tremendo de animação, e não perdeu tempo de dizer a sua visita sobre o que era tudo aquilo.

– E além disso estou louca para vê-los – disse, animada, depois de ter lhe contado seus planos. – Nunca mais os vi desde aquele inverno. Você sabe, eu contei a você sobre Jamie, não contei?

– Ah, sim, contou.

Havia alguma reserva na voz do jovem.

– Não será esplêndido se eles puderem vir?

– Ora, não sei se diria que será exatamente esplêndido – disse ele, evasivo.

– Não é esplêndido que eu tenha tamanha chance de ajudar a tia Polly, mesmo que seja por pouco tempo? Ora, Jimmy, claro que é esplêndido.

– Bem, tenho a impressão de que vai ser bem *difícil*... para você – Jimmy se conteve com mais do que um pouco de irritação.

– Sim, claro, de certa maneira. Mas ficarei tão contente pelo dinheiro que vai entrar que vou pensar nisso o tempo todo. Sabe como sou mercenária, Jimmy – disse ela, suspirando.

Por um longo momento não houve resposta, então, meio abruptamente, o jovem perguntou:

– Mas, diga, quantos anos esse Jamie tem agora?

Poliana olhou para ele com um sorriso alegre.

– Ah, eu lembro... que você nunca gostou de seu nome, "Jamie" – disse ela, piscando. – Não importa, ele foi adotado agora, de maneira legal, acredito, e tem o nome Carew. Então você vai ter de chamá-lo assim.

– Mas isso não me diz quantos anos ele tem – lembrou Jimmy, sério.

– Ninguém sabe, exatamente, acho. Você sabe que ele não se lembrava, mas imagino que tenha mais ou menos a sua idade. Eu me pergunto como está agora. Perguntei tudo sobre isso nesta carta, de qualquer modo.

– Ah, você perguntou! – Pendleton olhou para a carta em sua mão e a balançou com um pouco de desdém. Pensou que gostaria de soltá-la, rasgá-la, entregá-la para alguém, arremessá-la para longe, fazer qualquer coisa, menos postá-la.

Jimmy sabia muito bem que estava com ciúme, que sempre teve ciúme desse jovem com o nome tão parecido e mesmo assim tão diferente do seu. Não que estivesse apaixonado por Poliana, assegurou-se furioso. Não estava, claro. Só não queria esse jovem estranho com nome de gente fraca vindo a Beldingsville e estando sempre por perto para estragar seus bons momentos. Quase disse isso a Poliana, mas algo fez as palavras permanecerem em seus lábios e, depois de um tempo, ele se despediu, carregando a carta.

Que Jimmy não soltou a carta nem a rasgou nem deu a alguém nem a arremessou para longe ficou evidente dias depois, porque Poliana recebeu uma rápida e encantadora resposta da senhorita Wetherby, e quando Jimmy voltou a aparecer ele a escutou ser lida, ou melhor, ouviu parte dela, porque Poliana introduziu a leitura dizendo:

– Claro que a primeira parte é exatamente onde ela diz como estão contentes por vir e tudo mais. Não vou ler isso. Mas o resto eu achei que você gostaria de ouvir, porque me ouviu falar tanto sobre eles. Além disso, você em breve vai conhecê-los, claro. Estou contando muito com você, Jimmy, para me ajudar a tornar isso agradável para eles.

– Ah, com certeza!

– Mas não seja sarcástico, só porque não gosta do nome de Jamie – repreendeu Poliana, fingindo seriedade. – Você vai gostar *dele*, tenho certeza, quando conhecê-lo, e vai *adorar* a senhora Carew.

– Vou, sério? – respondeu Jimmy, bufando. – Bem, essa é uma grande possibilidade. Esperamos que, se eu gostar dela, essa senhora seja gentil e corresponda.

– Claro – Poliana sorriu, as covinhas aparecendo. – Agora ouça, vou ler sobre ela para você. Essa carta é de sua irmã, Della, senhorita Wetherby, sabe, do hospital.

– Tudo bem. Vá em frente! – pediu Jimmy, em uma tentativa muito evidente de mostrar educado interesse. E Poliana, ainda sorrindo de forma travessa, começou a ler.

Você me pediu para contar tudo sobre todos. Essa é uma difícil tarefa, mas farei o melhor que puder. Para começar, acho que encontrará minha irmã bastante mudada. Os novos interesses em sua vida nos últimos seis anos têm feito maravilhas por ela. Agora mesmo está um pouco magra e cansada do excesso de trabalho, mas um bom descanso em breve irá remediar isso, e você vai ver o quanto parece jovem, viçosa e feliz. Por favor, perceba que eu disse feliz. *Isso não vai significar tanto para você quanto significa para mim, claro, porque você era muito nova para perceber o quanto ela era infeliz quando você a conheceu naquele inverno em Boston. A vida era tão triste e sem esperança para ela naquela época, e, agora, é tão cheia de interesse e alegria.*

Primeiro, ela tem Jamie, e quando você os vir juntos não vai precisar dizer o que ele significa para ela. Com certeza não estamos nem perto de saber se é ou não o verdadeiro Jamie, *mas minha irmã o ama como um filho, e o adotou legalmente, como acredito que saiba.*

E ela tem as garotas. Você se lembra de Sadie Dean, a vendedora? Bem, a partir do interesse nela, e tentando ajudá-la a ter uma vida mais feliz, minha irmã pouco a pouco ampliou seus esforços, até ter várias garotas que a consideram seu grande anjo da guarda. Ela inaugurou um Lar para Garotas Trabalhadoras com novas diretrizes. Há uma meia dúzia de homens e mulheres ricos e influentes associados a ela, claro, mas é ela quem comanda a coisa toda, e nunca hesita em se doar a cada uma e a todas as garotas. Você pode imaginar o que isso significa em termos de tensão. Sua principal apoiadora e braço direito é sua secretária, essa mesma Sadie Dean. Você vai achá-la *diferente também, mais ainda é a velha Sadie.*

Quanto a Jamie, pobre Jamie! A grande tristeza de sua vida é que agora sabe que talvez nunca volte a andar. Por um tempo todos tivemos esperanças. Ele ficou aqui no hospital com o doutor Ames por um ano e melhorou a tal ponto que já consegue andar de muletas. Mas o pobrezinho sempre será uma pessoa com deficiência – no que diz respeito aos pés, e não a qualquer outra coisa. De todo modo, depois que se conhece Jamie, poucas vezes se pensa nele como uma pessoa com deficiência, sua alma *é tão livre.* Não *consigo explicar, mas você vai entender o que quero dizer quando encontrar com ele. E ele manteve, em um grau elevadíssimo, o velho entusiasmo de menino e a alegria de viver. Há uma coisa, e apenas uma, acredito, que apagaria por completo aquele espírito brilhante e o lançaria em profundo desespero, e seria descobrir que não é Jamie Kent, nosso sobrinho. Ele ruminou isso por tanto tempo, e o desejou com tanto ardor, que realmente acreditou que é o verdadeiro Jamie, mas, se ele não for, espero que nunca descubra.*

– Bem, isso é tudo o que ela diz sobre eles – anunciou Poliana, dobrando nas mãos as folhas cuidadosamente escritas. – Mas não é interessante?

– Sem dúvida!

Agora havia um toque genuíno na voz de Jimmy. De repente pensou no que as próprias pernas significavam para ele. Por um momento, estava disposto até mesmo que esse pobre jovem com deficiência tomasse uma *parte* dos pensamentos e atenções de Poliana, se não se atrevesse a reivindicar muito deles, claro!

– Nossa! É difícil para o coitado, com certeza.

– Difícil! Você não sabe nada sobre isso, Jimmy Bean – disse Poliana com dificuldade –, mas *eu* sim. *Eu* fiquei sem andar por um tempo. *Eu sei!*

– Sim, claro, claro – o jovem franziu a testa, movendo-se de maneira agitada no assento. Jimmy, olhando para o rosto solidário e os olhos cheios de lágrimas de Poliana, de repente já não estava tão seguro de que desejava que esse Jamie viesse à cidade. Se só *pensar* nele já fazia com que ela ficasse assim!

Capítulo 20

Os hóspedes pagantes

Os poucos dias que antecederam a chegada "daquelas pessoas horríveis", como tia Polly chamava os hóspedes pagantes da sobrinha, foram agitados para Poliana, mas também felizes. E ela se recusava a ficar cansada, desencorajada ou desanimada, não importava o quanto fossem complexos os problemas diários que encontrava.

Convocando Nancy e sua irmã mais nova, Betty, como suas ajudantes, Poliana revistou por completo a casa, cômodo por cômodo, e organizou tudo para o conforto e a conveniência dos esperados hóspedes. A senhora Chilton só conseguiu ajudar em muito pouca coisa. Em primeiro lugar, não estava bem. Em segundo, sua atitude mental em relação àquela ideia toda não era favorável à assistência ou ao conforto, porque, de sua parte, havia sempre o orgulho do nome e da linhagem dos Harrington, e em seus lábios havia o constante lamento:

– Ah, Poliana, Poliana, pensar que a propriedade dos Harrington chegou a esse ponto!

– Não é isso, querida – Poliana por fim a acalmava, rindo. – São os Carew que estão *vindo para a propriedade dos Harrington*!

Mas a senhora Chilton não seria distraída com tanta facilidade, e reagiu apenas com um olhar de desdém e um suspiro profundo. Então Poliana foi forçada a deixá-la viajar sozinha por sua estrada de profunda tristeza.

No dia combinado, Poliana foi com Timothy (agora proprietário dos cavalos dos Harrington) à estação para esperar o trem da tarde. Até aquele momento não havia nada além de confiança e alegre expectativa no coração de Poliana. Mas junto com o apito do motor chegou a ela um verdadeiro pânico de dúvida, timidez e desânimo. Percebeu de repente o que ela, Poliana, quase sozinha e sem ajuda, estava prestes a fazer. Lembrou-se da riqueza, da posição e do gosto exigente da senhora Carew. Recordou-se também que esse seria um novo, alto e jovem Jamie, bem diferente do menino que conheceu.

Por um momento terrível, pensou apenas em fugir, para algum lugar, qualquer lugar.

– Timothy, eu... eu estou me sentindo mal. Não estou bem. Eu... diga a eles... hum... para não vir – balbuciou, posicionando-se como se fosse fugir.

– Senhora! – exclamou Timothy, assustado.

Bastou um olhar para o rosto perplexo de Timothy. Poliana riu e ergueu os ombros em alerta.

– Não foi nada. Não se preocupe! Não quis dizer isso, claro, Timothy. Rápido, veja! Estão quase chegando – disse Poliana, ofegante. E se apressou para frente, voltando a ser ela mesma.

Ela os reconheceu na hora. Mesmo que houvesse alguma dúvida em sua mente, as muletas nas mãos do jovem alto e de olhos castanhos a guiaram direto para seu objetivo.

Houve alguns minutos de ansiosa agitação e exclamações incoerentes, depois, de algum modo, ela se viu na carruagem com a senhora Carew ao seu lado e Jamie e Sadie Dean na frente. Então, pela primeira vez teve a chance de observar os amigos e perceber as mudanças trazidas pelos seis anos.

Em relação à senhora Carew, a sensação inicial foi de surpresa. Ela esquecera que a senhora Carew era tão bonita. Como seus cílios eram longos e como os olhos que protegiam eram lindos. Até se flagrou pensando em como exatamente aquele rosto perfeito ia se sair, ponto a ponto, naquele pavoroso teste da beleza que ela fizera tempos atrás. No entanto, mais do que tudo, alegrou-se pela ausência das velhas linhas de expressão de tristeza e amargura.

Então, virou-se para Jamie. Mais uma vez ficou surpresa, e pelo mesmo motivo. Jamie também tinha ficado bonito. Poliana disse a si mesma que ele estava realmente muito diferente. O que ela achou mais atraente foram seus olhos escuros no rosto muito claro e o cabelo ondulado e escuro. Então viu as muletas a seu lado, e um espasmo apertou sua garganta com dolorosa compaixão.

Ela desviou o olhar de Jamie para Sadie Dean.

Sadie, no que dizia respeito à aparência, parecia muito com o que era quando Poliana a viu pela primeira vez no parque, mas Poliana não precisou de um segundo olhar para saber que Sadie, no que se referia a cabelo, roupa, humor, discurso e disposição, era com certeza uma Sadie muito diferente.

Então Jamie falou.

– Que bom que você nos deixou vir – disse ele a Poliana. – Sabe o que pensei quando escreveu que poderíamos vir?

– Ora, nã-não claro que não – gaguejou Poliana. Ela ainda via as muletas ao lado de Jamie e sua garganta ainda estava apertada com aquela dolorosa compaixão.

– Bem, pensei na pequena donzela no parque com um saco de amendoins para *sir* Lancelot e *lady* Guinevere, e percebi que você estava, de alguma maneira, nos colocando no lugar deles, porque se você tivesse um saco de amendoins e nós não tivéssemos nenhum, não ficaria feliz enquanto não compartilhasse o seu conosco.

– Um saco de amendoins, com certeza! – Poliana riu.

– Ah, claro, neste caso, seu saco de amendoins passou a ser quartos arejados no campo, leite de vaca e ovos de verdade de um verdadeiro ninho de galinha – disse Jamie de forma exagerada. – Mas é a mesma coisa. E talvez seja melhor alertar você... lembra como *sir* Lancelot era guloso? Bem... – Ele fez uma pausa enfática.

– Tudo bem, vou correr o risco. – Poliana sorriu, pensando em como estava contente que tia Polly não estivesse presente para ouvir suas piores previsões serem cumpridas assim tão cedo.

– Pobre *sir* Lancelot! Queria saber se alguém irá alimentá-lo ou se está lá.

– Bem, se está lá, será alimentado – interrompeu a senhora Carew, alegremente. – Este menino bobo ainda vai até lá pelo menos uma vez por semana com os bolsos estufados de amendoins e não sei o que mais. Pode ser seguido a qualquer hora pela trilha de migalhas que deixa para trás, e, na maioria da vezes, quando quero cereal para o café da manhã, não tem, porque o "patrão Jamie alimentou os pombos, senhora".

– Sim, mas deixe-me contar – Jamie se apressou, com entusiasmo. E no instante seguinte Poliana estava ouvindo, com toda a antiga fascinação, uma história de um casal de esquilos em um jardim ensolarado. Depois entendeu o que Della Wetherby quis dizer na carta, porque, quando chegaram em casa, foi um verdadeiro choque ver Jamie pegar as muletas e descer da carruagem com a ajuda delas. Ela percebeu que em apenas dez breves minutos ele a fez esquecer que era uma pessoa com deficiência.

Para grande alívio de Poliana, o assustador primeiro encontro entre tia Polly e a senhora Carew foi muito melhor do que ela temia. Os recém-chegados estavam tão genuinamente admirados com a antiga casa e com tudo o que havia nela que foi impossível para a senhora e proprietária de tudo manter a postura firme de resignada desaprovação na presença deles. Além disso, como ficou um tanto evidente em menos de uma hora, o charme e o magnetismo pessoal de Jamie haviam penetrado até mesmo a armadura de desconfiança da tia Polly, e Poliana soube que pelo menos um de seus mais temidos problemas já não era um problema, porque tia Polly começava a agir como a altiva, porém amável, anfitriã com os hóspedes.

Mas, apesar do alívio com a mudança de atitude de tia Polly, Poliana não achou que tudo seria um mar de rosas, de forma alguma. Havia trabalho, e muito, e devia ser feito. A irmã de Nancy, Betty, era agradável e bem-disposta, mas não era Nancy, como Poliana logo descobriu. Precisava de treinamento, e esse treinamento tomou tempo. Poliana também teve medo de que algo desse errado. Para ela, naqueles dias, uma cadeira empoeirada era um crime e um bolo solado, uma tragédia.

Mas, aos poucos, depois de argumentos e súplicas incessantes por parte da senhora Carew e de Jamie, Poliana passou a realizar as tarefas com mais tranquilidade e perceber que o verdadeiro crime aos olhos de seus amigos era, não a cadeira empoeirada ou o bolo solado, mas a preocupação e a ansiedade estampadas em seu rosto.

– Já foi o bastante *permitir* que viéssemos – declarou Jamie –, não é para se matar de trabalhar para nos alimentar.

– Além disso, não devemos comer tanto – disse a senhora Carew, sorrindo –, ou não faremos a digestão, como uma de minhas garotas diz quando a comida não lhe cai bem.

No fim das contas, foi maravilhosa a facilidade com que os três novos membros da família se adaptaram ao cotidiano. Antes de se passarem 24 horas, a senhora Carew já tinha feito a senhora Chilton se interessar sobre o novo Lar para Garotas Trabalhadoras, e Sadie Dean e Jamie disputavam a chance de ajudar a descascar ervilhas ou colher flores.

Os Carew estavam na propriedade dos Harrington havia quase uma semana quando, uma noite, John Pendleton e Jimmy apareceram. Poliana sabia que em breve apareceriam. Sem dúvida, tinha incentivado muito a visita antes de os Carew chegarem. Então, fez as apresentações com visível orgulho.

– Vocês são grandes amigos meus, então quero que se conheçam e sejam bons amigos também – explicou ela.

Que Jimmy e o senhor Pendleton estavam muito impressionados com o charme e a beleza da senhora Carew não surpreendeu nem um pouco Poliana, mas o olhar que surgiu no rosto da senhora Carew ao ver Jimmy a surpreendeu muito. Era quase um olhar de reconhecimento.

– Bem, senhor Pendleton, já não nos conhecemos antes? – perguntou a senhora Carew.

Os olhos sinceros de Jimmy encontraram-se com os da senhora Carew, com admiração.

– Acho que não – respondeu, e sorriu para ela. – Tenho certeza de que nunca fui apresentado à senhora. Eu me lembraria se *eu* tivesse sido apresentado à *senhora* – disse, fazendo uma reverência.

Sua ênfase foi tão evidente que todos riram, e John Pendleton disse, rindo entre os dentes:

– Muito bem, filho, para um jovem de sua tenra idade. Eu mesmo não teria feito tão bem.

A senhora Carew corou de leve e também riu.

– Não, sério – insistiu ela –, brincadeiras à parte, com certeza há algo estranhamente familiar em seu rosto. Acho que devo ter *visto* você em algum lugar, se é que realmente não o conheci.

– E talvez tenha – disse Poliana –, em Boston. Jimmy frequenta cursos técnicos nos invernos, sabe? Ele vai construir pontes e barragens quando crescer, quero dizer – concluiu com um olhar alegre para o grande homem de 1,80 m que ainda estava parado diante da senhora Carew.

Todos riram mais uma vez, quer dizer, todos menos Jamie, e apenas Sadie Dean percebeu que Jamie, em vez de rir, fechou os olhos como se tivesse visto algo que doesse. E apenas ela sabia como, e por que, o assunto mudou tão rapidamente, porque foi a própria Sadie que o mudou. Foi ela também que, quando teve oportunidade, fez com que se falasse de livros, flores, animais e pássaros, coisas que Jamie conhecia e compreendia, assim como falaram de barragens e pontes, que (como Sadie sabia) Jamie nunca poderia construir. Isso tudo que fez, no entanto, não foi percebido por ninguém, muito menos por Jamie, o mais interessado na questão.

Quando a visita acabou e os Pendleton foram embora, a senhora Carew voltou a se referir à curiosa e perturbadora sensação de que já tinha visto o jovem Pendleton em algum lugar.

– Eu conheço, sei que conheço… de algum lugar – declarou ela, pensativa. – Claro que deve ter sido em Boston, mas… – ela deixou a frase inacabada. Então, após um instante, acrescentou: – Ele é um bom garoto, de qualquer forma. Gostei dele.

– Estou tão contente! Eu também gosto dele – exclamou Poliana, assentindo. – Sempre gostei do Jimmy.

– Você o conhece já faz tempo, então? – perguntou Jamie, um pouco melancólico.

– Ah, sim. Eu o conheci anos atrás, quando eu era uma menina, sabe? Ele era Jimmy Bean na época.

– Jimmy *Bean*! Ora, ele não é o filho do senhor Pendleton? – perguntou a senhora Carew, surpresa.

– Não, apenas por adoção.

– Adoção! – exclamou Jamie. – Então *ele* não é um filho legítimo, assim como eu.

Havia um curioso tom de quase alegria na voz do rapaz.

– Não. O senhor Pendleton não tem filhos. Nunca se casou. Ele… ele ia, uma vez, mas… não se casou.

Poliana corou e falou com súbita desconfiança. Nunca havia esquecido que foi sua mãe que, muito tempo atrás, tinha dito não a esse mesmo John Pendleton e que era a responsável pelos longos e solitários anos de solteiro do homem.

Mas a senhora Carew e Jamie não sabiam disso e, vendo o rubor nas bochechas de Poliana e sua expressão tímida, de repente chegaram à mesma conclusão.

– É possível – perguntaram-se – que esse homem, John Pendleton, já tenha tido um caso amoroso com Poliana, jovem como ela é?

Naturalmente não disseram isso em voz alta, e naturalmente não havia resposta possível. Naturalmente também, talvez, o pensamento, embora não dito, ainda não tivesse sido esquecido, mas estivesse escondido em um canto da mente deles para futuras referências, se fosse necessário.

Capítulo 21

Dias de verão

Antes que os Carew chegassem, Poliana disse a Jimmy que contava com ele para ajudá-la a entretê-los. Nesse período, Jimmy não se comportou como se estivesse loucamente disposto a atendê-la nesse propósito, mas antes que os Carew completassem quinze dias na cidade, mostrou-se não apenas disposto, mas ansioso – a julgar pela frequência e duração de suas visitas, e pela generosidade com os cavalos e os automóveis dos Pendleton.

Entre ele e a senhora Carew logo surgiu uma calorosa amizade baseada no que parecia ser uma atração peculiarmente forte de um pelo outro. Caminhavam juntos e conversavam, e chegaram a fazer diversos planos para o Lar das Garotas Trabalhadoras, a serem realizados no inverno seguinte, quando Jimmy estaria em Boston. Jamie também teve uma boa dose de atenção, e nem Sadie Dean foi esquecida. Sadie, como a senhora Carew demonstrou com clareza, era considerada um membro da família, e a senhora Carew teve o cuidado de garantir que ela estivesse incluída em tudo.

Jimmy não vinha sempre sozinho para oferecer entretenimento. Com frequência cada vez maior John Pendleton aparecia com ele. Foram planejados e realizados passeios a cavalo, de carro e piqueniques, e longas e agradáveis tardes foram passadas com livros e bordados na varanda dos Harrington.

Poliana estava encantada. Não apenas seus hóspedes pagantes estavam longe de qualquer possibilidade de sentir tédio e saudade de casa, como seus bons amigos, os Carew, agradavelmente se familiarizavam com seus outros bons amigos, os Pendleton. Então, como uma galinha com seus pintinhos, ela observava as reuniões na varanda e fazia tudo que podia para manter o grupo unido e feliz.

No entanto, nem os Carew nem os Pendleton ficavam satisfeitos em ver Poliana como uma espectadora de seus passatempos, e, com muita firmeza, pediam para que se juntasse a eles. E não aceitavam não como resposta, e Poliana com frequência cedia aos amigos.

– Como se fôssemos aceitar que você ficasse enfiada nessa cozinha quente decorando bolo! – repreendeu Jamie um dia, depois de penetrar na fortaleza de seus domínios. – Está fazendo uma manhã totalmente magnífica, e vamos todos ao vale almoçar. E *você* vai conosco.

– Mas, Jamie, não posso, não posso mesmo – recusou-se Poliana.

– Por que não? Você não vai ter de cozinhar o jantar, não estaremos aqui para comê-lo.

– Mas tem o... o almoço.

– Errou de novo. Levaremos o almoço conosco, então você não pode ficar em casa para fazer isso. Agora, o que impede você de ir junto com o *almoço*, hein?

– Ora, Jamie, eu... eu não posso. Tem a torta para decorar...

– Não quero torta decorada.

– E o pó para tirar...

– Não quero o pó tirado.

– E as providências para amanhã.

– Nos dê biscoitos e leite. Preferimos muito mais ter você, biscoitos e leite do que ter um peru no jantar sem você.

– Mas não consigo nem começar a lhe dizer quantas coisas tenho de fazer hoje.

– Não quero que você comece a me dizer – respondeu Jamie, com alegria. – Quero que você pare. Vamos, coloque seu chapéu. Vi Betty na sala de jantar, e ela disse que arrumará nosso almoço. Agora, apresse-se.

– Ora, Jamie, menino bobo, não posso ir – disse Poliana, rindo, e resistindo fracamente enquanto ele puxava a manga de seu vestido. – Não posso ir a esse piquenique com vocês!

Mas ela foi. E não foi apenas naquela vez, mas muitas outras. De fato, não conseguia evitar, porque não era só Jamie contra ela, mas Jimmy e o senhor Pendleton, para não falar da senhora Carew e de Sadie Dean, e até mesmo a tia Polly.

– E, claro, *estou* contente de ir – suspirava com alegria quando um pouco do trabalho chato era tirado de suas mãos, apesar de todos os protestos. – Mas com certeza nunca antes houve hóspedes como os meus, que querem biscoitos e leite e coisas frias, e nunca antes houve uma anfitriã como eu, correndo pelo campo desse jeito!

O ápice foi quando, um dia, John Pendleton (e tia Polly nunca deixou de exclamar porque *foi* John Pendleton) sugeriu que todos fossem acampar por duas semanas em um laguinho entre as montanhas que ficava a 65 quilômetros de Beldingsville.

A ideia foi recebida por todos com entusiasmada aprovação, menos por tia Polly. Em particular, ela disse a Poliana que tudo bem e desejável John Pendleton ter saído da azeda e morosa indiferença na qual passara muitos anos, mas que não necessariamente também era igualmente desejável que ele tentasse se tornar um garoto de vinte anos de novo. O que, em sua opinião, ele parecia estar fazendo! Em público, se contentou em dizer de maneira fria que *ela* com certeza não iria a uma viagem insana para acampar e dormir em um terreno úmido e comer insetos e aranhas, sob o disfarce de "diversão", nem achava a ideia sensata para qualquer pessoa com mais de 40 anos.

Se John Pendleton sentiu a indireta, não deixou transparecer. Com certeza não houve diminuição do entusiasmo e do aparente interesse de sua parte, e os planos para a expedição logo foram feitos, pois decidiu-se por unanimidade que, mesmo que a tia Polly não fosse, não havia razão para os outros não irem.

– A senhora Carew será a supervisora de que precisamos – declarou Jimmy de maneira descontraída.

Então, por uma semana, não se falou de outra coisa além de barracas, suprimentos alimentares, câmeras e equipamento de pesca, e pouco foi feito que de alguma forma não fosse uma preparação para a viagem.

– Vamos fazer com que seja de verdade – propôs Jimmy, animado. – Mesmo para os insetos e aranhas da senhora Chilton

– acrescentou, com um alegre sorriso no rosto diretamente para os olhos severos e reprovadores daquela senhora. Nada da sua ideia de cabine com sala de jantar! Queremos fogueira de verdade com batata cozida nas cinzas, e queremos sentar em volta da fogueira e contar histórias e assar o milho em um graveto.

– E queremos nadar, remar e pescar – disse Poliana, entrando na conversa. – E... – Ela parou de repente, os olhos no rosto de Jamie. – Quer dizer, claro – corrigiu-se com rapidez –, não queremos fazer... fazer essas coisas o tempo todo. Há muitas coisas *tranquilas* que queremos fazer também, como ler, conversar, sabe.

Os olhos de Jamie se entristeceram. Seu rosto ficou meio pálido. Os lábios se abriram, mas, antes que as palavras saíssem, Sadie Dean já estava falando.

– Ah, mas em viagens de acampamento e piquenique, sabe, *esperamos* fazer aventuras ao ar livre – interrompeu de maneira febril –, e tenho certeza de que *queremos*. No verão passado estávamos no Maine, e você tinha de ver o peixe que a senhora Carew pegou. Era... você conta – suplicou, virando-se para Jamie.

Jamie riu e balançou a cabeça.

– Eles nunca acreditariam – protestou ele – em uma história de pescador como essa!

– Experimente – desafiou Poliana.

Jamie ainda balançava a cabeça, mas a cor tinha voltado a seu rosto, e os olhos dele já não estavam tristes como se estivessem com dor. Olhando para Sadie Dean, Poliana se perguntou vagamente por que ela se acomodou tão rápido em seu assento com aquele nítido alívio.

Por fim chegou o dia marcado, e a partida foi dada no novo automóvel de turismo de John Pendleton, com Jimmy ao volante. Um zumbido, um ronco vibrante, um coro de adeus e partiam, com um longo grito da buzina sob os dedos travessos de Jimmy.

Nos dias posteriores, Poliana voltava seus pensamentos para aquela primeira noite no acampamento. A experiência foi tão nova e tão maravilhosa de tantas maneiras...

Eram quatro horas quando a jornada de 65 quilômetros de automóvel chegou ao fim. Desde as três e meia o grande carro pesadamente abria caminho em uma antiga estrada de terra que não foi projetada para automóveis de seis cilindros. Para o carro e para o motorista, essa parte da viagem era a mais cansativa, mas para os felizes passageiros, que não tinham qualquer responsabilidade sobre buracos escondidos e curvas lamacentas, não foi mais do que um prazer que crescia a cada nova paisagem através dos arcos verdes e a cada risada que ecoava quando esquivavam-se dos galhos baixos.

John Pendleton conhecera o local do acampamento anos antes, e agora o saudava com um satisfeito encanto que não deixava de se misturar com alívio.

– Ah, que maravilhoso! – disseram em coro os outros.

– Fico contente que vocês gostaram! Achei que seria legal – disse John Pendleton. – Ainda assim, eu estava um pouco ansioso, afinal, porque esses lugares mudam, sabe, às vezes, mais notavelmente. E claro que os arbustos cresceram um pouco... mas nada que não possamos limpar com facilidade.

Assim, todos começaram a trabalhar, limpando o terreno, montando as duas pequenas barracas, descarregando o automóvel, fazendo a fogueira e organizando a "cozinha e a despensa".

Foi então que Poliana começou a notar Jamie, e a temer por ele. Se deu conta de repente de que as elevações, os buracos e as colinas de pinheiros não eram como um piso acarpetado para seu par de muletas, que Jamie também percebia. E viu que, apesar de sua deficiência, tentava fazer sua parte do trabalho, e essa visão a perturbou. Por duas vezes ela se apressou e o interceptou, tirando de seus braços a caixa que tentava carregar.

– Aqui, deixe-me levar isso – implorou. – Você já fez o bastante. – E, na segunda vez, acrescentou: – Vá se sentar em algum lugar para descansar, Jamie. Você parece estar muito cansado!

Se estivesse observando de mais perto, teria visto o rápido sumiço da cor em sua testa. Mas não estava, então não viu. No entanto, para sua grande surpresa, viu Sadie Dean se apressar um momento depois, com os braços cheios de caixas, e a ouviu reclamar:

– Ah, senhor Carew, por favor, será que poderia me dar uma ajuda com essas caixas? No instante seguinte, Jamie, mais uma vez, lutando com o problema de equilibrar um monte de caixas e duas muletas, apressava-se em direção às barracas.

Com uma rápida palavra de protesto na ponta da língua, Poliana virou-se para Sadie Dean. Mas o protesto morreu sem ser dito, porque Sadie, com um dedo sobre os lábios, vinha correndo em sua direção.

– Sei que você não entende – balbuciou ela quando chegou ao lado de Poliana. – Mas não percebe? Isso o machuca... pensar que não pode fazer as coisas como as outras pessoas. Olha lá! Veja como está feliz agora.

Poliana olhou e percebeu. Viu Jamie completamente alerta equilibrar com habilidade seu peso em uma muleta e colocar seu fardo no chão. Viu seu rosto iluminado de alegria e o escutou dizer, despreocupado:

– Aqui está outra contribuição da senhorita Dean. Ela me pediu para trazer.

– Ah, sim, obrigada – disse Poliana, suspirando e voltando-se para Sadie Dean. Mas Sadie já tinha se afastado.

Poliana observou Jamie por um bom tempo depois disso, embora tomasse cuidado para não deixar que ele ou qualquer outra pessoa percebessem que o observava. E enquanto observava, seu coração doía. Por duas vezes ela o viu ensaiar uma tarefa e falhar, uma com uma caixa muito pesada para ele levantar, outra com uma mesa dobrável muito incômoda para carregar com as muletas. E a cada vez ela percebia seu rápido olhar para os outros, para ver se notaram. Também se deu conta de que ele estava evidentemente muito cansado, e que seu rosto, apesar do sorriso alegre, parecia pálido e retorcido, como se estivesse com dor.

– Acho que poderíamos ter pensado melhor – esbravejou Poliana irritada para si mesma, os olhos cheios de lágrimas. – Deveríamos ter pensado melhor antes de trazê-lo a um lugar como este. Acampamento, está bem! E com um par de muletas! Por que não pensamos nisso antes?

Uma hora mais tarde, em torno da fogueira, depois do jantar, Poliana teve sua pergunta respondida, pois, com o fogo reluzente diante dela e a suave e perfumada escuridão a sua volta, mais uma vez caiu sob os encantos que vinham dos lábios de Jamie, e outra vez esqueceu suas muletas.

Capítulo 22
Camaradas

Eles formavam um grupo alegre, os seis, e compatível. As delícias que surgiam a cada dia pareciam não ter fim, e o mais importante foi a camaradagem que parecia ser uma parte dessa nova vida que experimentavam.

Como Jamie disse uma noite, quando todos estavam sentados diante da fogueira:

– Sabe, parece que nos conhecemos muito melhor aqui na floresta, melhor em uma semana do que em um ano na cidade.

– Também acho. E me pergunto por quê – murmurou a senhora Carew, os olhos sonhadores, acompanhando a chama tremeluzente.

– Acho que é algo no ar – disse Poliana, suspirando alegre. – Há algo a respeito do céu, da floresta e do lago tão… tão… bem, é apenas isso, é tudo.

– Acho que sei o que quer dizer, porque o mundo é fechado – disse enfaticamente Sadie Dean, com uma curiosa hesitação na voz. (Sadie não se juntou ao riso que se seguiu à capenga conclusão de Poliana.) – Aqui tudo é tão real e verdadeiro que nós também podemos ser nós mesmos, reais e verdadeiros, e não o que o mundo *diz* que somos por sermos ricos ou pobres, ou grandes ou pequenos, mas o que realmente somos, *nós mesmos*.

– Oh! – zombou Jimmy de maneira descontraída. – Tudo isso soa muito bem, mas o verdadeiro motivo do senso comum é que não temos as senhoras Tom, Dick ou Harry sentadas em suas varandas laterais e comentando todas as vezes que nos mexemos, e se perguntando entre elas aonde estamos indo, por que e quanto tempo pretendemos ficar!

– Ah, Jimmy, como você tira a poesia das coisas – repreendeu Poliana, rindo.

– Mas essa é minha especialidade – disse Jimmy, animado. – Como você imagina que vou construir barragens e pontes se não puder ver nada mais que poesia na cachoeira?

– Você não pode, Pendleton! E é a ponte que conta toda vez – declarou Jamie com uma voz que gerou um súbito silêncio no grupo ao redor do fogo. Foi apenas por um momento, no entanto, porque quase no mesmo instante Sadie Dean quebrou o silêncio com um alegre:

– Argh! Eu sempre prefiro ter a cachoeira sem *qualquer* ponte por perto para estragar a vista!

Todos riram, e foi como se uma tensão se desfizesse em algum lugar. Então a senhora Carew se levantou.

– Vamos, vamos, crianças, sua severa supervisora diz que é hora de dormir!

E com um feliz coro de boa-noite o grupo se separou.

Assim os dias passaram. Para Poliana foram dias maravilhosos, e a melhor parte foi o encanto da íntima camaradagem, uma camaradagem que, embora diferisse muito com cada um, ainda assim era agradável com todos.

Com Sadie Dean ela falou sobre o novo Lar e do incrível trabalho que a senhora Carew realizava. Conversaram também sobre os velhos tempos em que Sadie vendia laços atrás do balcão e do que a senhora Carew tinha feito por ela. E Poliana ouviu algo sobre os pais de Sadie "lá na casa dela", e da alegria que Sadie, em sua nova posição, tinha conseguido levar à vida deles.

– E, afinal de contas, foi realmente graças a você, sabe – disse ela um dia a Poliana. Mas Poliana apenas balançou a cabeça, com um enfático:

– Que bobagem! Graças à senhora Carew.

Com a própria senhora Carew, Poliana também conversou sobre o Lar e seus planos para as garotas. E uma vez, no silêncio de uma caminhada ao crepúsculo, a senhora Carew falou de si mesma e de sua nova maneira de ver a vida. E ela, como Sadie Dean, disse emocionada:

– Afinal, isso aconteceu graças a você, Poliana.

Mas Poliana, como fez no caso de Sadie Dean, não concordava com nada disso, e começou a falar de Jamie, e do que *ele* tinha feito.

– Jamie é um querido – falou a senhora Carew com carinho. – E eu o amo como um filho. Ele não poderia ser mais adorado por mim se fosse mesmo o filho da minha irmã.

– Então você não acha que ele seja?

– Não sei. Nunca soube de nada conclusivo. Às vezes, tenho certeza de que é. Então volto a duvidar. Acho que *ele* acredita mesmo que é, Deus o abençoe! De qualquer modo, uma coisa é certa: ele tem bom sangue de algum lugar. Jamie não é uma criança abandonada como as outras, sabe, tem muitos talentos, e a maneira maravilhosa com que respondeu à educação e ao treinamento prova isso.

– Claro – concordou Poliana. – Desde que a senhora o ame o bastante, não importa de fato ele ser o verdadeiro Jamie ou não, importa?

A senhora Carew hesitou. Em seus olhos apareceu a velha angústia de seu coração.

– Não no que diz respeito a ele – suspirou ela, por fim. – É só que, às vezes, eu penso: se ele não é nosso Jamie, onde está Jamie Kent? Ele está bem? Está feliz? Tem alguém para amá-lo? Quando penso nisso, Poliana, fico quase louca. Eu daria tudo que tenho no mundo, acho, para *saber* se esse garoto é mesmo Jamie Kent.

Poliana costumava pensar nisso às vezes, depois de conversar com Jamie. Ele era tão seguro de si.

– É só que de alguma forma eu *sinto* que é assim – disse ele a Poliana. – Acredito que sou Jamie Kent. Acreditei nisso por muito tempo. Temo ter acreditado nisso por tanto tempo que, agora... simplesmente não iria suportar isso, descobrir que não sou ele. A senhora Carew fez tanto por mim. Imagine se, no fim das contas, eu for apenas um estranho!

– Mas ela ama você, Jamie.

– Eu sei que ela ama, e isso só machucaria ainda mais, entende?

Porque a machucaria. *Ela* quer que eu seja o verdadeiro Jamie. Sei que quer. Agora, se eu pudesse apenas *fazer* algo por ela, fazê-la se orgulhar de mim de algum jeito! Se pudesse pelo menos fazer algo para me sustentar, inclusive, como um homem! Mas o que posso fazer com... isso? – disse Com amargura, e tocou as muletas a seu lado.

Poliana ficou chocada e aflita. Foi a primeira vez que ouviu Jamie falar da deficiência desde os tempos de menino. De maneira frenética buscou em sua mente a coisa certa a dizer, mas, antes que pudesse pensar em qualquer coisa, a expressão no rosto de Jamie havia mudado por completo.

– Mas, tudo bem, esqueça! Não foi o que quis dizer! – exclamou com alegria. – Foi uma heresia ao jogo, não foi? Na verdade fico contente de ter as muletas. Elas são muito melhores do que a cadeira de rodas!

– E o Livro das Alegrias... você ainda escreve nele? – perguntou Poliana, com a voz meio trêmula.

– Claro! Tenho uma biblioteca inteira de Livros das Alegrias agora – respondeu ele. – São todos de capa de couro vermelho escuro, exceto o primeiro. Aquele é o mesmo velho caderninho que Jerry me deu.

– Jerry! Faz tempo que estou querendo lhe perguntar sobre ele! – exclamou Poliana. – Onde ele está?

– Em Boston, e seu vocabulário continua pitoresco como antes, a única diferença é que ele tem de se controlar às vezes. Ele ainda está no ramo de jornal, mas *consegue* as notícias, não as vende. É repórter, sabe? Consegui ajudá-los, ele e mamis. E você não imagina o quanto fico contente! Mamis está em um hospital para tratar do reumatismo.

– E está melhor?

– Muito melhor. Vai sair muito em breve, e vai para a casa com Jerry. Ele tem recuperado o tempo perdido de escola nesses últimos anos. Ele me deixou ajudá-lo, mas apenas como um empréstimo. Foi muito específico em determinar isso.

– Claro – concordou Poliana. – Tinha certeza de que ele iria querer que fosse assim. Eu também iria. Não é bom ter dívidas que não pode pagar. Sei como é. É por essa razão que desejo poder ajudar a tia Polly, depois de tudo que ela fez por mim!

– Mas você a está ajudando neste verão.

Poliana ergueu as sobrancelhas.

– Sim, estou recebendo hóspedes de verão. Não estou? – desafiou ela, com um floreio das mãos em direção ao entorno. – Com certeza, nunca houve um trabalho de anfitriã de hospedaria de verão como o meu! E você deveria ter ouvido as trágicas previsões de tia Polly do que hóspedes de verão seriam – ela riu sem parar.

– E como eram?

Poliana negou com a cabeça, decidida.

– Não poderia lhe dizer. Esse é um segredo mortal. Mas... – ela se interrompeu e suspirou, a expressão ficando novamente melancólica. – Isso não vai durar, sabe? Não pode. Não a hospedaria. Tenho de fazer algo nos invernos. Estive pensando. Acho que... vou escrever contos.

Jamie se virou com um susto.

– Você vai... o quê? – perguntou.

– Escrever contos... para vender, sabe? Você não precisa ficar tão surpreso! Muitas pessoas fazem isso. Conheci duas garotas na Alemanha que faziam.

– Você já tentou? – Jamie ainda falava de forma meio estranha.

– Nã-não, ainda não – admitiu Poliana. Depois, na defensiva, em resposta à expressão em seu rosto, ela repreendeu: – Eu *disse* a você que tenho hóspedes de verão agora. Não posso fazer as duas coisas ao mesmo tempo.

– Claro que não!

Ela lhe lançou um olhar de reprovação.

– Você acha que não posso fazer isso?

– Não disse isso.

– Não, mas olhou como se dissesse. Não vejo por que não poderia. Não é como cantar. Você não tem de ter uma voz para isso. E não é como um instrumento que você tem de aprender como tocar.

– Acho que é... um pouco... assim.

A voz de Jamie estava baixa. Ele desviou o olhar.

– O quê? Como assim? Ora, Jamie, é só um lápis e um papel, então... não é como aprender a tocar piano ou violino!

Houve um momento de silêncio. Então veio a resposta, ainda naquela voz baixa e desconfiada, e desviando o olhar.

– O instrumento que você vai tocar, Poliana, será o grande coração do mundo, e para mim esse parece o mais maravilhoso de todos os instrumentos... para aprender. Sob seu toque, se você for habilidosa, terá como resposta sorrisos ou lágrimas, como desejar.

Poliana deu um suspiro trêmulo. Seus olhos ficaram úmidos.

– Ah, Jamie, como você sempre coloca lindamente as coisas! Nunca pensei nisso desse jeito. Mas é, não é? Como adoraria fazer isso! Talvez eu não consiga fazer isso tudo. Mas tenho lido contos nas revistas, muitos deles. Acho que poderia escrever alguns como aqueles. *Adoro* contar histórias. Sempre repito aquelas que você conta, e sempre rio e choro também, assim como faço quando *você* as conta.

Jamie virou-se com rapidez.

– Elas *fazem* você rir e chorar, Poliana? Sério?

Havia uma ávida curiosidade em sua voz.

– Claro que fazem, e você sabe disso, Jamie. E me causam isso há muito tempo, desde a época do parque. Ninguém consegue contar histórias como você, Jamie. É você quem deve escrever histórias, não eu. E, Jamie, me diz, por que não escreve? Você faria isso de maneira maravilhosa, eu sei!

Não houve resposta. Aparentemente, Jamie não ouviu, talvez porque chamasse, naquele instante, um esquilo que corria pelos arbustos ali perto.

No entanto, não era sempre com Jamie, ou com a senhora Carew ou Sadie Dean, que Poliana fazia caminhadas e tinha conversas. Mais frequentemente era com Jimmy ou John Pendleton.

Poliana agora tinha certeza de que nunca tinha conhecido John Pendleton. O velho e sombrio mau humor desapareceu por completo desde que chegaram ao acampamento. Ele remava, nadava, pescava e perambulava com tanto entusiasmo quanto o próprio Jimmy, e quase com o mesmo vigor. À noite, em volta da fogueira, rivalizava com Jamie ao contar as histórias de aventuras, engraçadas e emocionantes, que tinham lhe acontecido em viagens ao exterior.

– No "deserto de Sara", como Nancy costuma dizer – riu Poliana uma noite, enquanto se juntava ao resto implorando por uma história.

Melhor do que tudo, no entanto, na opinião de Poliana, foram os momentos em que John Pendleton, sozinho com ela, falou de sua mãe, e de como a amava em tempos passados. O fato de ele falar com ela foi uma alegria para Poliana, mas também uma grande surpresa, porque John Pendleton jamais havia falado tão abertamente da garota que ele amou tanto, de forma irremediável. Talvez o próprio John Pendleton tenha ficado surpreso, porque uma vez disse a Poliana, pensativo:

– Eu me pergunto por que estou falando com você sobre isso.

– Ah, mas adoro que você fale – disse Poliana, com um suspiro.

– Sim, eu sei, só não achei que faria isso. Mas deve ser porque você é muito parecida com ela, quando a conheci. Você é muito parecida com sua mãe, minha querida.

– Mas eu pensei que minha mãe fosse *bonita*! – exclamou Poliana, com nítido espanto.

John Pendleton riu com ironia.

– Ela era, minha querida.

Poliana ficou ainda mais espantada.

– Então, não vejo como *posso* ser parecida com ela!

O homem gargalhou.

– Poliana, se outras garotas tivessem dito isso, eu... ah, não importa o que diria. Sua pestinha! Pobre e despretensiosa Poliana!

Poliana lançou um olhar genuinamente repreensivo aos olhos divertidos do homem.

– Por favor, senhor Pendleton, não fique com essa cara, e não implique comigo... sobre *isso*. Eu *adoraria* ser linda... mas claro que soa bobo dizer isso. Eu *tenho* espelho, sabe?

– Então aconselho você a olhar para ele, em algum momento enquanto você estiver falando – sentenciou o homem.

Os olhos de Poliana se arregalaram.

– Ora, foi exatamente o que Jimmy me falou – disse ela enfática.

– Foi mesmo? Que danado! – observou John Pendleton, de maneira seca.

Então, com uma das peculiares mudanças abruptas de atitude, ele disse, baixinho:

– Você tem os olhos e o sorriso da sua mãe, Poliana, e para mim você é… linda.

E Poliana, com os olhos embaçados por repentinas lágrimas quentes, foi silenciada.

Para Poliana, por mais agradáveis que fossem essas conversas, ainda não eram como as conversas com Jimmy. Aliás, ela e Jimmy não precisavam *falar* para serem felizes. Jimmy sempre foi tão confortável e reconfortante. Se falavam ou não, não importava. Jimmy sempre entendia. Ela não precisava ser solidária com ele… Jimmy era maravilhosamente grande, forte e feliz. Não ficava triste por um sobrinho havia muito tempo perdido, nem lamentava a perda de um amor de infância. Não tinha de se equilibrar de maneira dolorosa em um par de muletas, o que era tão difícil de ver, saber e aceitar. Com Jimmy, ela poderia ser apenas contente, feliz e livre. Jimmy era tão maravilhoso! Ele sempre foi assim, o Jimmy!

Capítulo 23

Preso a duas varetas

Aconteceu no último dia de acampamento. Para Poliana, foi uma pena, porque era a primeira nuvem a fazer uma sombra de arrependimento e tristeza em seu coração durante toda a viagem, e ela se viu suspirando inutilmente:

– Eu queria que tivéssemos ido para casa anteontem, porque então isso não teria acontecido.

Mas eles não tinham ido para casa "anteontem", e aconteceu. Foi assim:

No começo da manhã daquele último dia, todos começaram a fazer uma caminhada de cerca de três quilômetros até "a Bacia".

– Teremos o mais fantástico dos peixes para o jantar antes de partirmos – disse Jimmy. E os outros concordaram com alegria.

Assim, com o almoço e o equipamento de pesca, saíram cedo. Rindo e brincando uns com os outros, seguiram pela estreita trilha no meio da floresta, guiados por Jimmy, que conhecia melhor o caminho.

No início, Poliana caminhava logo atrás de Jimmy, mas aos poucos ficou para trás, com Jamie, que era o último da fila: Poliana achava ter visto no rosto dele a expressão que percebeu que surgia apenas quando ele tentava algo que o levava quase ao limite de suas habilidades e sua resistência. Sabia que nada o ofenderia tanto quanto que ela percebesse essa situação com clareza. Ao mesmo tempo, também sabia que dela, com mais boa vontade do que de qualquer outra pessoa, ele aceitaria uma ocasional ajuda com um tronco ou pedra problemáticos. Então, na primeira oportunidade de se deslocar sem transparecer, ela recuou aos poucos até alcançar seu objetivo, Jamie. Foi logo recompensada pela maneira com que o rosto de Jamie se iluminou e com a facilidade com que ele encontrou e ultrapassou um tronco de árvore caído no caminho, sob a agradável desculpa (cuidadosamente promovida por Poliana) de "ajudá-la a atravessar".

Uma vez fora da floresta, por um tempo a trilha os conduziu ao longo de um velho muro de pedras, com grandes extensões de pastos ensolarados e em declive de cada lado e uma pitoresca fazenda a distância. Foi em um desses pastos que Poliana viu a vara-de-ouro, que logo cobiçou.

– Jamie, espera! Vou pegar aquela flor! – exclamou com avidez. – Vai ser um buquê tão lindo para nossa mesa de piquenique!

E habilidosamente pulou o muro de pedras e desceu do outro lado.

Era estranho o quanto aquelas varas-de-ouro eram irresistíveis. Sempre à frente via outro ramo, e outro, cada um mais bonito do que o anterior. Com exclamações de alegria e gritinhos felizes para Jamie, que aguardava, Poliana, particularmente atraente em seu suéter vermelho, saltava de um ramo para outro, aumentando seu buquê. Ela já tinha as duas mãos cheias quando ouviu o terrível rugido de um touro bravo, o grito aflito de Jamie e o som dos cascos trovejando pela encosta.

O que aconteceu a seguir nunca ficou claro para ela. Ela sabia que havia deixado as varas-de-ouro caírem e correu, correu como nunca tinha corrido antes, correu pensando que nunca conseguiria fugir, voltando para o muro e para Jamie. Sabia que, atrás dela, as batidas dos cascos se aproximavam, se aproximavam, se aproximavam. Vagamente desesperada, viu ao longe a sua frente o rosto aflito de Jamie, e ouviu seus gritos roucos. Então, de algum lugar, surgiu uma nova voz, a de Jimmy, bradando um fervoroso chamado de incentivo.

Ainda assim, corria loucamente, ouvindo cada vez mais próximo o som abafado dos pesados cascos. Uma vez ela tropeçou e quase caiu. Então, de maneira vertiginosa, ela se equilibrou e disparou adiante. Sentiu sua força quase esgotada quando, de repente, perto dela, ouviu outro fervoroso grito de Jimmy. No instante seguinte, sentiu-se erguida e mantida perto de uma grande palpitação, que vagamente percebeu ser o coração de Jimmy. Foi tudo um horrível borrão, depois gritos, calor, respirações ofegantes e pesados cascos trovejando cada vez mais perto. Então, logo que percebeu que esses cascos estavam quase sobre ela, sentiu-se arremessada, ainda nos braços de Jimmy, para um lado, mas não tão longe, porque ainda podia sentir o bafo quente do animal enlouquecido enquanto corria. Quase imediatamente, ela se viu do outro lado do muro, com Jimmy curvado sobre ela, implorando-lhe para dizer a ele que não estava morta.

Com uma risada histérica que parecia um soluço, ela lutou para se desvencilhar de seus braços e se levantou.

– Morta? Claro que não... obrigada, Jimmy. Estou bem. Estou bem. Ah, como fiquei contente, contente, contente por ouvir a sua voz! Ah, foi esplêndido! Como você fez isso? – perguntou, ofegante.

– Ah! Não foi nada. Eu só... – um indistinto grito de sufocamento interrompeu de repente suas palavras. Ele se virou e encontrou Jamie no chão, de bruços, a uma pequena distância. Poliana já se apressava em sua direção.

– Jamie, Jamie, o que houve? – gritou ela. – Você caiu? Está machucado?

Não houve resposta.

– O que houve, companheiro? Você *está* machucado? – perguntou Jimmy.

Ainda não houve resposta. Em seguida, de repente, Jamie deu um impulso para cima e se virou. Então viram seu rosto e recuaram, chocados e espantados.

– Machucado? Eu? – disse quase sem voz, jogando as mãos para o alto. – Você não acha que machuca ver uma coisa como essa e não poder fazer nada? Estar preso, impotente, a um par de varetas de madeira? Posso lhe dizer que não há nada no mundo que machuque tanto!

– Ma-mas... Jamie – gaguejou Poliana.

– Não! – interrompeu o rapaz com deficiência, quase rispidamente. Ele lutou para se levantar. – Não diga nada. Não queria fazer uma cena como essa – concluiu, consternado, enquanto se virava e voltava para a trilha estreita que levava ao acampamento.

Por um instante, como se estivessem paralisados, os dois o observaram partir.

– Bem, por... Deus! – disse Jimmy, ofegante, depois, com a voz meio trêmula: – Isso foi... duro para ele!

– E eu não me dei conta, e *elogiei* você bem na frente dele – Poliana meio que soluçou. – E suas mãos, você as viu? Elas estavam *sangrando* onde as unhas cortaram diretamente a carne – concluiu ela, virando-se e tropeçando às cegas pelo caminho.

– Mas, Poliana, aonde você está indo? – gritou Jimmy.

– Atrás de Jamie, claro! Você acha que eu o deixaria assim? Vamos, temos de fazê-lo voltar.

E Jimmy, com um suspiro que não era apenas por Jamie, a seguiu.

Capítulo 24

Jimmy se dá conta

Aparentemente a viagem de acampamento foi considerada um grande sucesso, mas na realidade...

Poliana, às vezes, se perguntava se era só ela ou se havia mesmo um peculiar e indefinível constrangimento entre todos eles. Com certeza ela o sentia, e achava que tinha evidências de que os outros também. Quanto à causa de tudo, ela atribuiu sem hesitar ao último dia de acampamento, com a infeliz jornada até a Bacia.

Na verdade ela e Jimmy alcançaram Jamie com rapidez e, depois de considerável argumentação, eles o convenceram a voltar e seguir para a Bacia com eles. Mas, apesar dos esforços muito evidentes de todos para agir como se nada extraordinário tivesse acontecido, ninguém conseguiu disfarçar de verdade. Poliana, Jamie e Jimmy perderam um pouco de sua alegria, e os outros, embora não soubessem exatamente o que tinha acontecido, sentiram de maneira muito evidente que algo não estava bem, apesar de com esforço tentarem esconder esse fato. É claro, nessa situação, uma tranquila felicidade estava fora de cogitação. Mesmo o esperado jantar com o peixe foi insípido, e, no começo da tarde, voltaram ao acampamento.

Uma vez em casa, Poliana esperava que o infeliz episódio com o touro bravo fosse esquecido. Mas não conseguia fazer isso, então, para ser justa, não podia culpar os outros por não conseguirem também. Pensava nisso sempre que olhava para Jamie. Via mais uma vez a agonia em seu rosto, a mancha vermelha nas palmas de suas mãos. Seu coração doía por ele, e, porque doía tanto, sua simples presença passou a ser uma dor para ela. Com remorso, confessou a si mesma que agora não gostava de estar com Jamie, nem de falar com ele, mas isso não significava que não estivesse sempre com ele. Na verdade, estava com ele com mais frequência do que antes, porque ficou tão arrependida e temerosa de que ele percebesse seu estado de espírito infeliz que não perdeu qualquer oportunidade de responder às suas tentativas de camaradagem. De vez em quando deliberadamente o procurava. O que não precisou fazer muito, porque, nesses dias, Jamie a buscava com cada vez mais frequência.

A razão para isso, pensou Poliana, foi encontrada nesse mesmo incidente do touro e no resgate. Não que Jamie tenha feito referência direta ao assunto. Nunca o fez. E também estava mais alegre do que o habitual, mas Poliana achava que, às vezes, detectava uma amargura que nunca houve antes debaixo de tudo isso. Com certeza não podia deixar de perceber que, de vez em quando, ele parecia quase querer evitar os outros, e que praticamente suspirava aliviado quando ficava sozinho com ela. Ela achou que sabia por que estava assim, depois que ele disse a ela, como havia dito um dia, enquanto assistiam aos outros jogando tênis:

– Sabe, afinal de contas, Poliana, não há nenhuma outra pessoa que consiga entender como você.

– Entender? – No começo Poliana não sabia o que ele queria dizer. Eles tinham assistido aos jogadores por cinco minutos sem dizer qualquer palavra entre eles.

– Sim, porque você, uma vez... não pôde andar... você mesma.

– A-ah, sim, eu sei – gaguejou Poliana, e soube que sua enorme angústia deveria estar estampada no rosto, porque rápida e alegremente ele mudou de assunto, e disse, rindo:

– Vamos, vamos, Poliana, por que não me diz para jogar o jogo? Eu o faria se estivesse em seu lugar. Esqueça, por favor. Fui um grosso por fazer você se sentir assim!

E Poliana riu e disse:

– Não, não... claro que não! – Mas ela não "esqueceu". Não conseguia. E tudo só fez com que ficasse ainda mais ansiosa com Jamie e ajudando-o em tudo que pudesse.

"Como se agora eu fosse deixá-lo perceber que fico qualquer coisa, menos contente, quando está comigo!" – pensou ela, fervorosamente, enquanto logo se apressava para sua vez no jogo. No entanto, Poliana não era a única no grupo que sentia uma nova estranheza e constrangimento. Jimmy Pendleton também o sentia, embora tentasse não demonstrar.

Jimmy não estava feliz naqueles dias. De um jovem despreocupado, cujos sonhos até então eram maravilhosas travessias de abismos intransponíveis, ele se tornou um jovem de olhos ansiosos, cujas visões eram de um temido rival que levava a garota que ele amava.

Agora Jimmy sabia muito bem que estava apaixonado por Poliana. Suspeitava de que estava apaixonado por ela havia algum tempo. Na verdade ficou horrorizado por se ver tão abalado e impotente diante desse fato. Sabia que nem mesmo suas queridas pontes significavam alguma coisa quando comparadas ao sorriso no rosto da garota ou às palavras em seus lábios. Percebeu que o período mais maravilhoso do mundo para ele seria o que poderia ajudá-lo a atravessar o abismo de medo e dúvida que sentia haver entre ele e Poliana - dúvida por causa de Poliana, medo por causa de Jamie.

Naquele dia, ao ver Poliana em perigo no pasto, percebeu como o mundo seria vazio, o seu mundo, sem ela. Ao correr loucamente para a segurança com ela nos braços, percebeu o quanto era preciosa para ele. De fato, por um momento, com os braços ao redor dela, e os dela agarrando-se em seu pescoço, sentiu que ela era realmente dele. E mesmo nesse momento de perigo conheceu a emoção da suprema felicidade. Então, um pouco depois, viu o rosto e as mãos de Jamie. Para ele, poderiam significar apenas uma coisa: Jamie também amava Poliana, e Jamie teve de ficar parado, impotente, "preso a duas varetas", como dissera. Jimmy acreditava que, se tivesse sido obrigado a ficar impotente, "preso a duas varetas", enquanto outro salvava a garota que ele amava, ele também ficaria assim.

Jimmy voltou ao acampamento naquele dia com os pensamentos em uma confusão de medo e revolta. Ele se perguntou se Poliana gostava de Jamie, e foi então que surgiu o medo. Mas mesmo que gostasse, um pouco, ele deveria ficar de lado, passivo, e deixar que Jamie, sem qualquer luta, a fizesse aprender a gostar mais? Foi aí que surgiu a revolta. Na verdade, não, não faria isso, decidiu Jimmy. Deveria haver uma luta justa entre eles.

Então, Jimmy corou até a raiz dos cabelos. Seria uma luta "justa"? Uma luta entre ele e Jamie poderia ser uma luta "justa"? De repente, Jimmy se sentiu como se sentira anos antes, quando, ainda menino, desafiou um garoto para uma luta por uma maçã que ambos reivindicavam e, no primeiro golpe, descobriu que o garoto tinha uma deficiência no braço. Então ele perdeu de propósito, e deixou o menino com deficiência ganhar. Mas disse furiosamente a si mesmo que agora, neste caso, era diferente. O que estava em jogo não era uma maçã. Era a felicidade de sua vida. Poderia também ser a felicidade da vida de Poliana. Talvez ela não gostasse de Jamie, afinal, mas gostaria de seu velho amigo Jimmy, se ele mostrasse a ela que queria que ela gostasse. E ele mostraria. Mostraria...

Mais uma vez Jimmy corou com intensidade. Mas também franziu a testa, com raiva: se pudesse ao menos esquecer como Jamie estava quando disparou aquela queixa, "preso a duas varetas"! Se ao menos... Mas de que adiantaria? Não era uma luta justa, e sabia disso. Sabia também, ali mesmo, que sua decisão seria exatamente o que depois se provou: ele assistiria e esperaria. Daria a Jamie a sua chance, e, se Poliana mostrasse que gostava dele, ele se retiraria e se afastaria da vida deles, e jamais deveriam saber, nenhum deles, o quanto ele estava sofrendo. Voltaria para suas pontes – como se qualquer ponte, embora levasse à própria lua, pudesse se comparar por um instante com Poliana! Mas faria isso. Tinha de fazer.

Era tudo muito bom e heroico e Jimmy se sentia tão exaltado que foi atingido por algo que era quase felicidade quando por fim caiu no sono naquela noite. Mas o martírio difere lamentavelmente na teoria e na prática, como os aspirantes a mártires descobriram desde tempos imemoriais. Foi fácil decidir sozinho e no escuro que daria a Jamie a sua chance, mas outra coisa era fazer mesmo isso quando envolvia nada menos do que deixar Poliana e Jamie juntos quase todas as vezes que os via. Então, também estava muito preocupado com a aparente postura de Poliana em relação ao jovem com deficiência. Para Jimmy, parecia muito como se ela de fato gostasse dele, tão atenta com seu conforto, aparentemente tão ávida para estar com ele. Assim, como se fosse para responder a qualquer dúvida possível nos pensamentos de Jimmy, chegou o dia em que Sadie Dean tinha algo a dizer sobre o assunto.

Estavam todos na quadra de tênis. Sadie estava sentada sozinha quando Jimmy caminhou até ela.

– Você é a próxima com Poliana, não é? – perguntou ele.

Ela balançou a cabeça.

– Poliana não está jogando mais esta manhã.

– Não está jogando! – Jimmy franziu a testa, porque contava com o próprio jogo com Poliana. – Por que não?

Por um breve momento, Sadie Dean não respondeu. Então, com clara dificuldade, disse:

– Poliana me falou ontem à noite que achava que estávamos jogando tênis demais, que não era gentil com... o senhor Carew, porque ele não pode jogar.

– Eu sei, mas... – Jimmy parou, impotente, o cenho franzido marcando uma ruga mais profunda em sua testa. No instante seguinte, percebeu com surpresa algo tenso na voz de Sadie Dean, quando ela disse:

– Mas ele não quer que ela pare. Ele não quer que nenhum de nós faça qualquer diferença... para ele. É isso que o machuca tanto. Ela não entende. Não entende! Eu sim. Mas ela acha que entende.

Alguma coisa nas palavras ou em sua forma de falar gerou um pânico repentino no coração de Jimmy. Ele lançou um olhar duro para dela. Uma pergunta voou para seus lábios. Por um momento, ele a segurou. Então, tentando esconder a seriedade com um sorriso brincalhão, deixou que saísse.

– Ora, senhorita Dean, você não quer passar a ideia de que... de que há um interesse *especial* entre eles... entre esses dois, quer?

Ela olhou com escárnio.

– Para onde você estava olhando? Ela o adora! Quero dizer, eles se adoram – logo corrigiu ela.

Com uma exclamação desconexa, Jimmy virou-se e saiu de repente. Ele não podia confiar em si mesmo para continuar. Naquele momento não quis falar mais nada para Sadie Dean. De fato, ele se virou de maneira tão repentina que não percebeu que Sadie Dean também se virou apressadamente e ficou olhando a grama a seus pés, como se tivesse perdido alguma coisa. Evidentemente, Sadie Dean também não queria falar mais nada naquele momento.

Jimmy Pendleton disse a si mesmo que não era verdade, que o que Sadie Dean havia dito era uma besteira. No entanto, mesmo assim, verdade ou mentira, não conseguia esquecer. Isso estampou todos os pensamentos dele daí para a frente, e aparecia diante de seus olhos como uma sombra sempre que via Poliana e Jamie juntos. Ele observava em segredo seus rostos. Ouvia o tom de suas vozes. No devido tempo, veio então a pensar que era, afinal, verdade: que se adoravam, e, como consequência, seu coração ficou como se fosse de chumbo. No entanto, fiel ao que se prometeu, ele se afastou de maneira resoluta. O dado foi lançado, disse a si mesmo. Poliana não era para ser dele.

Passaram-se dias inquietos para Jimmy. Ele não se atreveu a ficar completamente afastado da propriedade dos Harrington, para que não suspeitassem de seu segredo. Estar com Poliana era agora uma tortura. Até mesmo com Sadie Dean era desagradável, porque não conseguia esquecer que foi ela quem por fim abrira seus olhos. Naquelas circunstâncias, Jamie com certeza não era um refúgio, e isso lhe deixava apenas a senhora Carew.

Felizmente eles se davam bem, e Jimmy encontrou seu único conforto naqueles dias em sua companhia. Séria ou alegre, sempre parecia saber exatamente como melhorar o humor dele, e era maravilhoso o quanto ela conhecia sobre pontes – o tipo de ponte que iria construir. Ela também era tão sábia e tão simpática, sabendo sempre a palavra certa a dizer. Um dia chegou quase a lhe falar sobre "o pacote", mas John Pendleton os interrompeu no momento errado, então a história não foi contada. John Pendleton sempre os interrompia no momento errado, Jimmy às vezes pensava, exaltado. Então, quando lembrou o que John Pendleton tinha feito por ele, ficou envergonhado.

"O pacote" era uma coisa que remetia à infância de Jimmy e nunca tinha sido mencionada a ninguém, a não ser a John Pendleton, e apenas uma vez, na época de sua adoção. Não era nada além de um grande envelope branco, surrado pelo tempo e cheio de mistério atrás de um enorme selo vermelho. Foi o pai quem lhe deu, e ele carregava as seguintes instruções escritas à mão pelo próprio pai:

Para meu filho, Jimmy. Não deve ser aberto até seus 30 anos de idade, exceto no caso de sua morte, quando deverá ser imediatamente aberto.

Houve momentos em que Jimmy especulou muito sobre o conteúdo desse pacote. Houve outras em que esqueceu sua existência. Nos velhos tempos, no Lar dos Órfãos, seu principal terror era que fosse descoberto e tirado dele. Naquela época, ele sempre o carregava escondido no forro do casaco. Nos últimos anos, por sugestão de John Pendleton, tinha sido escondido no cofre dos Pendleton.

– Porque não se sabe o quanto pode ser valioso – disse John Pendleton, com um sorriso. – E, de qualquer maneira, seu pai evidentemente queria que você o tivesse, e não queremos correr o risco de perdê-lo.

– Não, eu não quero perder, claro. – Jimmy sorriu de volta, meio sério. – Mas não estou contando que seja realmente valioso, senhor. Meu pobre pai não tinha nada que fosse de grande valor, pelo que lembro.

Foi sobre esse pacote que Jimmy quase chegou a comentar com a senhora Carew um dia, se ao menos John Pendleton não os tivesse interrompido.

– Ainda assim, talvez seja bom que não tenha falado com ela sobre isso – refletiu Jimmy depois, a caminho de casa. – Ela poderia ter pensado que papai tinha algo em sua vida que não estava muito... bem. E eu não queria que pensasse isso... do meu pai.

Capítulo 25

Poliana e o jogo

Na primeira quinzena de setembro, os Carew e Sadie Dean se despediram e voltaram para Boston. Por mais que soubesse que sentiria falta deles, Poliana deu um verdadeiro suspiro de alívio quando o trem que os levava saiu da estação de Beldingsville. Poliana não teria admitido para qualquer pessoa que teve esse sentimento de alívio, e mesmo para si mesma se desculpava.

– Não é que eu não os ame muito, os dois – suspirou, observando o trem desaparecer ao fazer a curva nos trilhos distantes. – É só que... que fico o tempo todo me lamentando em relação ao pobre Jamie e... e... estou cansada. Eu ficarei contente, apenas por voltar aos velhos tempos tranquilos com Jimmy.

Mas Poliana não voltou aos velhos tempos tranquilos com Jimmy. Os dias que se seguiram à partida dos Carew foram tranquilos, com certeza, mas não foram passados "com Jimmy". Agora, Jimmy raramente se aproximava da casa e, quando ele ligou, não era o velho Jimmy que costumava conhecer. Estava temperamental, inquieto e monossilábico, ou então muito alegre e falante de um jeito nervoso que era ainda mais intrigante e irritante. Em pouco tempo, ele também foi para Boston, e depois, claro, não o viu mais.

Então Poliana ficou surpresa em perceber o quanto sentiu sua falta. Saber que estava na cidade, e que havia uma chance de ele poder vir, era melhor do que o vazio melancólico da ausência certa, e até mesmo seu jeito intrigante que alternava tristeza e alegria era preferível ao silêncio absoluto. Então, um dia, ela se levantou com as bochechas quentes e os olhos tímidos.

– Bem, Poliana Whittier – repreendeu-se bruscamente –, achariam que você está *apaixonada* por Jimmy Bean Pendleton! Você não consegue pensar em *nada* além dele?

Logo depois, ela se esforçou para ficar muito alegre e animada, e expulsou Jimmy Bean Pendleton de seus pensamentos. Tia Polly, embora de modo involuntário, a ajudou nisso.

Com a partida dos Carew também cessou sua principal fonte de renda imediata, e tia Polly começava a se preocupar, de novo, com o estado de suas finanças.

– Realmente não sei o que será de nós, Poliana – se lamentava ela com frequência. – Claro que estamos em condições um pouco melhores agora, depois desse trabalho de verão, e temos uma pequena soma da propriedade, mas nunca sei o quão rápido isso vai acabar, como todo o resto. Se pudéssemos fazer algo para trazer algum dinheiro de imediato!

Foi em um dia, depois de uma dessas queixas lastimosas, que os olhos de Poliana depararam com o anúncio de um concurso de contos. Era muito atraente. Os prêmios eram altos e numerosos. As cláusulas foram estabelecidas em termos incríveis. Ao lê-las, era de se pensar que vencer era a coisa mais fácil do mundo. Continha até um apelo especial que poderia ter sido preparado para a própria Poliana.

"Isto é para você, você que lê isso – dizia. – *Você nunca escreveu um conto antes? Isso não significa que não pode escrever. Tente. É tudo. Você não gostaria de ganhar três mil dólares? Dois mil? Mil? Quinhentos, ou até mesmo cem? Então, por que não ir atrás disso?*

– Exatamente! – gritou Poliana, batendo palmas. – Estou tão contente por ter visto isso! E diz que posso fazer também. Acho que eu conseguiria, se tentasse. Vou contar para a tia, para que ela não precise mais se preocupar.

Poliana estava de pé e a meio caminho da porta quando um segundo pensamento fez com que ela parasse.

– Pensando bem, acho que não vou contar, afinal. Será muito mais legal surpreendê-la; e se eu *ganhar* o primeiro…

Poliana foi dormir naquela noite planejando o que *poderia* fazer com aqueles três mil dólares.

Começou sua história no dia seguinte. Quer dizer, ela, com um ar muito importante, pegou alguns papéis, apontou meia dúzia de lápis e se acomodou na grande e antiga mesa dos Harrington na sala de estar. Depois de morder com inquietação a ponta de dois lápis, escreveu três palavras na página branca a sua frente. Então deu um longo suspiro, jogou de lado o segundo lápis arruinado e pegou um verde elegante com uma bela ponta. Observou essa ponta com um pensativo franzir de testa.

– Oh, Deus! Gostaria de saber de *onde* eles tiram seus títulos. – Ela se desesperou. – Mas talvez eu deva decidir sobre a história primeiro, e depois pensar em um título adequado. Bem, *vou* fazer isso. – E logo riscou uma linha preta por cima das três palavras e posicionou o lápis para um novo começo.

Mas o começo não aconteceu logo. E, quando foi, deve ter sido um falso, porque depois de meia hora a página inteira não era mais do que uma confusão de linhas rabiscadas, com apenas algumas palavras aqui e ali deixadas para contar a história.

A essa altura, tia Polly entrou na sala. Ela pousou os olhos cansados na sobrinha.

– Bem, Poliana, o que *você* está fazendo agora? – perguntou.

Poliana riu e corou com culpa.

– Nada demais, tia. De qualquer forma, não parece muito... ainda – admitiu, com um sorriso pesaroso. – Além disso, é um segredo, e ainda não vou contar.

– Muito bem, faça o que quiser – suspirou tia Polly. – Mas devo lhe dizer que, se está tentando fazer algo diferente com esses documentos de hipoteca que o senhor Hart deixou, é inútil. Repassei todos eles duas vezes.

– Não, querida, não são documentos. É uma pilha mais agradável do que documentos jamais poderiam ser – gabou-se Poliana, em triunfo, virando-se para seu trabalho. Nos olhos de Poliana de repente surgiu uma visão cintilante do que poderia acontecer, uma vez que aqueles três mil dólares fossem dela.

Ainda por outra meia hora, Poliana escreveu, rabiscou e mastigou seu lápis, então, com a coragem abalada, mas não destruída, juntou os papéis e os lápis e deixou a sala.

– Acho que talvez seja melhor eu ficar sozinha, lá em cima – pensou enquanto se apressava pelo corredor. – Pensei que devesse fazer isso em uma mesa, sendo um trabalho literário, mas de qualquer modo a mesa não me ajudou esta manhã. Vou tentar o lugar perto da janela do meu quarto.

A cadeira da janela, no entanto, não se provou mais inspiradora, a julgar pelas páginas inúmeras vezes rabiscadas que caíam de suas mãos. Ao fim de outros trinta minutos, Poliana de repente descobriu que era hora de jantar.

– Bem, estou contente por isso, de qualquer maneira – disse a si mesma, suspirando. – Preferiria preparar o jantar a fazer isso. Não que eu não queira fazer, claro, é só que eu não sabia que daria um trabalho tão terrível... apenas um conto!

Durante o mês seguinte, Poliana trabalhou fiel e obstinadamente, mas logo descobriu que "apenas um conto" não era, na verdade, uma coisa fácil de realizar. Mas Poliana não era de colocar a mão na massa e desistir. Além disso, havia três mil dólares em jogo, ou muitos outros, se ela ganhasse o primeiro! Claro que até cem dólares eram alguma coisa! Então, dia após dia, ela escreveu, apagou e reescreveu, até finalmente a história, mesmo ruim, estar completa diante dela. Assim, com certo receio, tinha de confessar, levou o manuscrito para Milly Snow datilografar.

– Parece estar tudo certo, quer dizer, faz sentido – refletiu Poliana, hesitante, enquanto se apressava para a casa da senhora Snow –, e é uma história muito bonita sobre uma garota maravilhosa. Mas acho que tem algo em alguma parte que não está muito bom. Ah, não acredito que seja muito bom contar com o primeiro prêmio, então não ficarei muito desapontada se eu ganhar um dos menores.

Poliana sempre pensava em Jimmy quando ia à casa da senhora Snow, porque, anos antes, foi na beira da estrada, perto de sua casa, que ela o viu pela primeira vez como um menino abandonado, fugitivo do orfanato. Ela pensou nele novamente, quase sem fôlego. Então, erguendo a cabeça com orgulho, o que sempre fazia agora quando pensava em Jimmy, ela se apressou até a soleira da porta dos Snow e tocou a campainha.

Como em geral acontecia, os Snow sempre recebiam Poliana da maneira mais calorosa possível, e, como de costume, em pouco tempo falavam sobre o jogo: em nenhuma outra casa em Beldingsville o jogo do contente foi mais ardentemente jogado do que nos Snow.

– Bem, e como você está indo? – perguntou Poliana, quando terminou a parte do objetivo de sua visita.

– Esplendidamente! – disse Milly Snow, irradiando alegria. – Esse é o terceiro trabalho que consigo esta semana. Ah, senhorita Poliana, estou tão contente que você me incentivou a datilografar, e posso fazer isso de casa! E tudo graças a você.

– Que bobagem! – negou Poliana, com alegria.

– Mas é verdade. Em primeiro lugar, eu não teria conseguido fazer isso se não tivesse sido pelo jogo... fazer a mamãe ficar tão melhor, sabe, para que eu tivesse um tempo para mim. E depois, no início, você sugeriu datilografia e me ajudou a comprar a máquina. Gostaria de saber se isso não significa ser muito graças a você!

Mais uma vez Poliana protestou. Desta vez, foi interrompida pela senhora Snow, que estava na cadeira de rodas perto da janela. E tão sincera e seriamente a senhora Snow falou que Poliana, apesar de tudo, não pôde fazer nada além de ouvir o que ela tinha a dizer.

– Ouça, criança, não acho que você saiba exatamente o que fez. Mas queria que soubesse! Tem alguma coisa em seus olhos hoje, minha querida, que não gostaria de ver aí. Você está perturbada e preocupada com alguma coisa, eu sei. Posso ver. E não preciso imaginar o que é: a morte de seu tio, a situação de sua tia, tudo... não vou falar mais sobre isso. Mas há algo que quero dizer, minha querida, e você deve me deixar dizer, porque não consigo suportar ver essa sombra em seus olhos sem tentar afastá-la dizendo a você o que fez por mim, para toda a cidade e para inúmeras outras pessoas em todos os lugares.

– *Senhora Snow!* – protestou Poliana, verdadeiramente aflita.

– Ah, quero dizer, sei do que estou falando – afirmou a senhora na cadeira de rodas, triunfante. – Para começar, olhe para mim. Você não me achava uma criatura rabugenta e resmungona que nunca queria o que tinha até encontrar o que não tinha? E você não abriu meus olhos trazendo-me três tipos de coisas para que eu *tivesse* o que eu queria?

– Ah, senhora Snow, eu realmente era tão… impertinente assim? – murmurou Poliana, ficando vermelha.

– Não era impertinente – objetou a senhora Snow, com firmeza. – Você não *fez* como impertinência, e isso fez toda a diferença do mundo. Você também não deu sermão, minha querida. Se tivesse, nunca teria conseguido me fazer jogar, nem a qualquer outra pessoa, eu acho. Mas você conseguiu me fazer jogar, e veja o que ele fez por mim e por Milly! Estou tão melhor que posso me sentar na cadeira de rodas e ir a qualquer lugar neste andar. Isso significa muito quando se trata de consegiur fazer as coisas você mesma e dar às pessoas que a cercam uma chance de respirar, neste caso, Milly. E o doutor disse que tudo é por causa do jogo. Então, há outros, muitos outros, aqui nesta cidade, que ouço todo o tempo. Nellie Mahoney quebrou o pulso e ficou tão contente por não ser a perna que nem se importava com o pulso. A velha senhora Tibbits perdeu a audição, mas ficou tão contente por ter a visão que ela é realmente feliz. Você se lembra do Joe, que é vesgo, e que costumavam chamar de Joe Vesgo? Nada estava bom para ele também, como para mim. Bem, alguém o ensinou a jogar, dizem, e fez dele um homem diferente. E, ouça, querida. Não apenas nesta cidade, mas em outros lugares. Ontem recebi uma carta da minha prima de Massachussets, e ela me contou tudo sobre a senhora Tom Payson, que morava aqui. Você se lembra deles? Moravam no caminho para a colina dos Pendleton.

– Sim, ah, sim, me lembro deles – disse Poliana.

– Bem, eles saíram daqui naquele inverno em que você estava no hospital e foram para Massachussets, onde mora a minha irmã. Ela os conhece bem. Ela disse que a senhora Payson contou tudo sobre você, e como seu jogo do contente realmente os salvou de um divórcio. E agora eles não apenas jogam, mas conseguiram que muitas outras pessoas jogassem lá, e *estão* conseguindo ainda mais gente! Então, veja, querida, não tem como dizer aonde esse seu jogo do contente vai parar. Queria que você soubesse. Pensei que, às vezes, poderia ajudar… você mesma a jogar, porque não pense que não entendo, querida, que de vez em quando é difícil para você jogá-lo.

Poliana se levantou. Ela sorriu, mas seus olhos cintilaram com lágrimas, enquanto erguia a mão dando adeus.

– Obrigada, senhora Snow – disse, hesitante. – É difícil... às vezes, e talvez eu precisasse de uma ajudinha com meu jogo. Mas, de qualquer forma, agora... – seus olhos brilharam com a antiga alegria – se alguma vez eu achar que não consigo jogar eu mesma, posso me lembrar de que posso ficar contente porque há muitas pessoas jogando!

Naquela tarde, Poliana voltou para casa meio séria. Mesmo comovida pelo que a senhora Snow disse, ainda havia uma ponta de tristeza nisso tudo. Ela pensou na tia Polly... na tia Polly que tão raramente jogava, e se perguntou se ela mesma sempre jogava, quando podia.

"Talvez eu não tenha sido muito cuidadosa em tentar ver algo de contente no que tia Polly diz" – pensou ela com uma culpa inexplicável –"e talvez, se eu jogasse melhor o jogo, a tia Polly jogasse... um pouco. De qualquer forma, vou tentar. Se eu não tiver cuidado, todas as outras pessoas vão jogar meu jogo melhor do que eu!".

Capítulo 26
John Pendleton

Foi apenas uma semana antes do Natal que Poliana enviou seu conto (então habilmente datilografado) para o concurso. Os vencedores não seriam anunciados antes de abril, dizia o aviso na revista, então Poliana se preparou para a longa espera com a característica e serena paciência.

– De qualquer forma, não sei a resposta, mas fico contente por demorar – disse a si mesma –, porque por todo o inverno poderei ter a alegria de pensar que posso ganhar o primeiro prêmio em vez dos outros. Posso também pensar que vou conseguir, então, se isso acontecer, não vou ter sido infeliz de jeito nenhum. E se não conseguir, não vou antecipar todas essas semanas de tristeza, e posso ficar contente com um dos menores então.

As previsões de Poliana não contemplavam não ganhar prêmio algum. A história, tão lindamente datilografa por Milly Snow, parecia quase tão boa como se já estivesse impressa... para Poliana.

O Natal não foi uma época feliz na propriedade dos Harrington naquele ano, apesar dos extenuantes esforços que Poliana fez. Tia Polly se recusou de maneira definitiva a permitir qualquer tipo de celebração do dia, e fez sua decisão tão inconfundivelmente clara que Poliana não podia dar nem mesmo o mais simples dos presentes.

Na noite de Natal, John Pendleton apareceu. A senhora Chilton pediu desculpas e se retirou, mas Poliana, muito cansada do longo dia com a tia, o recebeu alegremente. Mas mesmo aí encontrou um aborrecimento, porque John Pendleton trazia com ele uma carta de Jimmy, e a carta não falava de nada além dos planos que ele fazia com a senhora Carew para uma maravilhosa celebração de Natal no

Lar para Garotas Trabalhadoras: e Poliana, envergonhada de assumir isso até para si mesma, não estava com estado de espírito para ouvir sobre celebrações de Natal, menos ainda de Jimmy.

John Pendleton, no entanto, não estava disposto a mudar de assunto, mesmo depois que a carta foi lida.

– Grandes façanhas, essas! – exclamou ele, enquanto dobrava a carta.

– Sim, com certeza, ótimas! – murmurou Poliana, tentando falar com o devido entusiasmo.

– E é hoje à noite, não é? Gostaria de estar com eles.

– Sim – murmurou Poliana de novo, com um entusiasmo ainda mais comedido.

– A senhora Carew sabia o que estava fazendo quando chamou Jimmy para ajudá-la, eu acho – riu o homem. – Mas me pergunto se Jimmy gosta disso... bancar o papai Noel para 50 moças de uma vez!

– Ora, ele acha encantador, claro! – Poliana ergueu um pouco o queixo.

– Talvez. Mas é um pouco diferente de aprender a construir pontes, você deve admitir.

– Ah, sim.

– Mas eu apostaria em Jimmy, eu arriscaria apostar que essas garotas também nunca tiveram um momento melhor do que o que ele vai lhes dar esta noite.

– Si-sim, claro – gaguejou Poliana, tentando manter o odioso tremor longe da voz, e tentando muito não comparar sua noite terrível em Beldingsville com ninguém além de John Pendleton àquela das cinquenta garotas em Boston... com Jimmy.

Houve uma breve pausa, durante a qual John Pendleton olhava sonhadoramente para o fogo que tremeluzia na lareira.

– Ela é uma mulher maravilhosa, a senhora Carew – disse por fim.

– Sim, sem dúvida! – Desta vez o entusiasmo na voz de Poliana era verdadeiro.

– Jimmy me escreveu sobre o que ela tem feito para essas garotas – continuou o homem, ainda olhando para o fogo. – Na última carta, escreveu muito sobre isso, e sobre ela. Disse que sempre a admirou, mas nunca tanto como agora, quando pôde ver como ela é na realidade.

– Ela é uma querida... é o que a senhora Carew é – declarou Poliana, com carinho. – Ela é uma querida em todos os sentidos, e eu a amo.

John Pendleton se agitou de repente. Ele se virou para Poliana com um olhar estranhamente divertido.

– Eu sei que ama, minha querida. Aliás, pode haver outros também... que a amam.

O coração de Poliana parou. Um súbito pensamento surgiu com uma força ofuscante e chocante. *Jimmy!* Será que John Pendleton estava querendo dizer que Jimmy gostava da senhora Carew... *daquele jeito?*

– O senhor quer dizer...? – balbuciou ela. Mas não conseguiu concluir.

Com um tique nervoso que lhe era peculiar, John Pendleton se levantou.

– Quero dizer, as garotas, claro – respondeu com calma, ainda com aquele sorriso divertido. – Você não acha que essas cinquenta garotas... a amam loucamente?

Poliana disse "sim, claro", e murmurou alguma coisa apropriada, em resposta ao comentário seguinte de John Pendleton. Mas seus pensamentos estavam confusos, e ela deixou o homem falar a maior parte do tempo pelo resto da noite.

Mas John Pendleton não parecia avesso a isso. De forma inquieta, deu uma ou duas voltas pela sala, depois se sentou em seu lugar. E, quando falava, era sobre esse assunto, senhora Carew.

– Estranho... aquele Jamie dela, não? Eu me pergunto se ele é seu sobrinho.

Como Poliana não respondeu, o homem continuou, depois de um instante de silêncio.

– Ele é um bom sujeito, de qualquer modo. Gosto dele. Tem alguma coisa boa e genuína nele. Ela está muito ligada a ele. Ficou claro, sendo ele seu sobrinho ou não.

Houve outra pausa, depois, em uma voz levemente alterada, John Pendleton disse:

– É estranho também, quando se pensa nisso, que ela nunca... tenha se casado de novo. Com certeza é uma mulher... muito bonita. Você não acha?

– Sim, sim, claro que é – disparou Poliana, apressada –, uma... uma mulher muito bonita.

Houve uma leve alteração na voz de Poliana. Naquele momento tinha a visão do próprio rosto no espelho do outro lado, e, para si mesma, Poliana nunca foi "uma mulher muito bonita".

John Pendleton ficou divagando, pensativo e satisfeito, os olhos no fogo. Se ele era escutado ou não, não parecia incomodá-lo. Mal parecia perceber se ela prestava atenção. Queria, aparentemente, apenas falar, mas, por fim, se levantou com relutância e deu boa-noite.

Por uma cansativa meia hora, Poliana ficou desejando que ele fosse embora para que pudesse ficar sozinha, mas, depois que ele foi, ela queria que ele voltasse. Descobriu de repente que não queria ficar sozinha com seus pensamentos.

Agora estava muito claro para Poliana. Não havia dúvida. Jimmy gostava da senhora Carew. Foi por isso que ficou tão mal-humorado e inquieto depois que ela partiu. Foi por isso que tão raramente foi vê-la, Poliana, sua velha amiga. Foi por isso...

Agora incontáveis detalhes do passado se amontoavam na memória de Poliana, testemunhas silenciosas que não seriam negadas.

E por que ele não deveria gostar dela? A senhora Carew com certeza era bonita e encantadora. Era mais velha que Jimmy, verdade, mas muitas vezes homens jovens se casavam com mulheres muito mais velhas do que ela. E se eles se amavam...

Poliana chorou até dormir aquela noite.

De manhã, tentou encarar com bravura o assunto. Tentou até mesmo, com um sorriso choroso, colocar à prova o jogo do contente. Ela se lembrou então de algo que Nancy lhe disse anos antes:

– Se tem pessoas no mundo que não teriam utilidade para esse seu jogo do contente seria um par de namorados brigões!

"Não que sejamos brigões, ou mesmo namorados", pensou Poliana, corando, "mas mesmo assim posso ficar contente se ele está contente, e ficar contente se ela está contente também, apenas...".

Mesmo para si mesma, Poliana não conseguia concluir essa frase.

Tendo tanta certeza agora de que Jimmy e a senhora Carew gostavam um do outro, Poliana se tornou particularmente sensível a tudo que tendesse a fortalecer essa crença. E estando sempre em busca disso, ela encontrava, como era de esperar. Primeiro nas cartas da senhora Carew.

Tenho visto muito o seu amigo, o jovem Pendleton – escreveu a senhora Carew um dia –, *e estou gostando cada vez mais dele. Mas gostaria, apenas por curiosidade, que eu pudesse traçar a origem desse sentimento difícil de entender de que já o vi antes em algum lugar.*

Depois disso, com frequência o mencionava casualmente, e, para Poliana, na própria casualidade dessas referências estava a picada mais afiada, porque mostrava de modo inegável que Jimmy e a presença de Jimmy eram agora algo natural para a senhora Carew. Poliana também encontrava combustível para o fogo de suas desconfianças em outras fontes. Com cada vez mais frequência, John Pendleton "dava uma passada em sua casa" com as histórias de Jimmy, e sobre o que Jimmy estava fazendo, e sempre mencionava a senhora Carew. Às vezes, a pobre Poliana se perguntava, de fato, se John Pendleton não conseguia falar de outra coisa além da senhora Carew e de Jimmy, de tão constante que um ou outro nome estavam em seus lábios.

Também havia cartas de Sadie Dean, e falavam de Jimmy, do que estava fazendo para ajudar a senhora Carew. Até Jamie, que só de vez em quando escrevia, tinha algo a acrescentar, porque escreveu uma noite:

São dez horas da noite. Estou sentado aqui sozinho esperando a senhora Carew vir para casa. Ela e o Pendleton estiveram em uma de suas habituais reuniões sociais para o Lar.

Do próprio Jimmy Poliana sabia muito raramente, e por essa razão disse a si mesma, com tristeza, que *poderia* ficar *contente.*

– Porque se ele não consegue escrever sobre nada além da senhora Carew e essas garotas, fico contente que não escreva com tanta frequência! – suspirou.

Capítulo 27

O dia em que Poliana não jogou

Assim, um após outro, os dias de inverno passaram. Janeiro e fevereiro desapareceram na neve e no granizo, e março chegou com um vendaval que assobiava e gemia em torno da velha casa, balançava as persianas soltas e fazia ranger as portas como se tentasse levar ao limite alguém que já estava com os nervos à flor da pele.

Nesses últimos dias, não estava sendo fácil para Poliana jogar, mas ela fazia isso com fé e coragem. Tia Polly não jogava de jeito nenhum, o que com certeza não facilitava as coisas para Poliana. Tia Polly estava triste e desanimada. Ela também não estava bem e tinha se abandonado em uma profunda melancolia.

Poliana ainda contava com o prêmio do concurso. No entanto, já tinha se conformado com um dos prêmios menores em vez do primeiro: vinha escrevendo mais histórias, e a regularidade com que eram devolvidas pelos editores das revistas começava a abalar sua fé em seu sucesso como escritora.

– Ah, bem, posso ficar contente por tia Polly ainda não saber de nada, de qualquer modo – declarou Poliana a si mesma com bravura enquanto torcia nos dedos o papel que continha um "recusado-mas-obrigado" que levava mais um conto ao naufrágio.

– Ela *não tem* como se preocupar com isso, porque não sabe sobre isso!

Nos últimos tempos a vida inteira de Poliana girava em torno da tia Polly, e era improvável que a própria tia Polly percebesse o quanto exatamente tinha se transformado e como a sobrinha lhe dedicava a vida por inteiro.

Foi em um dia particularmente sombrio de março que as coisas chegaram de certa forma a um clímax. Ao se levantar, Poliana olhou para o céu com um suspiro – tia Polly era sempre mais difícil nos dias nublados. Cantarolando, o que, no entanto, soava um pouco forçado, Poliana desceu para a cozinha e começou a preparar o café da manhã.

– Acho que vou fazer bolinhos de milho – disse ela confidencialmente ao fogão –, então, talvez, tia Polly não se importe tanto com outras coisas.

Meia hora depois ela bateu à porta da tia.

– De pé tão cedo? Ah, que bom! E você mesma arrumou o cabelo!

– Não consegui dormir. Tive de levantar – suspirou tia Polly, cansada. – Tive de fazer meu cabelo também. *Você* não estava aqui.

– Mas eu não imaginava que já estivesse pronta para mim, tia – explicou Poliana apressadamente. – Mas deixa pra lá. Você vai ficar contente por eu não ter estado quando descobrir o que eu estava fazendo.

– Bem, não vou, não esta manhã – disse tia Polly franzindo a testa de maneira perversa. – Ninguém conseguiria ficar contente esta manhã. Olha a chuva! Hoje é o terceiro dia de chuva esta semana.

– É verdade, mas você sabe que o sol nunca parece tão maravilhoso quanto depois de uma chuva dessas – disse Poliana, sorrindo, e habilmente ajeitando uma parte do laço da fita que a tia usava no pescoço. – Agora vamos. O café da manhã está pronto. Espere até ver o que fiz para você.

No entanto, tia Polly não estava disposta a se distrair naquela manhã, nem mesmo pelos bolinhos de milho. Nada era bom, nada era suportável, era assim que se sentia. E a paciência de Poliana estava profundamente abalada antes de a refeição terminar. Para piorar as coisas, o telhado acima da janela do sótão leste estava com goteira e uma carta desagradável chegou com a correspondência. Poliana, fiel a sua crença, declarou rindo que, de sua parte, estava contente por terem um teto para ter goteira; e, quanto à carta, ela a esperava fazia uma semana, e na verdade estava feliz por não ter mais que se preocupar de que ela não fosse chegar. Agora *não poderia* mais chegar, porque já *tinha* chegado, e pronto.

Tudo isso, além de outros diversos obstáculos e incômodos, atrasou o habitual trabalho da manhã até quase o meio da tarde, algo que sempre era particularmente desagradável para a metódica tia Polly, que organizava a própria vida, de preferência, pelo ponteiro do relógio.

– Mas já são três e meia, Poliana! Você sabia? – perguntou ela por fim, aflita. – E você ainda não arrumou as camas.

– Não, querida, mas arrumarei. Não se preocupe.

– Mas você escutou o que eu disse? Olha o relógio, criança. Já passam das três!

– Sim, mas não se preocupe, tia Polly. Podemos ficar contentes por não passar das quatro.

Tia Polly bufou de desdém.

– *Você* pode – observou ela de forma azeda.

Poliana riu.

– Bem, veja, tia, os relógios *são* coisas que só funcionam quando você para de pensar neles. Descobri isso muito tempo atrás no hospital. Quando eu estava fazendo algo de que gostava, e não *queria* que o tempo passasse rápido, eu só olhava para o ponteiro da hora, e sentia como se ainda tivesse muito tempo, ele andava tão devagar. Mas, em outros dias, quando eu tinha que fazer algo que doía, por uma hora talvez, eu olhava para o ponteirinho do segundo. Nessas horas eu sentia como se o Velho Tempo estivesse se dobrando para me ajudar, indo o mais rápido que podia. Hoje estou olhando para o ponteiro da hora, porque não quero que o tempo passe rápido. Entendeu? – disse ela, radiante, saindo apressada da sala antes que tia Polly tivesse tempo de responder.

Foi com certeza um dia difícil, e, quando a noite chegou, Poliana estava pálida e exausta. Isso também era motivo de preocupação para tia Polly.

– Querida criança, você parece morta de cansaço! – disse ela, irritada. – *O que* vamos fazer eu não sei. Daqui a pouco *você vai* ficar doente!

– Que besteira, tia! Não estou nem um pouco doente – declarou Poliana, desabando com um suspiro no sofá. – Mas *estou* cansada. Nossa! Como esse sofá é bom! Estou contente por estar cansada. Afinal de contas, é tão bom descansar.

Tia Polly virou-se com um gesto impaciente.

– Contente, contente, contente! Claro que você está contente, Poliana. Você está sempre contente com tudo. Nunca vi uma garota assim. Ah, sim, eu sei que é o jogo – continuou ela, em resposta à expressão que surgiu no rosto de Poliana. – E é um jogo muito bom, mas eu acho que você o leva longe demais. Essa eterna doutrina de "poderia ser pior" me enlouquece, Poliana. Honestamente, seria um verdadeiro alívio se você *não ficasse* contente por alguma coisa, em algum momento!

– Puxa, tia! – Poliana sentou-se ereta.

– Bem, seria. Tente isso algum dia e veja.

– Mas, tia, eu...

Poliana interrompeu-se e observou pensativamente a tia. Um olhar estranho surgiu em seus olhos, um sorriso lento curvava seus lábios. A senhora Chilton, que tinha voltado a seu trabalho, não percebeu e, depois de um minuto, Poliana se recostou no sofá sem terminar a frase, o curioso sorriso ainda nos lábios.

Na manhã seguinte, quando Poliana levantou, ainda estava chovendo, e um vento nordeste ainda soprava pela chaminé. Ela soltou um suspiro involuntário à janela, mas quase em seguida sua expressão mudou.

– Ah, bem, estou contente... – ela tapou os lábios com as mãos. – Meu Deus – ela deu uma risadinha, os olhos agitados –, vou esquecer, sei que vou acabar esquecendo, e isso vai estragar tudo! Tenho de me lembrar de não ficar contente por nada hoje, *nadinha.*

Naquela manhã Poliana não fez os bolinhos de milho. Preparou o café e depois foi até o quarto da tia.

A senhora Chilton ainda estava na cama.

– Ainda está chovendo, como sempre – observou ela, como cumprimento.

– Sim, o tempo está horrível, totalmente horrível – disse Poliana, ranzinza. – Choveu quase todos os dias nesta semana. Odeio esse tempo.

Tia Polly virou-se um pouco surpresa, mas Poliana olhava para o outro lado.

– Você vai se levantar agora? – perguntou ela meio desanimada.

– Ora, si-sim – murmurou tia Polly, ainda com aquela ligeira expressão de surpresa. – O que houve, Poliana? Está especialmente cansada?

– Sim, estou cansada esta manhã. E também não dormi bem. Odeio não dormir. As coisas sempre parecem piores à noite, quando você não consegue dormir.

– Acho que sei o que é isso – disse tia Polly, aflita. – Eu mesma não dormi um segundo após às duas da manhã. E tem aquele telhado! Como vamos consertá-lo, Deus, se nunca para de chover? Você esvaziou as panelas?

– Ah, sim, e levei mais algumas lá para cima. Tem uma nova goteira agora.

– Uma nova! Ora, daqui a pouco vai ter goteira por tudo!

Poliana abriu os lábios. Quase tinha dito, "Bem, podemos ficar contentes de ter tudo consertado de uma vez", quando de repente lembrou e substituiu por uma voz cansada:

– É provável, tia. É o que parece agora, e vai ser rápido. De qualquer forma, já deu trabalho o suficiente para um telhado inteiro, e já estou cheia disso! – Com essa declaração, Poliana, desviando o olhar cuidadosamente, virou-se e saiu do quarto, indiferente.

– É tão engraçado e... e tão difícil, acho que estou fazendo uma bagunça – sussurrou para si mesma, ansiosamente, enquanto desceu as escadas apressada em direção à cozinha.

Atrás dela no quarto, tia Polly a olhava pasma, com uma expressão um pouco confusa.

Tia Polly teve várias oportunidades, antes das seis da tarde, para olhar para Poliana com olhos surpresos e questionadores. Poliana não estava nada bem. O fogo não acendia, o vento abriu três vezes uma persiana e uma terceira goteira foi descoberta no telhado. O carteiro entregou a Poliana uma carta que a fez chorar (embora qualquer questionamento de tia Polly não a convencesse a dizer o motivo). Até o jantar deu errado, inúmeras coisas aconteceram durante a tarde que incitaram comentários rabugentos e desanimados.

Só após a metade do dia ter passado que um olhar de suspeita de repente lutou pela supremacia com o confuso questionamento nos olhos de tia Polly. Se Poliana percebeu, não transpareceu. Com certeza não houve melhora em seu descontentamento e sua irritação. Bem antes das seis da tarde, a suspeita nos olhos de tia Polly se tornou convicção e derrotou de modo infame o confuso questionamento. Mas, de forma bastante curiosa, um novo olhar veio tomar lugar, um olhar que era na verdade um brilho de divertimento.

Por fim, depois de uma reclamação particularmente dolorosa de Poliana, tia Polly abriu os braços, meio que rindo, com um gesto desesperado.

– Já chega, já chega, menina! Desisto. Confesso que fui derrotada no jogo. E você pode ficar... *contente* por isso, se quiser – concluiu ela com um sorriso irônico.

– Eu sei, tia, mas você disse... – começou Poliana, de maneira reservada.

– Sim, sim, mas nunca direi de novo – interrompeu tia Polly, enfática. – Misericórdia, que dia! Nunca mais quero passar por outro desse. – Ela hesitou, corou um pouco, depois continuou com evidente dificuldade: – Além disso, eu quero que você saiba que... que eu entendo que eu mesma não tenha jogado o jogo muito bem nos últimos tempos, mas, depois de hoje, vou tentar. *Onde* está meu lenço? – perguntou ela abruptamente, procurando nas dobras do vestido.

Poliana ficou de pé em um pulo e de imediato atravessou o cômodo até a tia.

– Ah, mas, tia Polly, eu não quis... era só... uma brincadeira – disse ela com a voz trêmula, aflita. – Nunca pensei que fosse entender *desse* jeito.

– Claro que você não pensou – disse tia Polly de maneira ríspida, com toda a aspereza de uma mulher dura e reprimida que abomina ceninhas e sentimentalidades e que tem medo mortal de demonstrar que seu coração foi tocado. – Você não imagina que eu saiba que você não teve essa intenção? Você acha que se eu achasse que você *estava* tentando me ensinar uma lição, eu… eu… – Mas os braços jovens e vigorosos de Poliana a abraçaram com força, e ela não conseguiu terminar a frase.

Capítulo 28

Jimmy e Jamie

Poliana não era a única que estava achando o inverno difícil. Em Boston, apesar dos extenuantes esforços para ocupar seu tempo e seus pensamentos, Jimmy Pendleton estava descobrindo que nada fazia com que ele se esquecesse por completo certo par de olhos azuis e sorridentes, e nada apagava de sua memória certa voz alegre e adorada.

Jimmy disse a si mesmo que, se não fosse pela senhora Carew e o fato de que podia ser útil para ela, não valeria a pena viver. E mesmo na casa dela as coisas não eram só alegria, porque sempre havia Jamie, e Jamie trazia lembranças de Poliana, tristes lembranças.

Totalmente convencido de que Jamie e Poliana se gostavam e de que ele mesmo, por honra, estava disposto a dar um passo para o lado e abrir caminho para Jamie, nunca lhe ocorreu fazer questionamentos. Ele não gostava de falar nem de ouvir sobre Poliana. E sabia que tanto Jamie quanto a senhora Carew tinham notícias de Poliana, e quando falavam dela, ele se forçava a ouvir, apesar da dor no coração. Mas ele sempre mudava de assunto assim que possível, e fazia com que suas cartas a ela fossem muito breves, raras e as mais formais possíveis. Porque, para Jimmy, uma Poliana que não fosse dele não era nada além de uma fonte de dor e tristeza, e ele tinha ficado contente quando chegou a hora de deixar Beldingsville e retomar os estudos em Boston: descobriu que estar perto de Poliana e ao mesmo tempo tão longe não passava de tortura.

Em Boston, com toda a efervescência de uma mente inquieta que busca distração de si mesmo, ele se dedicou a realizar os planos da senhora Carew para suas adoradas garotas trabalhadoras.

Então, quando tinha tempo sobrando dos próprios afazeres, ele se dedicava a esse trabalho, para deleite e gratidão da senhora Carew.

Assim, o inverno passou e a primavera chegou. Era uma primavera florida e alegre, cheia de brisas leves, chuvas amenas e delicados botões verdes crescendo desenfreadamente e virando flores perfumadas. Para Jimmy, no entanto, não havia nada de alegre na primavera, porque seu coração não era outra coisa senão um sombrio inverno de descontentamento.

– Se ao menos resolvessem as coisas e anunciassem o noivado – murmurava Jimmy para si mesmo, com cada vez mais frequência nos últimos dias. – Se ao menos eu pudesse saber *alguma coisa* com certeza, acho que suportaria melhor!

Um dia no fim de abril, realizou seu desejo, parte dele: soube "alguma coisa com certeza".

Eram dez horas da manhã de sábado quando, na casa da senhora Carew, Mary o conduziu até a sala de música com um bem-treinado: "Direi à senhora Carew que está aqui, senhor. Ela o está aguardando, acho."

Na sala de música, Jimmy parou de repente, desolado, ao ter a visão de Jamie ao piano, os braços esticados sobre o teclado e a cabeça curvada para baixo. Pendleton tinha meio que se virado para sair discretamente quando o homem no piano ergueu a cabeça, deixando à mostra bochechas coradas e olhos reluzentes.

– Ora, Carew – gaguejou Pendleton, perplexo –, algo... eh... aconteceu?

– Aconteceu! Aconteceu! – exclamou o jovem com deficiência, erguendo as mãos, que, como Pendleton agora via, seguravam uma carta aberta. – Tudo aconteceu! Você não pensaria assim se tivesse passado toda a sua vida dentro de uma prisão e de repente visse os portões escancarados? Você não pensaria assim se em um minuto você pudesse pedir à garota que você ama para ser sua esposa? Você não pensaria assim se... Mas, ouça! Você acha que sou louco, mas não sou. Talvez eu esteja, afinal de contas, louco de alegria. Eu gostaria de lhe contar. Posso? Tenho de contar para alguém!

Pendleton ergueu a cabeça. Era como se, de modo inconsciente, estivesse se preparando para levar um soco. Ficou um pouco pálido, mas a voz estava bem firme quando respondeu.

– Claro que pode, velho camarada. Ficarei... contente em ouvi-lo.

Carew, no entanto, mal tinha esperado por seu consentimento. Já falava apressado, embora de forma meio incoerente.

– Não é grande coisa para você, claro. Você tem os dois pés e sua liberdade. Você tem suas ambições e suas pontes. Mas eu... para mim é tudo. É a chance de viver como um homem e trabalhar como um homem, talvez. Mesmo que não seja com barragens e pontes. Já é alguma coisa! E é alguma coisa que provei que *eu posso fazer*! Ouça. Nesta carta aqui há o anúncio de que meu conto ganhou o primeiro prêmio do concurso, três mil dólares. Nesta outra carta aqui, uma importante editora aceitou com grande entusiasmo publicar meu primeiro livro. E as duas chegaram hoje, esta manhã. É de admirar que eu esteja louco de felicidade?

– Não! Não, claro que não! E eu o parabenizo, Carew, com todo meu coração – disse Jimmy, calorosamente.

– Obrigado, e é para parabenizar mesmo. Pense só no que significa para mim. Pense no que significa se, pouco a pouco, eu puder me tornar independente, como um homem. Pense no que significa se eu puder, algum dia, deixar a senhora Carew orgulhosa e feliz por ter dado a um garoto com deficiência um lugar em sua casa e em seu coração. Pense no que significa para mim poder dizer para a garota que amo que eu *realmente* a amo.

– Sim, sim, claro, garoto! – Jimmy falava com firmeza, embora agora estivesse muito pálido.

– Claro que talvez eu não deva fazer isso agora – continuou Jamie; uma repentina nuvem fazendo sombra no brilho de seu semblante. – Ainda estou preso a... isso. – Ele deu um tapinha nas muletas a seu lado. – E não posso me esquecer, claro, daquele dia na floresta no verão passado, quando vi Poliana... percebi que sempre terei de correr o risco de ver a garota que eu amo em perigo e não poder fazer nada para resgatá-la.

– Ah, mas Carew... – começou Jimmy com a voz rouca.

Carew ergueu decididamente a mão.

– Sei o que você vai dizer, mas não diga. Você nunca vai entender. *Você* não está preso a duas varetas. Você que a resgatou, não eu. E percebi então como seria, sempre, comigo e... Sadie. Eu teria de ficar parado e ver os outros...

– *Sadie!* – interrompeu Jimmy, bruscamente.

– Sim, Sadie Dean. Você parece surpreso. Você não sabia? Não desconfiou... de como eu me sentia em relação a Sadie? – perguntou Jamie, enfático. – Tenho me controlado tão bem então? Eu tentei, mas... – Ele concluiu com um leve sorriso e um gesto um pouco desesperado.

– Bem, você com certeza se controlou, camarada, pelo menos comigo – disse Jimmy, alegremente. A cor voltou ao seu rosto com vigor, e seus olhos ganharam um súbito brilho. – Então é a Sadie Dean. Nossa! Eu o parabenizo de novo, sim, sim, como diz Nancy.

Jimmy estava praticamente balbuciando de alegria e animação agora, de tão maravilhosa que foi a reação dentro dele ao descobrir que era Sadie, e não Poliana, que Jamie amava. Jamie corou e balançou a cabeça um pouco triste.

– Sem congratulações... ainda. Sabe, eu ainda não falei com ela. Mas acho que deve saber. Achei que todo mundo soubesse. Diga, quem você achou que era, senão... Sadie?

Jimmy hesitou. Depois, um pouco precipitadamente, ele soltou:

– Ora, achei que fosse... Poliana.

Jamie sorriu e apertou os lábios.

– Poliana é uma garota encantadora, e eu a amo, assim como ela me ama, mas não desse jeito. Além disso, acho que alguma outra pessoa teria algo a dizer em relação a isso, não?

Jimmy corou como um menino feliz e atento.

– Teria? – desafiou ele, tentando fazer a voz soar impessoal.

– Claro! John Pendleton.

– *John Pendleton!* – Jimmy virou-se bruscamente.

– O que tem John Pendleton? – questionou uma nova voz, e a senhora Carew surgiu com um sorriso.

Jimmy, cujo mundo desabava em ruínas pela segunda vez em cinco minutos, mal conseguiu organizar os pensamentos para dizer uma breve palavra de saudação. Mas Jamie, impassível, virou-se com um triunfante olhar de convicção.

– Nada. Só disse que achava que John Pendleton teria algo a dizer sobre Poliana amar alguém... que não seja ele.

– *Poliana! John Pendleton!* – A senhora Carew sentou-se de repente na cadeira mais próxima. Se os dois homens diante dela não estivessem tão profundamente absortos nos próprios assuntos, talvez tivessem percebido que o sorriso tinha sumido dos lábios da senhora Carew, e que um olhar estranho, quase de medo, tinha surgido em seus olhos.

– Claro – continuou Jamie. – Vocês dois estavam cegos no verão passado? Eles não ficavam muito tempo juntos?

– Bem, achei que estivessem... com todos nós – murmurou a senhora Carew, um pouco sem ânimo.

– Não como ficava com Poliana – insistiu Jamie. – Além disso, você se esqueceu do dia quando estávamos falando sobre John Pendleton se casar e Poliana corou e gaguejou e por fim disse que ele já *tinha* pensado em se casar uma vez. Bem, naquele momento eu me perguntei se não havia *algo* entre eles. Você não lembra?

– Si-sim, lembro, agora que você está falando – murmurou a senhora Carew mais uma vez. – Mas eu tinha esquecido.

– Ah, mas eu posso explicar isso – interrompeu Jimmy, umedecendo os lábios secos. – John Pendleton teve, *sim*, um romance, mas foi com a mãe de Poliana.

– A mãe de Poliana! – exclamaram duas vozes surpresas.

– Sim. Ele a amou anos atrás, mas ela não gostava dele, nem um pouco, eu acho. Ela tinha outro namorado, um pastor, e ela se casou com ele, o pai de Poliana.

– Ahh! – disse a senhora Carew, suspirando e de repente inclinando-se para a frente na cadeira. – E é por isso que ele... nunca se casou?

– Sim – garantiu Jimmy. – Para você ver que não tem nada a ver essa ideia de que ele gosta de Poliana. Ele gostava da mãe dela.

– Ao contrário, acho que minha ideia faz todo sentido – declarou Jamie, balançando a cabeça sabiamente. – Eu acho que deixa meu argumento ainda mais forte. Veja. Ele amou a mãe. Não pôde tê-la. O que seria mais natural do que agora amar a filha... e conquistá-la?

– Ah, Jamie, seu incorrigível criador de histórias! – repreendeu a senhora Carew, com uma risada nervosa. – Isso não é um romance barato, é vida real. Ela é jovem demais para ele. Ele tem de se casar com uma mulher, não com uma garota. Quer dizer, se algum dia ele se casar com alguém – corrigiu-se ela, gaguejando, com um rubor repentino surgindo no rosto.

– Talvez, mas e se ela for a *garota* de que ele gosta? – argumentou Jamie, teimoso. – E, pare para pensar: recebemos uma única carta dela em que não falasse dele? E você *sabe* como *ele* sempre fala de Poliana em suas cartas.

A senhora Carew levantou-se de repente.

– Sim, eu sei – murmurou ela, com um gesto estranho e sutil, como se afastasse algo desagradável para o lado. – Mas... – Ela não terminou a frase, e um instante depois deixou o cômodo.

Quando voltou cinco minutos depois, descobriu, para sua surpresa, que Jimmy tinha ido embora.

– Ora, pensei que ele fosse conosco ao piquenique das garotas! – exclamou ela.

– Eu também – disse Jamie, franzindo a testa. – Mas de repente ele começou a se explicar ou a se desculpar ou a dizer algo sobre ter de deixar a cidade inesperadamente e que tinha vindo para dizer que não iria conosco. De qualquer forma, logo depois foi embora. Sabe – os olhos de Jamie brilhavam de novo –, não acho que entendi muito bem o que ele disse. Tinha outra coisa em que pensar. – E, exultante, ele abriu as duas cartas diante dela, as quais havia segurado o tempo todo.

– Ah, Jamie! – disse a senhora Carew, suspirando, quando terminou de ler as cartas. – Como estou orgulhosa de você!

E de repente seus olhos se encheram de lágrimas ao ver a indescritível alegria que iluminava o rosto de Jamie.

Capítulo 29
Jimmy e John

Foi um jovem muito determinado e enérgico que desceu na estação de Beldingsville naquele sábado à noite. E foi um jovem ainda mais determinado e enérgico que, antes das dez horas da manhã do dia seguinte, andou pelas calmas ruas de domingo na cidade e subiu a colina para a propriedade dos Harrington. Vislumbrando uma adorável e familiar mecha de cabelo loiro em uma cabecinha segura de si que desapareceu dentro do gazebo, o jovem ignorou os convencionais degraus da frente e a campainha, cruzou o gramado e seguiu pelas trilhas do jardim até que ficasse cara a cara com a dona daqueles cabelos loiros.

– Jimmy! – disse Poliana, ofegante, recuando com olhos assustados. – Ora, de onde você está... vindo?

– Boston. Ontem à noite. Eu tinha de ver você, Poliana.

– Tinha de... me ver? – Poliana claramente ganhava tempo para se recompor. Jimmy estava tão grande e forte e *maravilhoso* ali na porta do gazebo que ela temeu que seus olhos surpresos tivessem revelado admiração, se não mais do que isso.

– Sim, Poliana. Eu queria, quer dizer, pensei... quer dizer, tive medo... ah, caramba, Poliana, não consigo fazer rodeios desse jeito. Vou direto ao ponto. É isso. Eu me mantive fora do caminho antes, mas não vou sair agora. Não é mais uma questão de justiça. Ele não é uma pessoa com deficiência como Jamie. Ele tem pés, mãos e cabeça como a minha, e se for para ganhar, terá de ganhar em uma luta justa. Eu *tenho* alguns direitos!

Poliana o encarava abertamente.

– Jimmy Bean Pendleton, de que diabos você está falando? – perguntou ela.

O jovem riu envergonhado.

– Não é de admirar que você não saiba. Não foi algo muito lúcido, foi? Mas eu não acho que tenho estado realmente lúcido desde ontem, quando soube pelo próprio Jamie.

– Soube... pelo próprio Jamie!

– Sim. Foi o prêmio que deu início ao assunto. Sabe, ele acabou de ganhar um...

– Ah, eu sei disso – interrompeu Poliana, avidamente. – E não é esplêndido? Veja bem, o primeiro prêmio, três mil dólares! Eu lhe escrevi uma carta ontem à noite. Ora, quando vi o nome dele e me dei conta de que era Jamie, *nosso Jamie*, fiquei tão contente que esqueci por completo de procurar pelo meu nome, e mesmo quando não encontrei o meu, e soube que não tinha ganhado nenhum prêmio, quer dizer, fiquei tão animada e satisfeita por Jamie que esqueci todo o resto – corrigiu-se Poliana, lançando um olhar consternado para o rosto de Jimmy e tentando febrilmente disfarçar a confissão parcial que tinha acabado de fazer.

Jimmy, no entanto, estava tão focado em seu problema que não notou.

– Sim, sim, foi excelente, claro. Fico feliz que tenha ganhado. Mas, Poliana, estou falando do que ele disse *depois*. Sabe, até aquele momento eu achei que... que ele gostasse de você, e que você gostasse dele, que gostassem um do outro, quero dizer, e...

– Você achou que Jamie e eu nos gostávamos! – exclamou Poliana, cujo rosto agora ganhava um leve rubor. – Ora, Jimmy, ele gosta da Sadie Dean. Sempre foi Sadie Dean. Ele costumava ficar horas falando dela para mim. E eu acho que ela gosta dele também.

– Nossa! Espero que ela goste. Mas, eu não sabia. Achei que era Jamie... e você. E achava que porque ele era uma pessoa com deficiência, sabe, não seria justo se eu... ficasse por perto e tentasse conquistar você.

Poliana inclinou-se de repente e pegou uma folha a seus pés. Quando se ergueu, desviava o olhar.

– Um sujeito não consegue... se sentir honesto, sabe, disputando uma corrida com uma pessoa que... que tem uma deficiência desde a largada. Então eu... eu fiquei de fora e lhe dei essa chance, embora tenha partido meu coração, garota. Partiu mesmo! Então ontem de manhã eu descobri, mas descobri outra coisa também. Jamie diz que tem... outra pessoa na história. Mas não vou sair do caminho por ele, Poliana. Não consigo... mesmo com tudo que ele fez por mim. John Pendleton é um homem, e ele tem dois pés perfeitos para a disputa. Ele tem de correr seus riscos. Se você gosta dele, se realmente gosta dele...

Mas Poliana tinha se virado, os olhos arregalados.

– *John Pendleton!* Jimmy, como assim? O que você está dizendo... sobre John Pendleton?

Uma grande alegria transformou o rosto de Jimmy. Ele estendeu as mãos.

– Então você não gosta, não gosta! Vejo nos seus olhos que você não gosta!

Poliana se encolheu. Ela estava pálida e trêmula.

– Jimmy, como assim? Como assim? – implorou.

– Quero dizer, você não gosta do tio John daquele jeito. Você não entende? Jamie acha que você gosta, e que ele gosta de você. Então comecei a achar que... que talvez ele gostasse. Ele está sempre falando de você, e, claro, teve a sua mãe...

Poliana deu um gemido baixo e cobriu o rosto com as mãos. Jimmy se aproximou e colocou um braço carinhoso em seus ombros. Mas mais uma vez Poliana se esquivou dele.

– Poliana, garotinha, não! Você vai partir meu coração – implorou ele. – Você não gosta *nem um pouco* de mim? É isso, e você não quer me dizer?

Ela baixou as mãos e o encarou. Seu olhar parecia amedrontado como se algo selvagem estivesse à espreita.

– Jimmy, você acha... que ele gosta de mim... desse jeito? – suplicou ela, quase sussurrando.

Jimmy balançou a cabeça de forma impaciente.

– Deixa isso pra lá, Poliana. Claro que eu não sei. Como eu saberia? Mas, querida, essa não é a questão. É você. Se você não gosta dele, e se me der apenas uma chance... metade de uma chance para permitir que eu faça você gostar de mim...

Ele pegou a mão dela e tentou puxá-la para si.

– Não, não, Jimmy, não devo! Não posso! – com a palma das pequenas mãos ela o empurrou.

– Poliana, você está querendo dizer que *gosta* dele? – o rosto de Jimmy ficou pálido.

– Não, não, claro que não, não desse jeito – balbuciou Poliana. – Mas, você não percebe? Se ele gosta de mim… de algum jeito eu terei de aprender a gostar dele.

– *Poliana!*

– Não! Não me olhe assim, Jimmy!

– Você está dizendo que se *casaria* com ele, Poliana?

– Ah, não! Quer dizer, eh, acho que si-sim… – admitiu ela, desanimada.

– Poliana, você não faria isso! Não poderia! Poliana, você… você está partindo meu coração.

Poliana deu um soluço. O rosto estava de novo entre as mãos. Por um momento continuou soluçando, quase sufocando. Então, com um gesto trágico, ergueu a cabeça e olhou diretamente para os olhos angustiados e acusatórios de Jimmy.

– Eu sei, eu sei – falava ela freneticamente. – Estou partindo o meu também, mas terei de fazer isso. Eu partiria o seu coração, o meu… mas nunca o dele!

Jimmy ergueu a cabeça. Uma repentina chama surgiu em seus olhos. Toda a sua aparência sofreu uma mudança rápida e maravilhosa. Com uma exclamação suave e triunfante, puxou Poliana para seus braços e a manteve próxima.

– Agora eu *sei* que você gosta de mim! – disse ele, suspirando em seu ouvido. – Você disse que estava partindo o *seu* coração também. Você acha que vou desistir de você agora para qualquer homem da Terra? Ah, querida, você entende muito pouco de um amor como o meu, se acha que eu desistiria de você agora. Poliana, diga que me ama… diga isso com seus maravilhosos lábios!

Por um longo minuto Poliana permaneceu sem oferecer resistência ao abraço extremamente suave que a envolvia. Em seguida, com um suspiro, que era metade de contentamento, metade de renúncia, começou a se afastar.

– Sim, Jimmy, eu amo você.

Os braços de Jimmy se enrijeceram, ele a teria puxado mais uma vez para ele, mas algo no rosto da garota o impediu. – Eu amo muito você. Mas jamais conseguiria ser feliz com você e sentir que... Jimmy, não percebe, querido? Primeiro tenho de saber que estou livre.

– Que besteira, Poliana! Claro que você é livre! – o olhar de Jimmy parecia outra vez revoltado.

Poliana balançou a cabeça.

– Não com isso pairando sobre mim, Jimmy. Você não percebe? Foi minha mãe, há muito tempo, que partiu o coração dele... *minha mãe*. E, como consequência, durante todos esses anos ele teve uma vida solitária, sem amor. Se agora viesse até mim e me pedisse para fazer isso por ele, eu *faria*, Jimmy. Eu *faria*. Eu não poderia *recusar*. Você não entende?

Mas Jimmy não entendia, não podia entender. Não entenderia, embora Poliana tivesse implorado e argumentado longa e chorosamente. Mas Poliana também estava obstinada, embora tão doce e tristemente obstinada que Jimmy, apesar de sua dor e raiva, quase teve vontade de confortá-la.

– Jimmy, querido – disse Poliana, por fim –, temos de esperar. É tudo o que posso dizer agora. Espero que ele não goste de mim, e eu... eu não acredito que goste. Mas preciso *saber*. Preciso ter certeza. Teremos de esperar um pouco até eu descobrir, Jimmy – até eu descobrir!

E a esse plano Jimmy teve de se submeter, embora com o coração muito revoltado.

– Tudo bem, garota, vamos fazer como você diz, claro – disse ele, desolado. – Mas com certeza nenhum homem antes ficou esperando por uma resposta até que a garota que ele ama, *e que o ama*, saiba se outro homem a quer!

– Eu sei, mas, sabe, querido, nunca antes o outro homem quis a mãe dela – suspirou Poliana, o rosto contraído em uma expressão ansiosa.

– Muito bem, voltarei para Boston, claro – concordou Jimmy de forma relutante. – Mas não ache que desisti, porque não desisti. Nem desistirei, desde que saiba que você realmente gosta de mim, minha amada – concluiu ele, com um olhar que a fez se retirar, com o coração palpitante, do alcance de seus braços.

Capítulo 30

John Pendleton vira a chave

Jimmy voltou para Boston naquela noite com uma irresistível mistura de felicidade, esperança, exasperação e revolta. Havia deixado para trás uma garota que estava em um estado de espírito ainda menos invejável, porque Poliana, tremendo de felicidade com o maravilhoso pensamento do amor de Jimmy por ela, ainda estava tão desesperadamente aterrorizada com a ideia do possível amor de John Pendleton que não havia sensação de alegria que não carregasse sua pontada de medo.

Mas, felizmente para todos os envolvidos, esse estado de coisas não teve longa duração, porque, quando houve chance, John Pendleton, em cujas inocentes mãos estava a chave da situação, menos de uma semana depois da rápida visita de Jimmy, virou essa chave na fechadura e abriu a porta da dúvida.

Foi em uma quinta-feira, no fim da tarde, que John Pendleton visitou Poliana. Acontece que, como Jimmy, ele viu Poliana no jardim e foi direto até ela.

Poliana, olhando para seu rosto, sentiu uma repentina dor no coração.

– Ele está vindo, está vindo! – disse ela, trêmula. E involuntariamente virou-se como se fosse fugir.

– Poliana, espere um minuto, por favor – chamou o homem, apressando os passos. – É exatamente com você que quero falar. Vamos lá, não podemos ir ali? – sugeriu ele, virando em direção ao gazebo. – Quero conversar com você sobre... uma coisa.

– Ora, si-sim, claro – gaguejou Poliana, com uma alegria forçada. Ela sabia que estava corando, e desejava particularmente não ficar corada naquele momento. E também não ajudava o fato de ele ter escolhido logo o gazebo para a conversa. Para Poliana, o gazebo agora era sagrado por certas lembranças carinhosas de Jimmy. – E pensar que tinha que ser aqui, *aqui!* – Ela tremia sem parar. Mas disse em voz alta, ainda alegremente: – A tarde está linda, não está?

Não houve resposta. John Pendleton entrou no gazebo e sentou-se em uma cadeira rústica sem nem mesmo esperar que Poliana se sentasse – um gesto um tanto incomum de sua parte. Poliana, percebendo uma expressão nervosa em seu rosto, achou-a tão assustadoramente parecida com o velho semblante duro e ressentido que ele tinha nas memórias de sua infância que soltou uma exclamação involuntária.

Mesmo assim John Pendleton não prestou atenção. Ainda mal-humorado, estava absorto em pensamentos. Por fim, ele ergueu a cabeça e olhou sombriamente para os olhos assustados de Poliana.

– Poliana.

– Sim, senhor Pendleton.

– Você se lembra do tipo de homem que eu era quando me conheceu, anos atrás?

– Ora, si-sim, acho que sim.

– Um espécime de humano encantadoramente agradável, não?

Apesar de perturbada, Poliana deu um leve sorriso.

– Eu... *eu* gostava do senhor. – Só depois que pronunciou as palavras Poliana percebeu como exatamente soariam. Ela se esforçou para retirá-las ou modificá-las, e quase acrescentou um "quero dizer, gostava de você *na época!*", quando se interrompeu bem a tempo: com certeza *isso* não ajudaria em nada! Ela então esperou, temerosamente, pelas palavras seguintes de John Pendleton. Elas vieram quase que em seguida.

– Sei que gostava, que Deus abençoe seu coraçãozinho! E era isso que me salvava. Eu me pergunto, Poliana, se algum dia consegui fazer você perceber exatamente o que sua confiança e seu carinho infantis fizeram por mim.

Poliana gaguejou um confuso protesto, mas ele ignorou sorrindo.

– Ah, sim, era! Era você e ninguém mais. Eu me pergunto se você também se lembra de outra coisa – continuou o homem, depois de um instante de silêncio, durante o qual Poliana olhou furtiva, mas demoradamente na direção da porta. Eu me pergunto se você se lembra de quando uma vez eu lhe disse que nada, a não ser o coração e a mão de uma mulher, ou a presença de uma criança, poderiam formar um lar.

Poliana sentiu o sangue subir ao rosto.

– Si-sim, nã-não… quero dizer, sim, lembro – gaguejou ela. – Mas não… acho que seja assim agora. Quer dizer, tenho certeza de que agora a sua casa é tão maravilhosa quanto esta e…

– Mas é da minha casa que eu estou falando, criança – interrompeu o homem de maneira impaciente. – Poliana, você sabe o tipo de lar que um dia desejei ter, e como essas esperanças foram por água abaixo. Não pense, querida, que estou culpando sua mãe. Não estou. Ela seguiu seu coração, o que era o certo. E fez a escolha mais sábia, de qualquer forma, como ficou provado pela forma terrível com que desperdicei a minha vida por causa dessa decepção. Afinal de contas, Poliana, não é estranho – acrescentou John Pendleton, a voz ficando mais suave – que seja a mãozinha da própria filha dela que tenha por fim me levado ao caminho da felicidade?

Poliana umedecia repetidamente os lábios.

– Mas senhor Pendleton, eu… eu…

Mais uma vez ele ignorou seus protestos com um gesto sorridente.

– Sim, foi, Poliana, sua mãozinha, muito tempo atrás – você e seu jogo do contente.

– Ahh! – Poliana relaxou visivelmente em seu assento. O terror em seus olhos começou aos poucos a diminuir.

– E todos esses anos eu venho me tornando, aos poucos, um homem diferente, Poliana. Mas há uma coisa que não mudou, minha querida. – Ele fez uma pausa, desviou o olhar, depois voltou os olhos extremamente ternos para o rosto de Poliana. – Eu ainda acho que o coração e a mão de uma mulher, ou a presença de uma criança, formam um lar.

– Sim, ma-mas você tem a presença da criança – disparou Poliana, o terror voltando aos olhos. – Tem o Jimmy, sabe.

O homem deu uma gargalhada.

– Eu sei, mas... não acho que poderíamos dizer que Jimmy é... é exatamente a presença de uma criança há muito tempo – observou ele.

– Nã-não, claro que não.

– Além disso, Poliana, eu me decidi. Tenho de ter a mão e o coração de uma mulher. – A voz baixou de tom e estava um pouco trêmula.

– Ahh, decidiu? – os dedos de Poliana estavam entrelaçados um no outro em um aperto espasmódico. John Pendleton, no entanto, não parecia ver ou escutar. Ele tinha se levantado e andava nervosamente de um lado para o outro na pequena casa.

– Poliana – ele parou e a encarou –, se... se você fosse eu, e fosse pedir à mulher que ama para vir e fazer de seu velho amontoado de pedras cinza um lar, como você faria?

Poliana quase se levantou da cadeira. Os olhos buscaram a porta, desta vez clara e ansiosamente.

– Ah, mas, senhor Pendleton, eu não faria isso de jeito nenhum, de jeito nenhum – balbuciou ela, um pouco descontrolada. – Tenho certeza de que o senhor seria muito mais feliz do jeito que está.

O homem a encarou confuso e surpreso, em seguida riu de maneira sombria.

– Pela minha honra, Poliana, isso é... tão ruim assim? – perguntou ele.

– Ruim? – Poliana aparentava estar posicionada para fugir.

– Sim. É só a sua maneira de tentar suavizar o golpe de dizer que você não acha que ela me aceitaria?

– Ah, nã-não, na verdade, não. Ela diria sim, ela *teria* de dizer sim, sabe – explicou Poliana com terrível sinceridade. – Mas estive pensando, quer dizer, estava pensando que se... se a garota não amar o senhor, o senhor realmente seria mais feliz sem ela, e... – Ao ver a expressão que surgiu no rosto de John Pendleton, Poliana interrompeu-se no mesmo instante.

– Eu não iria querer ficar com ela se ela não me amasse, Poliana.

– Não, também acho que não. – Poliana começou a parecer um pouco menos perturbada.

– Além disso, ela não é uma garota – continuou John Pendleton. – É uma mulher madura, que, provavelmente, sabe muito bem o que quer. – A voz do homem era grave e um pouco acusatória.

– A-ahh! Ah! – exclamou Poliana, a felicidade que surgia em seus olhos rapidamente se transformando em uma indescritível pontada de alegria e alívio. – Então você ama uma pessoa… – com um esforço quase sobre-humano, Poliana suprimiu o "diferente" antes que deixasse seus encantadores lábios.

– Sim, eu amo uma pessoa! Não estava falando para você exatamente isso? – perguntou John Pendleton, rindo, um pouco exaltado. – O que eu quero saber é… ela pode me amar? Era nessa parte que eu estava meio que contando com a sua ajuda, Poliana. Sabe, ela é uma grande amiga sua.

– É mesmo? – balbuciou Poliana. – Então ela simplesmente tem de amar você. Vamos fazê-la amar você! Talvez ela já ame, aliás quem é ela?

Houve uma longa pausa antes que a resposta viesse.

– Acho, afinal de contas, que eu não… sim, eu vou. É a… você não consegue adivinhar? É a senhora Carew.

– Ah! – disse Poliana, suspirando, com uma expressão inconfundivelmente alegre. – É maravilhoso! Estou tão contente, *contente, contente!*

Uma longa hora depois, Poliana enviou uma carta a Jimmy. Era confusa e incoerente – uma série de frases inacabadas e ilógicas, mas timidamente alegres, pelas quais Jimmy concluiu muita coisa: um pouco a partir do que estava escrito; e muito a partir do que ficou por escrever. Afinal de contas, ele precisava de mais do que isso?

Ah, Jimmy, ele não me ama nem um pouco. Ele ama outra pessoa. Não posso lhe contar quem é, mas o nome dela não é Poliana.

Jimmy só tinha tempo para pegar o trem das sete para Beldingsville, e ele pegou.

Capítulo 31

Após longos anos

Poliana ficou tão feliz na noite em que enviou a carta para Jimmy que não conseguiu manter segredo. Antes de se deitar, sempre ia ao quarto da tia para ver se ela precisava de alguma coisa. Naquela noite, depois das perguntas habituais, ela se virou para apagar a luz quando um repentino impulso a enviou de volta à cabeceira da tia. Um pouco ofegante, ela se ajoelhou.

– Tia Polly, estou tão feliz que tenho de lhe contar uma coisa. Eu *quero* lhe contar. Posso?

– Contar para mim? Contar o quê, menina? Claro que você pode me contar. Quer dizer, são boas notícias... para *mim*?

– Ah, sim, querida, espero que sejam – respondeu Poliana, corada. – Espero que deixem a senhora... *contente*, um pouco, por mim, sabe. Claro que Jimmy vai falar com a senhora da forma adequada um dia. Mas *eu* queria contar primeiro.

– Jimmy! – A expressão da senhora Chilton mudou perceptivelmente.

– Sim, quando... quando ele pedir a minha mão para a senhora – gaguejou Poliana, com o rosto radiante corado. – Ah, estou tão feliz que *tinha* de lhe contar!

– Pedir a sua mão para mim? Poliana! – A senhora Chilton sentou-se na cama. – Você não está querendo dizer que há alguma coisa séria entre você e... Jimmy Bean!

Poliana recuou com desânimo.

– Ora, tia, achei que você *gostasse* de Jimmy!

– E gosto, em seu lugar. Mas esse lugar não é como marido da minha sobrinha.

– *Tia Polly!*

– Pare, pare, menina, não fique tão surpresa. Isso é um completo absurdo, e fico contente por poder impedir isso antes que vá mais longe.

– Mas, tia Polly, *foi* mais longe – disse Poliana com a voz trêmula. – Eu... eu já aprendi a am... go-gostar dele, muito.

– Então vai ter de desaprender, Poliana, porque nunca darei minha permissão para que você se case com Jimmy Bean.

– Mas... por que, tia?

– Antes de tudo porque não sabemos nada sobre ele.

– Ora, tia Polly, sempre o conhecemos, desde que eu era uma garotinha!

– Sim, e o que ele era? Um maltrapilho sem educação que tinha fugido de um orfanato! Não sabemos nada sobre sua família, sua linhagem.

– Mas não vou me casar com sua fa-família nem com sua linhagem!

Com um gemido impaciente, tia Polly se recostou no travesseiro.

– Poliana, você está me deixando decididamente doente. Meu coração está batendo como um martelo hidráulico. Não vou conseguir dormir um segundo esta noite. Não *podemos* deixar esta conversa para amanhã?

Poliana se levantou de imediato, seu rosto era uma máscara de remorso.

– Ora, sim, sim, com certeza, claro, tia Polly! E amanhã você vai se sentir diferente, estou segura disso. Sei disso – reiterou a garota, a voz trêmula de esperança conforme se virou para apagar a luz.

Mas a tia Polly não se "sentiu diferente" na manhã seguinte. Se alguma coisa mudou foi que sua oposição ao casamento estava ainda mais determinada. Em vão, Poliana implorou e argumentou. Em vão, mostrou o quanto sua felicidade dependia profundamente disso. Tia Polly estava obstinada. Não aceitaria nenhuma ideia. De maneira áspera advertiu Poliana quanto aos possíveis males da hereditariedade, e avisou-a dos perigos de se casar com alguém de quem não sabia de que tipo de família vinha. Por fim, apelou ao senso de dever e gratidão de Poliana para com ela, lembrou os longos anos de amor e carinho que tinha recebido na casa da tia, e implorou de forma lamentável para que não partisse seu coração com esse casamento, como a mãe tinha feito anos antes com o casamento *dela*.

Quando o próprio Jimmy, de rosto radiante e olhos brilhantes, chegou às dez da manhã, foi recebido por uma pequena Poliana, soluçando assustada, que tentou de forma ineficaz impedi-lo de entrar com as mãos trêmulas. Com o rosto pálido, mas braços desafiadoramente ternos que a seguravam perto de si, ele exigiu uma explicação.

– Poliana, querida, que diabos significa isso?

– Ah, Jimmy, Jimmy, por que você veio, por que você veio? Eu ia lhe escrever e lhe contar imediatamente – lamentou-se Poliana.

– Mas você me escreveu, querida, recebi ontem à tarde, bem a tempo de pegar o trem.

– Não, não... ia escrever *de novo*, eu quis dizer. Eu não sabia então que nã-não poderia.

– Não poderia! Poliana – os olhos dele flamejavam de ira –, você não está querendo me dizer que tem o amor de *outra* pessoa pelo qual você acha que tem de me deixar esperando? – perguntou ele, segurando-a a um braço de distância.

– Não, não, Jimmy! Não me olhe assim. Não posso suportar!

– Então o que foi? O que você não pode fazer?

– Não posso... me casar com você.

– Poliana, você me ama?

– Sim. Ah, si-sim.

– Então você vai se casar comigo – disse Jimmy, triunfante, os braços envolvendo-a mais uma vez.

– Não, não, Jimmy, você não entende. É... tia Polly – disse ela, com dificuldade.

– *Tia Polly!*

– Sim. Ela... não quer deixar.

– Rá! – Jimmy jogou a cabeça com uma leve risada. – Vamos dar um jeito na tia Polly. Ela acha que vai perder você, mas vamos lembrá-la que... ela vai ganhar um novo sobrinho! – concluiu ele, fingindo importância.

Mas Poliana não sorriu. Ela virou o rosto de um lado para o outro em desespero.

– Não, não, Jimmy, você não entende! Ela... ela... ah, como posso dizer isso? Ela tem objeções a... *você*... *comigo*.

Os braços de Jimmy relaxaram um pouco, os olhos ficaram sérios.

– Ah, bem, suponho que não posso culpá-la por isso. Não sou uma maravilha, claro – admitiu ele, constrangido. – No entanto – ele virou os olhos amáveis para ela –, eu tentaria fazer você... feliz, querida.

– Claro que tentaria! Sei que tentaria – protestou Poliana, em lágrimas.

– Então, por que não... me dar a chance de tentar, Poliana, mesmo que ela... não aprove totalmente a princípio. Talvez com o tempo, depois de casarmos, poderíamos conquistá-la.

– Ah, mas eu não poderia... não poderia fazer isso – resmungou Poliana – depois do que ela disse. Não poderia... sem seu consentimento. Sabe, ela fez tanto por mim, e é tão dependente de mim. Ela não está nada bem agora, Jimmy. E, realmente, nos últimos tempos tem sido tão... tão maravilhosa, e está fazendo tanto esforço para jogar, sabe, apesar de todos os problemas. E ela... ela chorou, Jimmy, e implorou para que eu não partisse seu coração, como a mamãe fez muito tempo atrás. E, Jimmy, eu... eu simplesmente não poderia, depois de tudo que ela fez por mim.

Houve uma pausa. Em seguida, com intenso rubor surgindo em sua testa, Poliana falou, angustiada.

– Jimmy, se você... se você pudesse ao menos contar a tia Polly algo sobre seu pai e sua família e...

De repente, Jimmy soltou os braços nas laterais do corpo. Recuou um pouco, empalidecendo.

– É... isso? – perguntou ele.

– Sim. – Poliana se aproximou e tocou seu braço com timidez. – Não pense... que é por mim, Jimmy. Eu não me importo. Além disso, *sei* que seu pai e sua família eram todos... todos bons e nobres, porque *você* é tão bom e nobre. Mas ela... Jimmy, não me olhe assim!

Mas Jimmy, com um leve gemido, já tinha se afastado bastante dela. Um instante depois, com apenas algumas palavras abafadas que ela não conseguiu entender, ele foi embora.

Da propriedade dos Harrington, Jimmy foi direto para casa e procurou John Pendleton. Ele o encontrou na grande biblioteca adornada de vermelho, onde, alguns anos antes, Poliana buscava com medo pelo "esqueleto no armário de John Pendleton".

– Tio John, você se lembra do pacote que meu pai me deu? – perguntou ele.

– Ora, sim. O que houve, filho? – John Pendleton tinha dado um pulo de susto ao ver o rosto de Jimmy.

– Esse pacote tem de ser aberto, senhor.

– Mas... as condições!

– Não posso evitar. Tem de ser hoje. Isso é tudo. Você faria isso?

– Ora, si-sim, meu garoto, claro, se você insiste. Mas... – interrompeu-se impotente.

– Tio John, como talvez já tenha imaginado, eu amo Poliana. Eu a pedi para ser minha esposa, e ela consentiu. – O homem mais velho fez uma exclamação de alegria, mas o outro não fez uma pausa nem mudou a expressão seriamente determinada. – Agora ela diz que não pode se casar comigo. A senhora Chilton é contra. Ela tem objeções a *minha* pessoa.

– Objeções a *você*! – os olhos de John Pendleton brilharam de raiva.

– Sim. Descobri o porquê quando... Poliana implorou que eu contasse para a tia algo sobre... sobre meu pai e minha família.

– É uma pena! Achei que Polly Chilton tivesse mais bom senso. Mas, afinal, isso é muito do seu feitio. Os Harrington sempre foram excessivamente orgulhosos de sua linhagem e de sua família – disse John Pendleton, irritado. – Bem, você faria isso?

– *Faria!* Estava na ponta da minha língua contar para Poliana que não poderia ter havido um pai melhor do que o meu, então, de repente, me lembrei do pacote e do que ele dizia. E fiquei com medo. Não ousei dizer uma palavra até que soubesse o que havia no pacote. Há algo que meu pai não queria que eu soubesse até os 30 anos de idade, quando eu seria um homem adulto e poderia aguentar qualquer coisa. Sabe? Tem um segredo em algum lugar em nossa vida. Preciso saber que segredo é esse, e tem de ser agora.

– Mas, Jimmy, menino, não seja tão trágico. Pode ser um segredo bom. Talvez seja algo de que *gostará* de saber.

– Talvez. Mas, se fosse, por que teria mantido segredo de mim até que eu fizesse 30 anos? Não! Tio John, era algo que ele estava tentando esconder de mim até que eu tivesse idade suficiente para suportar e não vacilar. Entenda, não estou culpando meu pai. O que quer que seja, foi algo que não pôde evitar, eu lhe garanto, mas *o que* foi eu preciso saber. O senhor pega, por favor? Está no seu cofre, o senhor sabe.

John Pendleton se levantou no mesmo momento.

– Vou pegar – disse ele.

Três minutos depois estava na mão de Jimmy, mas ele o estendeu logo em seguida.

– Preferiria que o senhor lesse, por favor. E então me contasse.

– Mas, Jimmy, eu... tudo bem. – Com um gesto decisivo, John Pendleton pegou um abridor de cartas, cortou o envelope e puxou seu conteúdo. Havia um pacote com inúmeros papéis amarrados juntos e uma folha dobrada sozinha, aparentemente uma carta. Foi esta que John Pendleton abriu e leu primeiro. Enquanto ele lia, Jimmy, tenso e ofegante, observava seu rosto. Ele viu, então, o olhar de espanto, alegria e algo mais que não conseguia nomear surgir no semblante de John Pendleton.

– Tio John, o que foi? O que foi? – perguntou ele.

– Leia... você mesmo – respondeu o homem, colocando a carta na mão estendida de Jimmy. E Jimmy leu:

Os papéis aqui contidos são a prova legal de que meu menino Jimmy é de fato James Kent, filho de John Kent, que se casou com Doris Wetherby, filha de William Wetherby, de Boston. Há também uma carta na qual explico a meu garoto por que eu o mantive longe da família de sua mãe por todos esses anos. Se este pacote for aberto por ele aos 30 anos de idade, ele lerá esta carta e, espero, perdoará um pai que temia perder completamente seu garoto, então, tomou essa atitude drástica de ficar com ele só para si. Se for aberta por estranhos, em razão de sua morte, solicito que a família de sua mãe em Boston seja notificada de imediato, e que o pacote de documentos seja entregue intacto em suas mãos.

John Kent

Jimmy estava pálido e trêmulo quando olhou para os olhos de John Pendleton.

– Eu sou... o Jamie perdido? – perguntou ele, sem palavras.

– Essa carta diz que você tem os documentos que provam isso – disse o outro, assentindo.

– Sobrinho da senhora Carew?

– Claro.

– Mas, ora... o que... não consigo acreditar! – Houve um minuto de pausa antes que o rosto de Jimmy reluzisse com uma nova alegria. – Então, eu agora sei exatamente quem eu sou! E posso dizer a senhora Chilton *algo* sobre a minha família.

– Diria que você pode – respondeu John Pendleton, de maneira seca. – Os Wetherby de Boston podem ser rastreados desde as Cruzadas, e eu não sei, mas talvez até o ano um. Isso deverá satisfazê-la. Quanto a seu pai, ele vem de boa família também, a senhora Carew me disse, embora fosse um tanto excêntrico e não agradasse muito a eles, como você sabe, claro.

– Sim. Meu pobre pai! E que vida ele deve ter vivido comigo todos esses anos, sempre com medo de ser encontrado. Agora entendo muitas coisas que costumavam me intrigar. Uma mulher me chamou de "Jamie" uma vez. Jesus! Como ele ficou bravo! Agora sei por que saímos apressados na mesma noite sem nem esperar pelo jantar. Meu pobre pai! Foi logo depois disso que ele caiu doente. Não conseguia usar as mãos nem os pés, e logo não conseguia mais andar direito. Algo prejudicou sua fala. Eu lembro que quando ele morreu estava tentando me dizer alguma coisa sobre o pacote. Agora eu acredito que estivesse me dizendo para abri-lo e ir procurar a família de minha mãe, mas na época achei que estivesse apenas pedindo para guardá-lo em segurança. Então foi o que lhe prometi.

Mas isso não o reconfortou. Só pareceu deixá-lo ainda mais preocupado. Sabe, eu não entendi. Meu pobre pai!

– Acho melhor darmos uma olhada nesses documentos – sugeriu John Pendleton. – Além disso, tem uma carta do seu pai para você, pelo que entendi. Você não quer ler?

– Sim, claro. E depois... – disse o jovem, rindo envergonhado e olhando para o relógio – estava me perguntando o quanto antes eu poderia voltar... para Poliana.

John Pendleton franziu o rosto pensativo. Ele olhou para Jimmy, hesitou, depois falou.

– Eu sei que você quer ver Poliana, garoto, e não o culpo por isso, mas me ocorre que, nessas circunstâncias, você deveria ir primeiro falar com a... senhora Carew, levando isto. – Ele deu um tapinha nos documentos diante dele.

Jimmy franziu as sobrancelhas e ponderou.

– Tudo bem, senhor, eu vou – concordou com resignação.

– E, se não se importar, gostaria de ir com você – sugeriu John Pendleton, um pouco acanhado. – Eu... eu tenho um pequeno problema pessoal que gostaria de resolver... com a sua tia. O que acha de irmos no trem das três de hoje?

– Ótimo! Vamos, sim, senhor. Deus! Então eu sou Jamie! Ainda não consigo acreditar! – exclamou o jovem, levantando-se e caminhando agitadamente pelo cômodo. – Agora eu me pergunto – interrompeu-se ele, corando como um menino –, o senhor acha que a tia Ruth vai... se importar muito?

John Pendleton balançou a cabeça. Um toque da velha melancolia surgiu em seus olhos.

– É pouco provável, meu garoto. Mas... é minha opinião. E em relação a isso? Agora que você é o garoto dela, onde eu me encaixo nisso tudo?

– O senhor! O senhor acha que *alguma coisa* o colocaria de lado? – disse ele realmente sem acreditar. – O senhor não precisa se preocupar com isso. E *ela* não vai ligar. Ela tem o Jamie, o senhor sabe, e... – interrompeu-se no mesmo instante, um desânimo surgindo em seus olhos. – Por Deus! Tio John, eu me esqueci de... Jamie. Isso vai ser duro para Jamie!

– Sim, pensei nisso. Mas ele já é legalmente adotado, não é?

– Ah, sim, mas não é isso. É o fato de ele não ser o Jamie verdadeiro, e ele com suas pernas machucadas! Ora, tio John, isso vai matá-lo. Eu o ouvi falar sobre isso. Eu sei. Além disso, Poliana e a senhora Carew me disseram como ele se sente, como está *seguro* e feliz. Santo Deus! Não posso tirar isso dele... mas o que posso fazer?

– Não sei, meu garoto. Não vejo nada que possa fazer além do que está fazendo.

Houve um longo silêncio. Jimmy retomou os passos nervosos pelo cômodo. De repente virou-se com o rosto iluminado.

– *Tem* um jeito, e vou fazer isso. Sei que a senhora Carew vai concordar. *Não vamos contar para ele!* Não vamos contar para ninguém além da própria senhora Carew, Poliana e sua tia. Para elas eu *tenho* de contar – acrescentou ele na defensiva.

– Com certeza, meu garoto. Quanto ao resto... – John Pendleton fez uma pausa, em dúvida.

– Não é da conta de ninguém.

– Mas, lembre-se, você está fazendo um sacrifício e tanto... em muitos sentidos. Quero que você pondere isso muito bem.

– Ponderar? Já ponderei, e não muda em nada, com Jamie no outro lado da balança, senhor. Não poderia fazer isso. É tudo.

– Não o culpo, e acho que você está certo – declarou John Pendleton, calorosamente. – Além disso, acredito que a senhora Carew vai concordar com você, porque agora *saberá* que o verdadeiro Jamie foi, por fim, encontrado.

– Você sabe que ela sempre disse que já tinha me visto em algum lugar – disse Jimmy, rindo. – E quando sai esse trem? Estou pronto.

– Bem, eu não – disse John Pendleton, dando risada. – Para minha sorte, ainda faltam algumas horas – concluiu ele, levantando-se e saindo do cômodo.

Capítulo 32

Um novo Aladim

Quaisquer que fossem as preparações de John Pendleton para a partida – e eram muitas e variadas –, ele a fez de maneira aberta, com duas exceções: duas cartas, uma endereçada a Poliana e outra a senhora Polly Chilton. Essas cartas, juntamente com instruções cuidadosas e detalhadas, foram deixadas nas mãos de Susan, sua empregada, para serem entregues depois que tivessem partido. Mas disso Jimmy não sabia.

Os viajantes se aproximavam de Boston quando John Pendleton disse a Jimmy:

– Meu garoto, tenho um favor a pedir, ou melhor, dois. O primeiro é que você não diga nada à senhora Carew até amanhã à tarde. O outro é que você permita que eu chegue primeiro e seja seu... emissário, você só aparece em cena, digamos, às quatro da tarde. Você faria isso?

– Claro – respondeu Jimmy, prontamente. – Não só faria, como faria com prazer. Estava me perguntando como iria quebrar o gelo, e fico contente por ter alguém para fazer isso.

– Ótimo! Então vou tentar falar com *sua tia* por telefone amanhã de manhã e marcar a visita.

Leal a sua promessa, Jimmy não apareceu na mansão dos Carew até quatro da tarde do dia seguinte. Mesmo nessa hora, sentiu-se de repente tão acanhado que passou duas vezes pela casa antes de reunir coragem suficiente para subir as escadas e tocar a campainha. Uma vez na presença da senhora Carew, no entanto, estava em seu elemento, de tão rapidamente que ela o deixava à vontade com a maneira delicada com que lidava com essa situação. Na verdade, logo de início, houve algumas lágrimas e exclamações incoerentes. Até John Pendleton teve de pegar um lenço com rapidez. Mas pouco tempo depois algo semelhante à tranquilidade habitual foi restaurado, e apenas o brilho terno nos olhos da senhora Carew e a felicidade extasiada nos olhos de Jimmy e John Pendleton deixavam transparecer que a situação era fora do comum.

– E acho tão bondoso de sua parte, em relação a Jamie! – exclamou a senhora Carew depois de um tempo. – De verdade, Jimmy. Eu ainda vou chamá-lo de Jimmy por razões óbvias. Além disso, eu prefiro esse nome para você. De verdade, eu acho que você está absolutamente certo se estiver disposto a fazer isso. E eu também farei algum sacrifício – continuou, emocionada –, já que eu ficaria tão orgulhosa de apresentá-lo como meu sobrinho.

– E, claro, tia Ruth, eu... – Como reflexo a uma exclamação contida de John Pendleton, Jimmy se interrompeu no mesmo instante. Em seguida viu que Jamie e Sadie Dean tinham acabado de entrar pela porta. O rosto de Jamie estava muito pálido.

– *Tia Ruth!* – exclamou, olhando de um para o outro com olhos surpresos. – *Tia Ruth!* Você não quer dizer...

Todo o sangue desapareceu do rosto da senhora Carew e de Jimmy. John Pendleton, no entanto, aproximou-se de maneira animada.

– Sim, Jamie, por que não? Eu ia contar para você logo, de qualquer forma. Mas vou contar agora. – Jimmy arfou e deu um passo à frente, apressado, mas John Pendleton o silenciou com um olhar. – Agora há pouco a senhora Carew me fez o homem mais feliz do mundo ao dizer sim a certa pergunta que fiz. Então, como Jimmy me chama de "tio John", por que não deveria começar imediatamente a chamar a senhora Carew de "tia Ruth"?

– Ah! Ahh! – exclamou Jamie, feliz, enquanto Jimmy, sob o olhar firme de John Pendleton, conseguiu administrar a situação sem demonstrar surpresa e contentamento. Naturalmente, nessa hora, uma corada senhora Carew se tornou o centro de toda a atenção, e o momento delicado passou. Só Jimmy ouviu John Pendleton dizer baixinho em seu ouvido, um pouco depois:

– Viu, seu danado, não vou perder você, afinal de contas. Nós *dois* teremos você agora.

Exclamações e congratulações ainda estavam no auge quando Jamie, com um novo brilho nos olhos, virou-se para Sadie Dean sem aviso.

– Sadie, vou contar para eles agora – declarou ele de forma triunfante. Em seguida, com o brilho no rosto de Sadie contando a doce história antes que os lábios ávidos de Jamie pudessem formar as palavras, houve mais congratulações e exclamações, e todos estavam rindo e se cumprimentando.

Jimmy, no entanto, logo, logo começou a observá-los com pesar e melancolia.

– Está tudo muito bem para *vocês* – reclamou ele depois. – Vocês têm um ao outro. Mas e eu? Só posso lhes dizer que se certa jovem que conheço estivesse aqui, *eu* talvez tivesse algo para *lhes* contar também.

– Só um minuto, Jimmy – intrometeu-se John Pendleton. – Vamos fingir que eu sou o Aladim, e deixe-me esfregar a lâmpada. Senhora Carew, permita-me chamar Mary?

– Ah, si-sim, claro – murmurou a senhora, com um olhar intrigado de surpresa que se repetia no rosto dos outros presentes.

Instantes depois, Mary surgiu à porta.

– Foi você quem disse que a senhorita Poliana chegou agora há pouco? – perguntou John Pendleton.

– Sim, senhor. Ela está aqui.

– Poderia dizer a ela que desça, por favor?

– Poliana está aqui! – exclamou um coro admirado, quando Mary desapareceu. Jimmy ficou pálido, depois muito vermelho.

– Sim. Eu mandei um bilhete para ela ontem por meio da minha empregada. Tomei a liberdade de convidá-la para passar alguns dias aqui para vê-la, senhora Carew. Achei que a garotinha precisasse de um descanso e umas férias; e minha empregada tem instruções para cuidar da senhora Chilton. Também escrevi um bilhete para a senhora Chilton – acrescentou ele, virando-se de repente para Jimmy, com um inconfundível significado em seu olhar. – E achei que, depois de ler o que eu disse, ela deixaria Poliana vir.

E parece que deixou, já que Poliana está aqui.

E lá estava ela à porta, corada, os olhos cintilantes, embora um pouco tímidos e questionadores.

– Poliana, minha querida! – Foi Jimmy quem se adiantou para cumprimentá-la e quem, sem um minuto de hesitação, a tomou nos braços e a beijou.

– Ah, Jimmy, na frente de todas essas pessoas! – protestou Poliana em um sussurro constrangido.

– Que bobagem! Teria beijado você, Poliana, mesmo que estivéssemos no meio da própria Rua Washington – declarou Jimmy. – Aliás, olha para "todas essas pessoas" e veja por você mesma se precisa se preocupar com elas.

E Poliana olhou. Então viu:

Perto de uma janela, de costas, estavam Jamie e Sadie Dean; perto de outra, também de costas, estavam a senhora Carew e John Pendleton.

Poliana sorriu de forma tão adorável que Jimmy a beijou mais uma vez.

– Ah, Jimmy, isso não é tão lindo e maravilhoso? – murmurou ela de maneira suave. – E tia Polly – ela agora sabe de tudo, e está tudo bem. Acho que tudo ficaria bem de qualquer maneira. Ela estava começando a se sentir tão mal por mim. Agora está tão contente. E eu também. Ah, Jimmy, agora estou tão contente, *contente, contente* por tudo!

Jimmy recuperou o fôlego com uma alegria que chegava a doer.

– Que Deus permita, garotinha, que seja assim para sempre... com você – disse ele, com a voz tomada pela emoção, os braços puxando-a para perto.

– Tenho certeza de que será – suspirou Poliana, os olhos irradiando confiança.